Thilo Krause

ELBWÄRTS

Roman

Carl Hanser Verlag

2. Auflage 2021

ISBN 978-3-446-26755-8
© 2020 Carl Hanser Verlag GmbH & Co. KG, München
Umschlag: Peter-Andreas Hassiepen, München
Motiv: Ernst Ferdinand Oehme, 1797–1855, Die Greifensteine im
Sächsischen Erzgebirge, 1840, Gotha, Schloßmuseum. © akg-images
Satz: Eberl & Kœsel Studio GmbH, Krugzell
Druck und Bindung: GGP Media GmbH, Pößneck
Printed in Germany

Ich schwimme mittendrin in meinem alten Hemd,
gehöre noch dazu und bin schon ziemlich fremd.
Und ich frag mich, was ich bin, was ich war,
in der Suppe das Salz oder das Haar.

GERHARD »GUNDI« GUNDERMANN,
»STRASSE NACH NORDEN«

That deep blue sky is my home.

TOM WAITS,
»LITTLE DROP OF POISON«

I

Das ist mein Fels. Ein windiges Riff, ein paar knotige Kiefern. Abends komme ich hierher, um unser Haus von oben zu sehen. Ich sitze vorn am Abgrund. Hinter meinen Zehen schwanken die Baumkronen, dass ich schwindlig den Blick heben muss. Straße, Felder, Dorf. Und kommt einer heim mit dem Auto, biegt ein zwischen die Häuser, flirrt Staub über den Äckern. Unser Haus liegt in der Sonne, als sei es längst fertig. Ich sehe den Putz nicht bröckeln an der westlichen Wand. Ich sehe den verkrauteten Garten nicht, nicht die Obstbäume, in denen der Mehltau wütet. Es ist Sommer. Der Sommer, den ich immer wollte. Mit der Kleinen und Christina.

*

Als wir zum ersten Mal zusammen ins Dorf kamen, glühten die Vogelbeeren über dem Asphalt. Wir hatten die Fenster offen und drifteten durchs Gebirge, auf den staubigen Straßen, den Alleen über Land. Die Kleine war klein. Sie schlief in ihrem Sitzchen. Ihre Füße zuckten manchmal im Traum. Wenn wir sie ins Tragetuch wickelten, wachte sie kaum auf. Sie hob den Kopf und sank mir wieder an die Schulter. Ein Makler führte uns von Haus zu Haus. Ich versuchte, zu riechen, zu hören und zu sehen. Die Kleine schlief an meinem Bauch. Ich fühlte mich wie gepanzert mit ihrer Wärme, unangreifbar, unverletzlich. In einem Haus wucherte der Schimmel. Wir gingen wie gegen einen Widerstand. Das nächste Haus roch nach

altem Fett und Streit. In einem anderen war die Luft wie Wasser. Die ganze Zeit versuchte ich mich zu erinnern, ob ich je
mit Vito hier gewesen war. Manchmal kam mir eine Ahnung,
aber für uns Kinder war das Nachbardorf eine andere Welt.
Kaum jemand schaute nach uns. Auch sonst begegnete uns
niemand, den ich gekannt hätte. Der Makler war ein blasser
Kerl im Anzug. Ein Büschel Barthaare hatte er bei der Rasur
vergessen. Die Kleine drehte nur manchmal den Kopf von
einer Seite zur anderen. Sie war unglaublich warm, mit Leben
voll. Für sie durchquerten wir einen Vorgarten nach dem anderen, gingen durch muffige Räume, stiegen in lichtlose Keller,
bis wir jenes Haus mit den Obstbäumen fanden. Aprikosen,
Äpfel und Kirschen. Ich hatte auch hier kein Gesicht, erinnerte
keine Stimme. Und das war gut so.

*

Ein niedriger Flur, links das Bad, wo die Rosen durchs Fenster
scheinen, Wohnzimmer und Küche, die schmale Tür zur Speisekammer. Vielleicht werden wir die Wand zwischen Küche
und Wohnzimmer herausreißen und eine Fensterfront ein-
bauen, zum Garten hin. Das malen wir uns aus, ich und Christina, die jeden Tag mit unserem alten Auto zum Dienst fährt,
während ich im Haus bleibe. Das Kinderzimmer habe ich als
Erstes renoviert. Die Kleine schläft dort im Schatten der Obstbäume. Christina wollte die Wände weiß, nicht rosa. Wir haben Kiefernmöbel gekauft und Blätter auf die Tapete gemalt,
Ranken und Blüten, als setzte der Garten sich nach drinnen
fort. Das Zimmer nebenan ist unseres, ein niedriges Bett, ein
Kleiderschrank. Auch wir sehen die Obstbäume. Wenn wir
spät noch wach liegen und reden, schwankt um uns ein Di-
ckicht aus Nacht, Sternen und Laub. Und dann ist da noch das

dritte Zimmer, das rohe, heruntergekommene. Wir haben die Tür abgeschlossen, damit die Kleine nicht hineingeht. Der Putz ist rau und ein wenig feucht, als wäre irgendwann einmal der Regen eingedrungen.

*

Wenn ich lange genug über meine Zehen hinweg zum Haus geschaut habe, balanciere ich über ein paar Schründe hinüber zur Westseite des Riffs und blicke auf das andere Dorf, wo Vito und ich als Kinder gewohnt haben. Vorwärts und rückwärts kann ich von hier oben schauen. Auf der einen Seite das Haus, wo Christina jetzt die Kleine ins Bett bringt. Auf der anderen Seite das Dorf meiner Kindheit. Eine mäandernde Straße dazwischen, die sich in den Waldstücken verliert, um zwischen den Feldern als gleißendes Band wiederaufzutauchen. Die Dämmerung dauert eine Ewigkeit mit allen Schatten, die länger sind als die Dinge selbst. Die Kronen schwanken. Alles wirbelt. Alles fällt durcheinander. Vito, der jetzt unten an der Elbe wohnt, Christina, die Kleine, gestern, heute. Wenn es so wirbelt, ist es Zeit abzusteigen, die Hände an den Sandstein zu legen, auf dem immer gleichen Pfad aus Eisenklammern und Holzbohlen, den ich damals schon mit Vito nahm. Tags kommen die Leute, mühen sich über Schründe und Vorsprünge vor zur Aussicht, wo die blecherne Wetterfahne steht. Abends kommt keiner mehr. Aus den Kaminen und Spalten dünstet ein Rest Feuchte herauf.

*

Als ich noch mit Vito auf dem Riff saß, waren die Abende riesig und das Gebirge auch. Vito, die Bohnenstange. Ich, der Mops – nicht der Fette, der Mops, weder fett noch dürr. So kannten sie uns unten im Dorf, in diesem Kaff, auf das wir spuckten von hier oben: Schule, Fleischer, Bäcker, Konsum, der Feuerlöschteich in der Mitte, in den sich Jahr um Jahr weiter das Schilf fraß. Von jenen Abenden mit Vito ist mir der geblieben, als wir die Kaulquappen retteten. Wir fischten sie aus den Wasserbecken, die auf dem Riff überall zu finden sind. Sie zappelten im schwindenden Wasser, zwischen Blättern und Schlick. Wir schöpften sie uns auf die Hände, betrachteten ihre glitzernden Augen, die fließende Kontur ihres Körpers und ließen sie in die Gläser gleiten. Dann bugsierten wir sie den Pfad aus Leitern und Eisenklammern herunter. Einer stieg voraus, der andere reichte die Gläser nach. Wir lachten, als wir den Waldgrund erreichten. Und wir lachten immer noch, als wir durch die Stämme dem Dorf zueilten. Die Sonne stand tief. Die Gläser leuchteten wie Lampions in unseren Händen. Bald ließen wir den Wald hinter uns und rannten über die Felder. Wir hatten keine Ahnung, wie viel Sauerstoff die Kaulquappen brauchten, ob sie ersticken würden, wenn wir nicht schnell genug wären. Wir rannten und rannten, nahmen die Schleichwege zwischen Gärten und Häusern, bis wir endlich den Feuerlöschteich erreichten. Bäuchlings legten wir uns auf den Betonrand, hoben die Deckel und senkten die Gläser mit beiden Händen ins Wasser. Kurz schwammen die Kaulquappen wie tot obenauf. Dann wimmelten sie davon. Ein paar Minuten saßen wir noch da und starrten ins Wasser, bis die letzte Kaulquappe Richtung Schilf verschwunden war. Dann gingen wir heim. Vito schien gegen die blendende Sonne noch dünner als sonst. Zwei-, dreimal drehten wir uns um, winkten uns zu, dann bogen wir jeder in unsere Straßen ein. Die Leute hatten die Fenster offen. Ich hörte Stimmen, Radios, Geschirr und dachte an die Kaulquappen, wie sie wachsen würden mit dem ganzen Platz, den sie jetzt hatten.

*

Jeden Tag zogen wir hoch in den Wald, wo die Felsblöcke wie Häuser zwischen den Stämmen lagen. Eine Stadt aus Sandstein nur für uns. Wir schlichen durch die Felsgassen, erkundeten Block um Block. Es gab die niedrigen, die flachen, viele kaum mehr als zwei, drei Meter hoch. Andere hatten einen steilen Fuß, dann legten sie sich. Ein, zwei Züge und man war über das Schwierigste hinaus. Wieder andere waren steil von allen Seiten, moosbewachsen und von Kiefernnadeln beschauert. Grüne Kolosse, zu denen wir ehrfürchtig aufschauten. Aus der Nähe verströmten sie ein süßliches Aroma von Fäulnis und Leben. Monolithen, auf die wir uns nicht hinauftrauten. Wir wussten, dass die Blöcke unbestiegen waren, *terra incognita*, so krautig grün, so lächerlich im Vergleich zu den Riffen und Gipfeln. Am Wochenende kamen die richtigen Kletterer durchs Dorf. Ich hörte ihre Stimmen zwischen den Häusern, obwohl sie alles andere als laut waren. Ich blickte ihnen nach und versuchte mir ihre Welt vorzustellen. Ich dachte, wenn ich nur genug in unserer Felsenstadt kletterte, würde ich es auch so weit bringen. Vito und ich würden in der Schule sitzen, unsere Hände vor uns auf der Bank, rissig und vergrindet. Große Hände, die uns überall hinbringen könnten. Vokabeln konnten sie schreiben oder Aufgaben rechnen, aber eigentlich waren sie dazu gemacht, uns auf den einen Block zu heben, den wir in der Felsenstadt ausgekundschaftet hatten, der so anders war als die anderen. Er lag am südlichen Fuß des Felsriffs, von wo wir die Kaulquappen gerettet hatten. Ein Koloss, den die Erosion von ganz oben abgeworfen hatte. Mit einer Seite lehnte er an der glatten Wand des Riffs. Dazwischen gab es eine mit Kiefernnadeln gefüllte Rinne, die man aufwärtskrauchen konnte. Dann wurde es steiler, aber wenn man sich in der Rinne verspannte, sich zwischen Wand und Wand klemmte, würde man es leicht hinaufschaffen. Doch das wollten wir nicht. Uns interessierte die andere, vom Riff abgewandte Seite. Eine geneigte Platte, vielleicht sieben Meter hoch. Dann wurde es steil. Die Wand bauchte aus, eine Wulst, bis sie sich oben wieder legte. Zwischen der Platte und der Wulst konnten wir ein schmales Band erkennen, auf dem man wahrscheinlich stehen konnte wie auf einem Sims. In Gedanken war ich den Aufstieg schon unzählige Male durchgegangen. In Gedanken wusste ich, wie ich auf der Platte das Gewicht verlagern musste, wie ich mich aufwärtsschieben konnte, unter Ausnutzung von Buckeln und Mulden. Aber an der Felswulst endete meine Vorstellung. Ich konnte mir keine Bewegung denken, die zu dieser Stelle passte. Aber hinunterfallen würden wir nicht. Das redeten wir uns ein. Vito und ich. An langen Nachmittagen schlichen wir umher, stellten die Füße auf den Einstieg, aber machten keinen Zug weiter, wie um uns selbst zu versichern, dass wir könnten, wenn wir nur wollten. Wir setzten uns auf die kleinen Felsen, die um den Block lagen. Es waren warme Sitze, in der Höhe von Stühlen. Wenn man sich ein wenig mühte, konnte man eine Lage finden, die es erlaubte, bequem zu ruhen und in den Himmel zu schauen. Es war einer dieser Felsen, der Vito zum Verhängnis wurde, aber das wussten wir noch nicht. Wann immer wir Lust hatten, saßen wir da und studierten unsere Linie, während die Wolken und die Kronen der Kiefern zu einem schwankenden Ganzen verschwommen.

*

Es war Ende Mai, als ich die neue Wäscheleine meiner Mutter aus dem Keller nahm. Es war nicht eine der dünnen, kunststoffummantelten Stricke. Unsere Leine war geflochten, fingerdick und rau. Ich weiß nicht mehr, ob ich tatsächlich glaubte, dass sie uns etwas nützen würde. Ich brauchte sie, wie die Kletterer ihre Seile brauchten, und wenn wir so sein wollten wie sie, dann mussten wir diese Leine haben. Eine Weile hatten wir darüber nachgedacht, ob wir ein Seil borgen oder stehlen konnten, aber im Dorf wussten wir von niemandem, der kletterte. Klettern gingen die Städter.

An einem Donnerstag zogen wir los. Wir hatten nur vier Stunden. Alles war frisch, grün und hoch draußen. Wir traten auf die Freitreppe vor der Schule und blinzelten ins Licht. In Gedanken ging ich unseren Triumph durch. Wir würden in den Konsum gehen, eine Limonade kaufen, uns auf den Rand des Feuerlöschteichs setzen und in die Runde schauen.

Die Wäscheleine hatten wir vor Tagen schon vor Regen geschützt in einem Felsloch versteckt. Als wir ankamen, wickelte ich sie zu einem losen Haufen, wie ich es bei den Kletterern gesehen hatte. Im Grunde war klar, dass Vito und nur Vito in Frage kam. Er war drahtig und groß. Wo ich nicht hinkäme, hätte er noch die Reichweite. Er war der Dürre, der Gelenkige – ich der Mops. Kräftig vielleicht, aber auch schwer. Wir spielten Schere, Stein, Papier. Der Wind fauchte in den Kronen über uns. Kleine, heftige Böen. Wir setzten an. Schere. Stein. Papier. Ich schaute auf Vitos Hand: Schere. Ich schaute auf meine, als gehörte sie nicht mehr zu mir: Schere. Auf der Straße hörten wir ein Auto vom Tal heraufkommen. Eins der wenigen Autos, die zu dieser Zeit unterwegs waren. Dann war es wieder ruhig. Schere. Stein. Papier. Dieses Mal schaute ich zuerst auf meine Hand. Dann wie in Zeitlupe auf Vitos. Ich dachte einen winzigen Moment, auch er hätte die Faust geballt, doch plötzlich sah ich, dass seine Hand flach war. Mag sein, er hatte im letzten Augenblick die Finger noch ausgestreckt. Mag sein, ich hatte mich getäuscht und er hatte sich von Anfang an so entschieden.

Ich also. Ich stritt nicht. Ich beschwerte mich nicht, Vito habe geschummelt. Wenn er es getan hatte, dann war ich zu langsam gewesen oder er zu schnell. Ich schaute auf die Wäscheleine, folgte jedem Kringel mit den Augen, dass mir schwindlig wurde. Wieder fauchte eine Böe durch die Kronen. Mir wehten Kiefernnadeln auf die Haare. Vito setzte sich auf einen der kleinen Blöcke, die wir immer benutzt hatten, um in den Himmel zu schauen. Er stützte den Kopf auf und blickte mich an. Wie in Trance band ich mir die Wäscheleine um den Bauch. Wenn es etwas gab, womit ich nicht gerechnet hatte, dann, dass ich verlieren würde. Für mich war immer klar gewesen, dass Vito sich hinaufschwingen würde. Im scharfen Mittagslicht, eine elegante Silhouette, ein geschmeidiger Schatten.

Mir klopfte der Puls in den Fingerspitzen. Meine Handflächen waren feucht. Ich stieg mit einem Fuß auf die geneigte Platte, richtete mich auf, hob den anderen Fuß hinterher. Unter den Schuhsohlen knirschte es. Dann zog es mir die Beine weg. Ich fiel vornüber und rutschte zurück.

Nun mach schon, sagte Vito.

Ich keuchte, spürte das Blut in Händen und Füßen. Ich zog die Schuhe aus und auch die Socken, rückte die Wäscheleine um meinen Bauch zurecht und stieg ein. Dieses Mal hielten die Füße. Der Sandstein war warm und rau. Auf der Platte gab es Mulden und Buckel. Ich machte kleine Schritte, stützte mich auf die Hände. Es war ein Krauchen, ein Reiben, immer weiter hinauf. Hätte ich zurückgeschaut, wäre mir die Höhe aufgefallen. Aber ich blickte aufwärts, wischte die Kiefernnadeln aus den Tritten und zitterte mich empor, bis ich nach ein paar Minuten in das überwölbte Band greifen konnte, das wir von unten gesehen hatten. Ich tastete aufwärts, fand einen Griff, zog die Füße nach und stand plötzlich aufrecht in der Wand. Alles war Felsen vor meinen Augen. Meine Füße sah ich nicht mehr. Ich schob sie so weit wie möglich in das Band, auf dem ich nach rechts und links balancieren konnte.

Dann schaute ich doch hinunter.

Ich sah Vito, den Kopf in den Nacken gelegt, die Augen mit einer Hand beschattet. Die Wäscheleine lief wie eine dürre Nabelschnur über die schräge Platte, die von unten flach geneigt ausgesehen hatte. Jetzt fiel sie steil ab. Mein linkes Knie wippte unruhig. Zurück kam ich nicht mehr. Von unten hatte der Fels einigermaßen lächerlich ausgesehen. Von diesem Band war der Ausblick erschreckend, wie wenn man im Freibad auf dem Turm steht, aufs Wasser schaut und die Höhe spürt.

Und?, rief Vito.

Ich zwang mich, wieder nach oben zu blicken, wo der Fels sich legte und ich einige Löcher erkannte. Ich schob mich nach rechts, auf die äußere Kante des Blocks zu, bis ich mit ausgestrecktem Arm um die Kante herumlangen konnte. Ich dachte, ein riesiges Ohr zu greifen, schloss es fest in die Hand, trat mit den Füßen hoch gegen den Felsbauch an und wuchtete mich hinauf. Auch links bekam ich etwas zu greifen. Noch ein paar zitternde Züge, dann war ich oben. Die Kiefernkronen waren nah. Der Wind ging leise, und ich merkte, meine Finger bluteten und die Schienbeine waren zerschrammt. Unten stand Vito, der große Vito, zusammengeschrumpft, gestaucht aus dieser Perspektive. Er hatte den losen Rest Wäscheleine in der Hand.

Schmeiß runter, rief er. Die brauch ich nicht.

Ich knotete die Leine auf und warf das Ende hinunter. Vielleicht dachte Vito, dass, wenn ich, der Mops, es geschafft hatte, er es auch schaffen würde. An die Wäscheleine band er sich jedenfalls nicht. Sie hätte nichts genützt, aber wie oft habe ich mich gefragt, wenn doch.

Ich erinnere mich, dass ich Vito zurief, ebenfalls die Schuhe auszuziehen, aber er wollte nicht. Schnell stand er auf halber Höhe der Platte und begann aus meinem Blickfeld zu verschwinden. Dann wurde es still. Heute scheint es mir wie eine Ewigkeit, dass ich Vito weder sah noch hörte. Damals dachte ich mir nichts dabei. Ich saß da und fühlte mich unglaublich leicht. Ich, der Mops, war oben. In meiner rechten Hand spürte ich noch den Griff, der mich gerettet hatte, jenes scharf umrandete Ohr, in das meine Finger perfekt gepasst hatten.

Eh, was machst du so lange?, rief ich ins Leere.

Ich genieße die Aussicht.

Wo bist du, schrie ich hinunter, legte mich auf den Bauch und schob mich so weit Richtung Abgrund vor, wie ich konnte, aber Vito sah ich nicht.

Gleich bei dir, schallte es herauf.

Ich glaube, dass kurz Vitos Kopf über dem Felsbauch erschien. Dann war er weg. Es gab ein reibendes Geräusch, ein dumpfes Schlagen und Schaben. Ich weiß nicht mehr, ob Vito schrie oder ob ich ihn nicht habe schreien hören. Er lag plötzlich unten. Ich saß auf meinem Ausguck wie ein Zuschauer, unbeteiligt für ein paar Sekunden, bis ich begriff, dass mein bester Freund reglos da unten lag. Das Licht war gleißend. Vito. Felsen. Wald. Ein unglaublicher Schnappschuss, so hell, so blendend, dass mir Tränen über die Wangen rannen. Ich war es, der plötzlich schrie. Als ich keine Luft mehr hatte, kam mein Schrei zurück. Ich richtete mich auf, wankte von meinem Ausguck zur hangseitigen Scharte, wo ich mich in dem Spalt verklemmte, der in die Rinne voll Kiefernnadeln mündete. Mit dem Rücken an der einen und den Füßen an der anderen Seite glitt ich Meter um Meter abwärts. Ich war es, dachte ich. Ich bin schuld. In diesem Moment gab mir der Gedanke mehr Kraft, als dass er mich lähmte. Ich sank in die Rinne, rutschte auf dem Hosenboden hinunter, bis ich Vito erreichte. Ich weiß bis heute nicht, wie ich ins Dorf kam. Ich kann mich an Vitos Körper erinnern, der mir leblos auf dem Rücken hing. Ich beugte mich, um ihn zu schultern. Wie gern hätte ich mich aufgerichtet, aber dann glitt Vito von mir ab, seine Arme wie Gummibänder, die sich scheinbar dehnten und dehnten. Auf meine Waden rann Blut. Ich keuchte. Ich eilte wie von Sinnen, weil ich nicht begreifen konnte, wie viel Blut in so einem Kör- per war, woher es kam und was passieren würde, wenn es alle wäre. Das Dorf lag in seiner Nachmittagsstille. Ich sah nie- manden oder dachte, niemanden zu sehen. Niemand rief mich, als wäre alles in einer anderen Welt passiert, in der nur Vito und ich existierten. Eine Welt, unsichtbar, undurchdringlich, in der ich allein zurückgeblieben war, bis unser Schulhaus- meister vor mir stand. Ich merkte, wie ich leichter wurde. Jiří hatte plötzlich Vito im Arm. Ich hörte Jiří schreien, wie auch ich geschrien hatte. Ich hörte das Dorf erwachen. Leute kamen. Ich wurde hochgehoben und in die Schule getragen. Vito sah ich von da an lange nicht mehr. Man brachte mich ins Kran- kenzimmer, wusch mich und legte mich auf die Kunstleder- pritsche. Ich schloss die Augen und konzentrierte mich darauf zu verschwinden. Das Licht hinter den Lidern war leuchtend rot. Ich dachte, dass es Vitos Blut war, das mir durch die Augen floss. Irgendwann schloss jemand seine Hand um meine. Ich kannte diese Hand. Mutter richtete mich auf, flößte mir ein wenig Wasser ein. Ich wankte mit ihr aus dem Zimmer. Als wir auf der Freitreppe standen, nahm ich mich zusammen und riss mich los. Ich rannte die Stufen hinunter. Meine Mutter rief. Ich drehte mich um, versuchte ein Lächeln, zuckte mit den Schultern. Tränen stiegen ihr in die Augen. Ich rannte mit der ganzen Energie, die ich noch hatte, in den Wald und setzte mich zitternd aufs Riff. Ich blickte hinunter aufs Dorf und versuchte, irgendein Anzeichen dessen zu erkennen, was gerade passiert war. Ich sah nichts. Keine Polizei. Keinen Krankenwagen. Als hätte ich mir Vitos Fall nur eingebildet. Meine rechte Hand pulste, als hätte ich immer noch den Griff in der Hand, der mich gerettet hatte.

*

Zwischen den Bäumen ist es dämmrig. Als ich die Straße quere, höre ich drüben Richtung Schonung Stimmen. Ein Moped knattert. Vielleicht Jungs, die sich betrinken hier. Ich pisse noch schnell in den Wald, am Rand des alten Steinbruchlochs, wo ich mit Vito schon immer hinuntergezielt habe. Ein Eichelhäher zetert. Auf dem nahen Forstweg lärmt wieder das Moped. Das ist das Letzte, was ich höre.

Als ich wieder zu mir komme, bin ich in einen Kokon aus Schwarz gehüllt. Ich weiß nicht, ob etwas mit meinen Augen ist oder ob es wirklich so dunkel ist. Ich spüre meine Hüfte, die Beine wie eingespannt, bis ich mich erinnere, dass ich das Steinbruchloch hinuntergepisst habe. Eine Weile sehe ich nichts, bis ich begreife, wo oben und unten ist. Ich drehe den Kopf und erkenne einige Sterne. Vom Moped ist nichts mehr zu hören. Die Kiefern rauschen. Meine Füße sind eiskalt. Eine Art Schmerz, als hätte ich mir etwas Spitzes eingetreten, aber es ist nur die Kälte. Ich brauche ein paar Minuten, bis ich wieder auf den Weg komme. Beim Pissen das Steinbruchloch hinuntergefallen. Ich lache. Blut sickert mir den Nacken hinunter.

Meine Haare sind verklebt, mein T-Shirt zerrissen. Über den Feldern steht ein riesiger Nachthimmel. Wie ich die Milchstraße vermisst habe all die Zeit. Hier gibt es sie noch. Bis in die Stadt ist es weit.

Ich kann unser Haus knapp erkennen. Alle Fenster sind dunkel. Den Sternbildern nach ist Mitternacht vorüber. Ich hebe das Gartentor an, dass die Angeln nicht quietschen, quere den Vorgarten, spüre das Gras feucht unter den Füßen. Ich will Christina nicht wecken, mache leise in der Küche, dann steht sie doch vor mir.

Ich bin ins alte Steinbruchloch gefallen, sage ich.

Christina mustert mich. Dann geht sie die Treppe hinauf, kommt mit dem Verbandskasten wieder.

Jetzt wasch dich mal, sagt sie.

Ich gehe hinüber zur Spüle, halte den Kopf unter den Hahn. Es brennt. Ich taste eine Beule und einen Riss. Als ich mich an den Küchentisch setze, zieht Christina einen Stuhl heran, kommt hinter mich. Ich lasse das Kinn auf die Brust sinken. Als Christina fertig ist, umfasst sie mit den Armen meinen Brustkorb, legt den Kopf auf meine Schulter. Ihre Haare kitzeln. Sie duftet. Ich drehe mich um, aber sie steht auf, macht einen Schritt zurück. Sie wirft mir einen Kuss zu. Dann geht sie. Das Geräusch ihrer nackten Füße verliert sich im Flur oben. Unsere Schlafzimmertür klappt. Was noch?, wird Christina denken. Was noch?

*

Das Laub flackert um uns. Christina schiebt im Halbschlaf ihre Hand in meine, aber wo ich bin, das weiß ich nicht. Dabei war ich es, der Christina hierhergeredet hat, in dieses Haus, in diese Räume. Das war die Zeit, als Christina schwanger war und ich mich an der Idee des Himmels berauschte, weit und hoch über den Kornfeldern meiner Kindheit. In diesen Momenten wurde ich lebendig, am Ende jeden Tags, in der halben Stunde im Bett nebeneinander, wenn ich redete und redete. Dann verblassten das Land und die Stadt um uns. Dann verblasste das Gefühl der Fremdheit. Und wir schliefen miteinander, ganz vorsichtig, weil die Kleine ja schon da war. Aber ich war so anwesend wie nie. Und vielleicht ist Christina deshalb mit mir zurückgekommen, weil sie dachte, dass auch ich zurückfinde. Zu mir, zu ihr. Ich weiß es nicht.

II

Morgens fährt Christina hinunter ins Tal. Die Leute gerade-
biegen, wie sie sagt. Christina arbeitet in der Stadt-die-keine-
ist. Zehn Minuten dauert es mit dem Auto. Immer bergab. Am
verkrauteten Fußballplatz vorbei. Dann ein Stück Wald. Schon
ist man da. Das Ärztehaus liegt mittendrin in der Ansamm-
lung von Häusern, die sich in einem steilen Talgrund drängen.
Hoch über dem Tal thront eine Festung. Wer nicht laufen will,
kann einen Bus nehmen, der an die alten Doppeldecker in
London erinnert. Die Busfahrer sind fast alle Tschechen. Einen
kenne ich. Jan, der jeden Morgen aus seinem Dorf vierzig Kilometer elbabwärts gefahren kommt. Er steuert eines der klo-
bigen Ungetüme, bringt Ladung um Ladung Touristen an ihr
Ziel. Die Festung ist eine geschäftige Parallelwelt hoch oben,
ein stolzes Königreich in den Wolken, während unten in der
Stadt-die-keine-ist die Alten aus den Fenstern lehnen und auf
die Straße schauen oder auf das schmale Gewässer in der Tal-
sohle, das die Stadt-die-keine-ist in zwei Hälften teilt. Über
die Zeit sind die Häuser die Hänge hinaufgewuchert. Es gibt
einen Bahnhof, wo die Leute aus der richtigen Stadt ankommen und die Kletterer. Es gibt eine Kirche. Drei Bäcker. Zwei
Fleischer. Zwei Eisdielen. Das Eisenbahnviadukt. Dann das
Deutsche Eck. Den *Reichsadler*. *Gita's Bierbude* und noch einige
mehr von diesen Orten, wo die Glatzen an Plastiktischen ihre
Biere trinken, aber Glatzen haben die meisten schon lange
nicht mehr. Von den Glatzen oder denen ohne gibt es viele.
Deshalb kennt man diesen Flecken, wo Christina arbeitet und

auch Vito seine Tischlerei hat. Das Schönste ist die Elbe, die träge an den Häusern vorbeigeht. Sie schließt die Stadt-die-keine-ist wie eine Barriere am Talausgang ab. Im Frühjahr schwillt die Elbe manchmal an, drückt hinein in die Mündung des Bachs. Deshalb liegt der Friedhof am Hang, dass die Toten ihre Ruhe haben. Einmal säuberte ich mit Vito den Platz vor der Kirche. Von überallher hat man die Leute zusammengetrommelt, um die Stadt-die-keine-ist wiederherzustellen. Im Riesengebirge schmolz der Schnee und es regnete dazu. Man konnte Boot fahren in den Straßen. Nach einer Woche war der Spuk vorbei. Zurück blieben Schlick und Müll, Treibgut, Stämme, schillernde Pfützen Öl und ein unglaublicher Gestank.

*

Wenn Christina arbeitet, dann gibt es nur die Kleine und mich. Das Haus ist groß und leer, zum Fürchten oder zum Traurigsein, aber ich lasse mir nichts anmerken. Wir frühstücken. Draußen glänzt der Garten, die Malven, der falsche Jasmin. Die Himbeersträucher scheinen jeden Tag ein Stück höher, so schnell, wie sie wachsen. Wir kauen unsere Brote. Ich streichle der Kleinen über die Haare, die sie von Christina hat, so wellig und dunkel. Ich ziehe die Kleine an und begleite sie zum Kindergarten, obwohl es nicht weit ist. Ihre Hand dreht sich in meiner. Die Kleine schwitzt, und ich mache mir Gedanken. Wir kommen am Feuerlöschteich vorbei, den es auch hier gibt. Die Kleine schaut mich an. Ich weiß, was sie sagen will. Auch wenn das ein anderer Teich ist. Ich habe ihr die Geschichte mit den Kaulquappen erzählt. Wie ich sie in Einweckgläsern rettete. Vito habe ich nicht erwähnt. Christina habe ich von ihm erzählt, aber sie kennt unsere Geschichte nicht. Sie weiß nicht, dass Vito beim Klettern mit mir sein Bein verloren hat. Ich will, dass Christina glaubt, wir wären der Äpfel und des Himmels wegen zurückgekommen.

*

Wenn ich die Kleine abgegeben habe, setze ich mich auf eine Bank. Ich sitze und warte. Manchmal eine halbe Stunde, manchmal eine Stunde, bis die Gruppe zum Spielen in den Garten kommt. Ich schaue die Kleine ganz genau an, mit wem sie spielt, ob sie lacht. Manchmal ist es nicht leicht, sie zu erkennen. Der Garten ist von Büschen umgeben, und ich will nicht näher herangehen. Am einfachsten ist es, wenn sie schaukelt. Dann schwingt sie über die Büsche hinaus, und ich frage mich, ob sie gestern genauso hoch geschaukelt ist oder ob sie heute weniger Schwung hat. Ich schaue die Kleine so genau an, weil ich weiß, wie das ist mit dem Glück als Kind. Kaulquappen, die waren unser Glück. Ich hatte Glück gehabt. Jedenfalls sagten das damals die Leute.

*

Es gibt nicht viel zu tun, auch wenn Christina es nicht glauben will. Das Haus ist in Schuss, bis auf die westliche Wand. Da bröckelt der Putz. Ich habe den Makler gefragt. Er hat mir erzählt, dass eine alte Frau hier wohnte, eine gepflegte weißhaarige Dame, mit gepflegten Kindern, die sich gekümmert haben. Immer am Wochenende sind sie mit den eigenen Kindern hier herausgekommen. Deshalb gab es schon einen Sandkasten unter den Obstbäumen und eine Schaukel. Jetzt haben wir also ein Haus mit Sandkasten und Schaukel. Wenn einer vorbeiläuft am Zaun, wird er denken: ein glückliches Haus. Mir gefällt der Gedanke. Mir gefällt die Vorstellung, dass jemand von außen auf unser Leben schaut und neidisch wird. In dieser Vorstellung kann ich mich einrichten. Wenn die Kleine im Kindergarten ist, gehe ich an unserem Haus vorbei, schaue in den Garten, auf das verlassene Spielzeug. Ich mache das ein paarmal. Ich gehe auf und ab, schaue auf unser stilles, glückliches Haus und denke daran, wie fremd ich gewesen bin in den Jahren, als ich weg war von hier.

*

Das ist mein Fels. Vormittags komme ich hierher, um das Dorf von oben zu sehen: unser Haus und die anderen, die träge hinter einer Wand aus Hitze flimmern, die Kirche und den Kindergarten, wo die Kleine schaukelt. Von hier oben kann ich nur bunte Flecken erkennen, Fitzelchen auf der Wiese zwischen Schaukel, Wippe und Sandkasten. Man könnte denken, es ist der Wind, der die Kinder umherweht, aber nein, das tut er nicht. Sie spielen Haschen oder Verstecken. Die einzigen beiden Flecken, die sich kaum bewegen, sind die Erzieherinnen. Den Kindergarten und die Schule gibt es noch, weil die Leute aus den anderen Dörfern ihre Kinder hierherbringen. Bis zur vierten Klasse geht es. Dann müssen die Kinder mit dem Bus hinunter in die Stadt-die-keine-ist. Von der Wetterfahne klingen Stimmen herüber, und ich steige ab, um die Kleine zu holen. Wir essen Mittag zusammen. Jetzt, da die Touristen unterwegs sind, nehme ich meinen eigenen Weg. Eine steile Rinne, eine Art Kamin, den kein Führer als Weg verzeichnet. Ich stemme die Beine an die eine Wand und den Rücken an die andere und arbeite mich langsam nach unten. Manchmal kommt eine Böe und bläst mir einen Schwall Wärme entgegen. Der Wind fließt mir lau um den Körper. Durch diese Rinne hier lief die Telefonschnur, die ich mit Vito gespannt hatte. Manchmal finde ich es unglaublich, dass mich niemand mehr kennt, als hätte man die Belegung getauscht. Die Alten gestorben, die Jungen in der Stadt, die schönen Häuser verkauft, die hässlichen verfallen.

*

Unten schlingert ein Moped durch den Wald. Die Gestalt des Fahrers irrlichtert durch die Stämme. Ich beeile mich, springe den letzten Meter hinunter. Die Kleine fällt mir ein, wie sie das Gesicht in den Händen birgt, wenn sie warten muss, und dann doch plötzlich aufschaut, wie sie aufspringt, mir entgegenläuft. Ich mache ein paar Schritte Richtung Dorf. Dann drehe ich um und gehe dem Moped hinterher. Die Kiefern weichen Birken. Der Wald wird lichter, der Boden ist überwuchert mit Heidelbeersträuchern. Es gibt nur Pfade hier, Wegspuren, die alle auf einen ausladenden Überhang zulaufen. Als ich daran denke umzukehren, sehe ich das Moped wieder. Das Glas des Rückspiegels blitzt vom Fahrweg herauf. Im selben Moment erkenne ich den Fahrer. Er steigt mit einem alten Militärrucksack den Wald Richtung Überhang hinauf. Die Luft ist süßlich schwer. Überall im Wald leuchtet Toilettenpapier. Ich huste, habe das Gefühl, dass ich den Geruch fast sehen kann, wie er durch die Stämme wabert. Ein paar Schritte mache ich noch. Plötzlich schlägt beim Überhang ein Hund an. Das Gebell hallt zwischen den Felsen, bis jemand ruft. Der Hund schweigt augenblicklich. Ich ducke mich. Jemand schreit Kommandos. Der Schall wird wie verstärkt vom Überhang herübergeworfen. Durchs Gestrüpp halte ich auf den Fuß des Riffs zu, auf eine mit Birken und niedrigen Kiefern bestandene Flanke. Ein kleines, ansteigendes Labyrinth, wo ich schon manchmal mit Vito aufwärtsgeturnt bin, wenn es uns zu langweilig war, die

Touristenpfade hinauf zur alten Wetterfahne zu nehmen. Ohne Mühe erreiche ich die erste Felsstufe. Bald bin ich zehn Meter über dem Grund. Ich balanciere nach rechts hinaus und bin zwischen Birkengebüsch und einer kleinen Kiefer außer Sicht. Von hier sehe ich sie. Ganz in Schwarz und Camouflage zwei Halbstarke, ein Mann und ein Deutscher Schäferhund an der langen Leine. Sie haben angehalten. Ratlos wirken sie, wie sie keine dreißig Meter entfernt abwärts in den Wald spähen. Ihre Glatzen schimmern. Von den Camps, die sie organisieren, habe ich gehört. Man schläft mit Isomatte und Schlafsack im Sand. Man macht Feuer, trotzt dem Wetter. Man brät Würstchen und singt Lieder.

Die drei wissen offenbar nicht weiter. Eine Weile stehen sie da und schauen in den Wald, dann nehmen sie den Schäferhund kurz und gehen Richtung Felsdach zurück. Ich klettere nach oben, sehe die Felsenstadt von Vito und mir auftauchen, aber ich halte nicht an, um zu schauen. Ich muss die Kleine holen. Ich überquere das Riff und steige auf dem Touristenpfad Richtung Dorf hinab. Ich renne, renne meiner Tochter entgegen, aber ich bin nicht mehr das Kind von damals. Ich trage nicht mehr mein Einweckglas wie einen leuchtenden Lampion vor mir her. Mir ist, als hätten die Nazis sich direkt in den Vorgarten meiner Kindheit erleichtert.

*

Ich weiß, die Erzieherinnen wundern sich, dass die Kleine in den Kindergarten geht. Ich weiß, dass sie sich fragen, was ich treibe im Dorf, wenn ich barfuß, in T-Shirt und Jeans am Kindergarten auftauche und die Kleine zum Mittagessen abhole. Aber Kinder brauchen Kinder. Das habe ich mehr als einmal gesagt. Die Erzieherinnen haben es freundlich zur Kenntnis genommen. Wir reden nicht viel, wenn ich die Kleine holen komme. Ich strapaziere die Regeln, die der Kindergarten hat. Die Kinder werden morgens gebracht und bleiben bis zum Abend. Aber ich habe Sehnsucht nach der Kleinen. Ich will ihre Hand in meiner spüren. Ich will sehen, wie sie mit Begeisterung ihr Essen löffelt. Genauso habe ich Angst vor der Kleinen, vor ihren unbeholfenen, nur für sie selbst harmlosen Fragen, was wir hier wollen, warum wir gekommen sind. Was, wenn die Kleine sich irgendwann eine Wäscheleine umbindet, um auf irgendein Riff zu steigen, um den Wald von oben zu sehen, die Kronen, die kaum je stillstehen?

*

Wenn mir die Kleine entgegenrennt, habe ich diese Dinge vergessen. Ich trage sie nach Hause. Ich will mich wappnen mit ihrer Wärme. Es sind die Momente, in denen ich nah dran bin, die Schaufel in die Hand zu nehmen oder jemanden anzurufen, der mir ein Angebot machen könnte für unser Café. Nur noch schnell essen und los. Ich wärme die Dinge auf, die uns Christina dagelassen hat. Kartoffeln und Gemüse. Ein Ei schlage ich in die Pfanne. Wir scherzen und essen, die Kleine und ich. Es gibt Schokolade zum Dessert. Ich wische ihr die Schnute ab, ziehe ihr ein sauberes T-Shirt an. Den Abwasch lasse ich stehen. Ich schließe das Haus ab und wir spazieren wieder los. Die Kleine geht gern in den Kindergarten, aber am Morgen ist unser Abschied leichter. Die Erzieherinnen mustern mich unverhohlen. Ich bücke mich hinunter, gebe der Kleinen einen Kuss. Auch wenn ich mich aufrichte, habe ich noch eine Weile das Gefühl, gebückt zu gehen. Es sind die Blicke der Erzieherinnen. Es sind die alten Geschichten mit Vito, die mir wieder in den Sinn kommen. Jetzt hätte ich Zeit anzurufen. Ich hätte

Zeit, im Garten etwas zu machen. Ein paar Erdbeeren zu ernten oder etwas gegen den Mehltau zu unternehmen.

*

In der Stadt-die-keine-ist könnte ich nicht wohnen. Jeder kennt jeden. Man guckt auf die Wäscheleine und weiß, wer sich ein neues Hemd geleistet hat, oder schielt nach der winzigen Unterwäsche der Nachbarin und fragt sich, was sie damit will. Ich gehe schnell durch die Gassen. Ich weiß, dass die Alten mir aus den Fenstern hinterherschauen, dass ihre Köpfe mir folgen.

Ich kenne Jans Abfahrtszeiten vom Markt. Ich komme immer so, dass Jan noch eine rauchen kann, bevor wir zusammen hoch zur Festung fahren.

Du hast wieder deine Träumerfalte auf der Stirn, sagt Jan.

Denkerfalte, sage ich. Denkerfalte.

Aber du bist ein Träumer, bemerkt Jan, bläst den Rauch hinunter Richtung Elbe, und ich muss lachen.

Jetzt erzähle ich dir mal eine Geschichte, sagt Jan.

Jeden Abend kurz nach der Grenze seh ich so ein Mädchen auf dem Seitenstreifen stehen. Sie ist ganz blass, und ihre Brüste leuchten wie zwei Laternen im Gegenlicht. Ihre Haare sind schwarz wie Ebenholz. Vielleicht hat sie auch eine böse Stiefmutter. Jedes Mal bin ich kurz davor, auf die Bremse zu treten, auszusteigen und sie in mein Auto einzuladen. Sie könnte auf der Eckbank in der Küche schlafen, und dann würde ich ihr am nächsten Tag eine Decke in den Kofferraum legen und sie über die Grenze fahren bis hinauf auf die Festung. Ich würde sie in der Festungsküche abgeben, und da könnte sie fürs Erste Bohnen schneiden und Kartoffeln schälen oder was auch immer. Und dann würde sie die Abendschule besuchen und sich einen Job besorgen. Aber ich mache es nicht. Weil es da zwei Typen in der alten Russenkarre nebenan gibt, die viele sehr weiße Zähne haben, eine Fressleiste aus dem Ganzen, weil sie sonst keine Zähne mehr hätten. Und weil sie ihre neuen Zähne so schön finden, sind sie die ganze Zeit am Grinsen.

Siehst du, sagt Jan.

Jetzt ist er es, der lacht. Dann sieht es so aus, als würde die Lücke zwischen seinen Schneidezähnen größer. Die Teufelslücke, wie Jan sagt.

Ich kenne diese Geschichten von ihm. Ich weiß nicht, wo er sie alle herholt, aber ich weiß, was sie bedeuten sollen. Das ist seine Art zu sagen, dass ich endlich Vito besuchen soll.

Jan klopft mir auf die Schulter. Ihr Deutschen seid alles Theoretiker, sagt er.

Aber du hast auch eine deutsche Mutter.

Ja, aber meine tschechische Hälfte ist stärker. Deshalb fahre ich hier Bus und nicht du, mein Lieber.

Jan drückt seine Zigarette aus und schnippt den Stummel Richtung Papierkorb.

*

Ich steige zu Jan in den Bus, in dieses seltsame Monstrum. Über der Stadt-die-keine-ist fliegen die Wolken. Hinten auf die Plattform, wo man über eine kleine Treppe hinauf zu den obersten Sitzreihen gelangt, hat Jan für mich einen Stuhl gestellt. Ein altmodisches Korbmodell, das gerade so in die Ecke passt. Die Touristen schauen, machen sich dünn, um zu ihren Plätzen zu gelangen, aber niemand sagt etwas. Zum Schluss steige ich ein und spanne die Kette vor mir. Ein Wunder, dass so ein Bus zugelassen ist. Ich lehne den Kopf nach hinten, bis ich kühl das Geländer im Nacken spüre. Jan fährt los. Auch er ist ein Träumer hinter dem Steuer, ein sanfter Kapitän. Ich sehe nur die Hälfte der Welt – Wolken, Dächer, Bäume und Felsen. Alles andere ist versunken. Ich kann es mir denken, aber ich muss nicht.

*

Ich habe Vito wiedergefunden, als Christina schwanger war. Ich saß schlaflos am Computer und suchte alte Klassenkameraden. In diesem Wust aus Vergangenheit erschien mir Vito wie ein blasser Heiliger. Das Erste, was mir an Vito auffiel, waren seine blonden Locken, um die ich ihn schon als Kind beneidete. Meine glatten braunen Haare waren nie der Rede wert. Um Vitos Kopf wogte ein blondes Chaos, das er selbst irgendwie schnitt, wenn es ihm zu viel wurde. Es waren keine engen, dichten Locken, eher vom Durchmesser des handtellergroßen Schlüsselrings unseres Schulhausmeisters Jiří. Unter diesen Haaren kam mir Vitos Schädel klein vor, vogelhaft. So manches Mal habe ich mir vorgestellt, wie er aussehen würde, wenn er ganz kahl wäre. Ein feiner Kopf, mit schmaler Stirn auf einem noch feineren Körper, aber er hatte seine Haare behalten und auch die Blässe. Nach dem Unfall schien es, als wäre ihm jegliche Farbe aus der Haut gewichen. Er wirkte pergamenten leicht, als könnte ihm schon ein Grashalm die Haut durchstechen. So blass unter seiner ewigen Mähne erschien er mir auf dem ersten Bild. Ich saß dicht vor dem Monitor, hatte Angst, einen anderen Vito zu finden als den, den ich kannte. Vito war schlank und stand lächelnd in einer kleinen Tischlerei, die ohne Zweifel seine eigene war. Es gab Tische, Kommoden, alte Bauernschränke. Sorgfältig und solide sahen die Möbel aus. Mag sein, sie waren es wirklich, oder ich bildete es mir ein, weil ich wollte, dass es Vito gut ging, weil ich wollte, dass

Vito etwas machte, das ihn ausfüllte. Auf den Bildern war nirgendwo zu ahnen, dass ihm von seinem rechten Bein nur der Oberschenkel geblieben war. Auf manchen Fotos posierte er so weltmännisch leger, dass mir unser Kletterunfall wie ein böser Traum erschien, als wäre sein Körper eine Pflanze, die noch einmal ausgetrieben hatte. Seine Werkstatt war weit und lichtdurchflutet. Vito, der Künstler. Der Gedanke gefiel mir. Ein Bild zeigte seine Werkbank mit Hobeln, Messern und einigen Spänen darauf. Ich glaubte, das Holz zu riechen. Da ist er zu Hause, dachte ich, in diesem Geruch aus Holz. Eine Blase außerhalb der Zeit, in der Vito schwebte. Mir fiel ein ferner Tag im Ferienlager ein, als es regnete und wir alle drinblieben. Ich war mit einem Lötkolben und einem Schneidebrettchen beschäftigt. Ich brannte ein Bild ins Holz. Das Motiv habe ich vergessen. Ich weiß nur noch, dass ich leise sang, obwohl ich Angst vorm Singen habe, aber da sang ich und brannte mein Muster ins Brettchen. Draußen regnete es. Meine Eltern waren weit weg. Meine Freunde waren weit weg. Es gab mich und die Welt. Das war es. In so einem Tag sah ich Vito leben, ein endloser Tag, der nach Holz duftete und ein wenig nach Kaffee. Ob das für Vito so war, wusste ich nicht. Ich stellte mir vor, wie er abends selbstgebautes Holzspielzeug nach Hause brachte, wie sich seine Kinder auf ihn warfen, lachend aus ihren Zimmern heraus, mit denselben wunderbaren Locken.

*

Jetzt sitzen Jan und ich an der Haltestelle unterhalb der Festung. Die Rentner, die Kinder, die Pärchen sind in den kleinen Zug mit den Gummirädern umgestiegen, der auf schmalen Straßen das letzte Stück hoch zur Festung fährt. Er hält direkt vor dem Außenaufzug. Man kann nochmals umsteigen und sich hinauf auf die Festung heben lassen. Dreißig Höhenmeter hinter Glas. Plötzlich steigt die Landschaft vor einem hoch, wird aufgezogen wie eine Kulisse. Es gibt auch ein paar, die laufen, aber die nehmen andere Wege.

Jan, sage ich. Jan, weißt du eigentlich, dass die Nazis oben im Wald ein Camp haben? Aber er will nichts wissen davon.

Jetzt rück mal was rüber, mein Lieber.

Das ist unser Spiel. Wir erzählen uns Geschichten. Von Jan weiß ich, dass er zwei erwachsene Kinder hat und eine Frau, die Brigitte heißt. Dass er in einem Kaff über der Elbe wohnt. Wenn mein Stündlein geschlagen hat, soll ich zu ihm fahren, weil die Kneipe zu ist und der Tod nicht mehr kommen will.

Von mir weiß er, dass ich dahin zurückwollte, wo ich als Kind gewohnt habe. So ganz konnte ich das Jan nicht erklären. Aber ich glaube, er hat verstanden.

Mein Lieber, mein Lieber, sagt er und schnippt die Zigarette Richtung Papierkorb.

Hier oben trifft er. Am liebsten würde er mir wieder einen Tipp geben. Das will er immer. Das ist Jans Spiel, das er auch ein wenig genießt. Seine schwarzen Kunstlederschuhe sind rund getreten. Er hat die immer gleiche Hose an, das immer gleiche blaue Hemd, gebügelt und korrekt in den Bund gesteckt. Das ist seine Arbeitskluft.

Bis gleich, sagt Jan. Und denk an deine Träumerfalte.

Ich winke ihm zu, gehe die schmale Straße hinauf, wo die Züge mit den Gummirädern fahren.

*

Ich weiß nicht, welche Geschichte Jan taugen würde. Dass ich mit einer Frau zusammen bin, die nur von den Himmelschlüsseln hinter ihrem Elternhaus erzählt, aber sonst kaum etwas preisgeben will von ihrer Kindheit, die schon während der Lehre von zu Hause ausgezogen ist. Die vor allem mit ihren Händen redet, weil es bei ihr zu Hause nicht viel zu reden gab. So eine Geschichte vielleicht, bei der man sich Sorgen machen kann oder auch nicht, weil manche Dinge sind, wie sie sind, in der Zeit verschwunden, ohne Echo.

*

Das ist mein Weg auf die Festung. Ein halb moosiger, halb staubiger Schlund, in dem ich mich aufwärtswinde. Lange war ich nicht hier, lange habe ich nicht in diesem Spalt gesteckt. Unter mir laufen Leute. Ein merkwürdiges Gefühl, sie so betrachten zu können, kaum zehn Meter entfernt. Ich höre sie reden, lachen, ohne dass sie auf die Idee kämen, dass da noch jemand ist. Unter mir taucht die Stadt-die-keine-ist auf. Ich bin ein kleiner, steigender Ballon über dem Wald und den Dächern. Unser Dorf ist außer Sicht. Der Kindergarten, die Kleine, aus diesem Winkel nicht zu sehen, als hätte mich die Welt verlassen, nach der ich mich so lange sehnte. Meine Hose ist dreckig. Mein T-Shirt wird dünner und dünner. Immer wenn ich Stimmen höre auf dem alten Patrouillenweg unten im Wald, halte ich inne, versuche leiser zu atmen, dass mich niemand entdeckt. Ich bin ein Tänzer, setze die Füße fein, verkralle die Hände nicht, streichle den Sandstein nur. Ein paar Züge und über mir erscheint die Festungsmauer. Direkt unter dem Mauerbogen gibt es einen geräumigen Absatz. Ich strecke die Beine aus, lehne mich an den Fels. Ich fühle die Festung im Rücken, die schiere Masse von Wirtschaftsgebäuden, Kaserne,

Zeughaus und Kanonen. Auf der anderen Talseite, hinter den Dächern der Stadt-die-keine-ist, erhebt sich im gleißenden Nachmittagslicht das Riff, wo ich versucht habe, vom Blitz getroffen zu werden, während Vito im Wald auf mich wartete.

*

Ich will wieder mal den Himmel sehen, sagte Vito.

Ich begriff nicht.

Ich will den Himmel über dem Riff sehen.

Ich schaute Vito an. Unmöglich, dachte ich.

Vito saß vor mir auf dem Bett. Dünn war er immer, aber mir schien er in den letzten Wochen durchsichtig geworden, ein Blatt gegen die Sonne, in dem die Adern aufschienen. Nachmittagslicht filterte durch die weißen Vorhänge, die seine Mutter neu aufgehängt hatte und die an ein Krankenzimmer erinnerten. Aber vielleicht waren es auch die Verbandsschachteln, die mich das denken ließen, die Pflasterrollen, die gebogenen Scheren, die Desinfektion. Wir malten, der durchsichtige Vito und ich. Draußen dehnte sich der Spätsommer heiß und riesig. Ich schwitzte. Vito schwitzte. Und so wie wir schwitzten, schien sein Stumpf zu glühen. Alle Stunden kam seine Mutter, um ihn zu waschen und zu pudern. Dann musste ich das Zimmer verlassen. Vito wollte nicht, dass ich ihn so sah. Ich stand auf dem Treppenabsatz vor seinem Zimmer. Ein Fenster ging hinaus auf unser Riff.

Erst hatten sie versucht, mich fernzuhalten von Vito. Nach seiner Rückkehr aus dem Krankenhaus schlich ich durch seine Straße, warf Kiesel gegen sein Fenster. Ich ließ Blumen auf dem Briefkasten liegen. Margeriten, Kornblumen, Mohn – was die Feldränder hergaben. Aber Vitos Eltern jagten mich davon. Ich sah meine Blumensträuße auf dem Kompost welken. Manchmal zeigte sich Vito am Fenster, schüttelte mit dem Kopf und deutete mit den Fingern nach unten, in Richtung des Schlafzimmers seiner Eltern.

Zwei Wochen war Vito noch einmal auf Kur gegangen, gleich auf die andere Seite der Elbe. Stromauf das nächste Städtchen war bekannt. Von überallher kamen sie aus der Republik, um die gute Luft zu genießen und mit nackten Beinen durchs kalte Wasser zu stampfen. Vito brachten sie bei, wie man sich bewegt, mit diesem neuen Körper, den er nun hatte – wenn man das Bein noch fühlt, es aber nicht mehr da ist.

Zwei Monate nach dem Unfall kam Vito endgültig zurück. Es war Juli, das alte Schuljahr zu Ende. Vito saß im Rollstuhl im Garten. Seine Mutter glaubte, dass er zu schwach war, um den Umkreis des Hauses zu verlassen. So sah ich Vito bei seiner Mutter sitzen. Seine kleine Schwester rannte über den Rasen, schlug Rad oder spielte allein Boccia. Was Vito an Bewegung fehlte, wog sie auf. Vito dagegen las oder zeichnete, und er gab mir Zeichen, weil er sah, dass ich hinter der Hecke nach ihm spähte. Die Mitte der Ferien war vorüber, als seine Mutter begann, ihn im Dorf spazieren zu schieben. Aufstehen durfte er nicht, obwohl er es lange schon vermochte. Ich war Vitos Schatten, jagte von Baum zu Baum, duckte mich hinter Mauern, Büsche und Autos. Anfangs ignorierte mich Vitos Mutter. Wenn sie mich entdeckte und unsere Blicke sich begegneten, tat sie so, als gäbe es hinter mir etwas zu sehen. Ich bekam es mit der Angst, drehte mich um, sah aber nie etwas. Wohin sie auch gingen, wann immer ich konnte, folgte ich ihnen. Und ich wusste auch, dass das Dorf mir folgte. Gardinen hoben sich oder wehten ins Freie. Köpfe erschienen im Halbdunkel und verschwanden. Ich beobachtete und wurde beobachtet. An einem schwülen Abend, als die Schwalben tief flogen und die Mücken in Schwärmen gegen die Sonne standen, hörte ich auf,

Luft zu sein. Nicht weit vom Feuerlöschteich hielt Vitos Mutter inne. Sie bremste den Rollstuhl an, schaute zu mir herüber und ging davon.

Von da an war es an mir, mit Vito spazieren zu gehen. Wenn wir außer Sichtweite seines Hauses waren, nahm er seine Krücken und stieg aus dem Rollstuhl. Die Mädchen kamen zu ihm. Die Jungs äugten und wollten ihn überreden, sein Bein zu zeigen. Er sagte nie viel, schaute die anderen nur scharf an, als hätte er Mühe, genau zu verstehen, was sie fragten. Den Jungs wurde die Sache schnell langweilig, vielleicht auch unheimlich, obwohl sie das nicht zugaben. Die Mädchen waren hartnäckiger. Sie gingen still und besorgt ein Stück mit uns mit. Vito bekam Schokolade oder auch kleine, gebastelte Dinge. Er steckte sie ein, würdigte sie aber keines Blickes. Die Schokolade schenkte er zu Hause seiner Schwester. Eine Weile hatte ich geglaubt, dass Vito mich zum Teufel jagen würde, aber mit der Zeit war ich der Einzige, der ihm blieb. So schlenderten wir durchs Dorf oder saßen am Feuerlöschteich, um herauszufinden, was aus unseren Kaulquappen geworden war. Wir lagen wieder bäuchlings auf dem Betonrand und spähten ins Schilf. Ich hatte Angst, dass Vito ins Wasser fallen würde, so weit, wie er sich vorbeugte. Noch das kleinste Ereignis und ich würde ihn nie wiedersehen. Das wusste ich. Und offenbar wusste es auch Vito. Bis zum Ende der Ferien passierte nichts Schlimmes mehr. Einmal kauften wir uns eine Limo und setzten uns an den Rand des Teichs, so wie wir es uns ausgemalt hatten. Wir blickten über das dunkle Wasser wie über ein Meer und tranken in kleinen Schlucken.

Meinst du, dass es unsere Kaulquappen geschafft haben?, fragte Vito.

*

Gegen Ende der Ferien bekam Vito wieder ein wenig Farbe. Auch wenn sie es nicht wollten, mussten sich Vitos Eltern eingestehen, dass es aufwärtsging, seit wir wieder Zeit miteinander verbrachten. So durfte ich auch wieder ins Haus. Vitos Eltern sprachen nicht mit mir. Sie brachten mir beim Spielen kein Glas Wasser und auch keinen zweiten Teller Apfelschnitze. Wenn es dunkel wurde, schlich ich zu mir nach Hause wie ein Dieb, denn das war ich: ein Dieb, der Vito das Bein geklaut hatte. Obwohl das meine Eltern anders sahen. Das seien Stümper gewesen. *Stümper*. Ich kaute das Wort lange und verstand es doch nicht. Ich wusste nur, dass es mit den Ärzten zu tun hatte, die Vito operiert hatten. Ich wusste auch, dass etwas schiefgelaufen war. Meine Eltern versuchten ihr Bestes, um mir klarzumachen, dass ich mich nicht schuldig fühlen musste. *Stümper* – als wäre das Wort ein Bonbon zum Lutschen und der Mund füllte sich ein wenig mit Süße.

Ihr wart gleich dumm, sagte mein Vater. Vito ist selbst runtergefallen. So wie du auch hättest runterfallen können.

Aber ich dachte an den Griff, an das scharfe Ohr, das mich gerettet hatte. Und ich dachte daran, dass ich geschwiegen hatte. Warum auch immer. Ich hatte die Klappe gehalten. Und ich sagte nicht viel mehr, als die Schule wieder begann.

*

Jeden Morgen holte ich Vito ab. Ich schob ihn zur Schule, wo Jiří zwei alte Bretter an den Hintereingang legte, dass ich Vito in seinem Rollstuhl in die Schule hieven konnte. Einmal drinnen, ging er auf Krücken umher, aber draußen zog es Vito vor, geschoben zu werden. Auch im Klassenzimmer durfte er aufstehen und herumlaufen, *um die Beine zu durchbluten*, wie es seine Mutter auf einen Zettel für die Lehrer geschrieben hatte.

Ich hingegen musste stillsitzen. Beim kleinsten Mucks bekam ich eine Ermahnung. Schon in der ersten Woche handelte ich mir zwei Einträge ein. Die erste Seite meines frischen Hausaufgabenhefts war dicht in Rot beschrieben. Ich schämte mich nicht dafür, genauso wenig fürchtete ich mich vor meinen Eltern. Bis zur zweiten Woche war ich ratlos, was mit mir passierte. Es gab einen neuen Sitzplan. Vito und ich saßen an den diagonal gegenüberliegenden Ecken des Klassenzimmers. So lernte ich ein neues Wort. Einfluss. Ich hörte es hinter vorgehaltener Hand, wenn sich bei der Hofaufsicht die Lehrer miteinander unterhielten, auf mich zeigten und dann ebenjenes Wort benutzten: Einfluss. Es dauerte eine Weile, bis ich begriff, wofür es stand oder stehen sollte. Wie meine Eltern von *Stümpern* gesprochen hatten und ich einen leisen Anflug von Trost spürte in der Art, wie sie es sagten, war *Einfluss* für mich etwas Bitteres, etwas, das mich trennte von den anderen, und es schien, einen Moment auch von Vito. Aber dann kam der erste Appell zur Eröffnung des Schuljahres und es wurde klar, dass Vito und ich in einem Boot saßen, weit draußen. Die uns vertrauten Dinge waren nur noch entfernte Lichter an einer Küste, von der wir nicht einmal träumen konnten, sie je wieder zu erreichen.

*

Zum Appell traten wir an einem heißen Spätsommermorgen an. Die ganze Schule stand um das Rondell. In der Mitte der Walnussbaum mit einer so dichten und breiten Krone, dass ich manchmal bei Wind dachte, er schwebte als riesenhafter Ballon einfach davon. Alle hatten wir unsere Pionierblusen an und unsere Halstücher. Die Kleinen die blauen. Wir, die Älteren, die roten. Auf dem Ärmel in Schulterhöhe war die ewige

Flamme der Pionierorganisation eingestickt. Die Halstücher hatte man in einer bestimmten Art und Weise zu knoten, dass die Enden zehn Zentimeter symmetrisch zu beiden Seiten aus dem Knoten herausragten. Der Knoten selbst war nicht zu sehen. Durch geschickte Führung des Stoffs war er weggerafft unter einer kleinen Masche.

Wir hatten Sport gehabt in der ersten Stunde. Ich war im Tor geblieben und konnte die ganze Zeit an nichts anderes denken als den Knoten. Ich kassierte Tor um Tor. Die anderen wurden böse. Nach der Stunde hatte ich vor der Mädchenumkleide gewartet, bis mir ein größeres Mädchen half, den Knoten wieder zu binden, auch wenn mich das nicht rettete.

Der Chemielehrer der Schule setzte den Plattenspieler in Gang. Es knackte in den Lautsprechern, die von den FDJlern eigens in den Hof gehievt worden waren. In Gedanken setzte ich mich auf unser Felsriff und versuchte hinunterzuschauen auf unser Dorf. Wir standen Klasse für Klasse in Einerreihen zu je zehn hintereinander. Der Gruppenratsvorsitzende jeder Klasse trug einen Wimpel in der Hand, den er wie eine Standarte vor sich hielt. Ich war ins letzte Glied gerückt. Vito saß vor mir in seinem Rollstuhl. Wir sollten uns bereithalten, hatte man uns gesagt. Wofür, wussten wir nicht. Die Abzeichen für gutes Lernen in der sozialistischen Schule wurden zum Ende des Jahres verteilt. An der Messe der Meister von morgen hatten wir keinen Stich gesehen gegen die großartigen Projekte der Jungs, die nie einen Schritt vor die Tür machten, die nur in ihren Zimmern hockten und bauten, um an Urkunden zu kommen. Ich stand hinter Vito. Ein wenig unter mir glänzte das blonde Chaos seiner Locken. Wenn ich mich klein machte hinter seinem Rücken und seinen Locken, dann verschwanden sein Stumpf und seine Beine aus der Perspektive. Ich konnte mir einen Moment lang einbilden, dass nie etwas passiert war. Den Rollstuhl dachte ich mir zu einem Stuhl. So war einige Minuten alles heil in Gedanken.

Der Direktor verkündete die Jahresziele. Er verglich unsere Schule mit einer Fabrik. So wie die Werktätigen arbeiteten, sollten wir Einsen herstellen. Unsere Zensuren waren unsere Produktion. Und sie hatten die Macht, unsere Eltern glücklich zu machen, unsere Großeltern, unsere Onkel und Tanten, die auch alle werktätig waren. Mit dieser Macht über das Glück würden unsere Leistungen allen helfen. Unserem Chemielehrer glühten die Wangen hinter dem Plattenspieler. Ich wusste nicht mehr, auf welchem Bein ich noch stehen sollte. Mir wurden die Füße heiß. Ich driftete in Gedanken davon, bestieg den Ballon des Walnussbaums, erhob mich in die Lüfte. Vito mit mir im Korb. Sandsack um Sandsack warfen wir ab, stiegen immer schneller und schneller ins Blau.

Ich zuckte zusammen, senkte das Kinn auf die Brust. Es war totenstill geworden. Von fern glaubte ich das Echo meines Namens zu hören. Es dauerte einen Moment, bis ich merkte, dass die Stille etwas mit mir zu tun hatte. Ich spürte die Blicke, sah die halbverrenkten Hälse der Streber, die zwar gern schauen wollten, sich aber nicht trauten, den Kopf zu weit zu drehen. Es war Vito, der den Kopf in den Nacken legte und sagte, dass wir vor mussten. Ich umfasste die Griffe des Rollstuhls. Seine Krücken hatte Vito nicht mitgenommen. Der Appellplatz war mit einer Mischung von Kies, Staub und Dreck bedeckt. Vito hielt mit Händen und Unterarmen die Lehnen umschlossen. Ich schob mit der ganzen Kraft, die ich hatte. Die Lehrer musterten uns unverhohlen. Die Schüler trauten sich immer öfter, die Köpfe zu drehen. Unter meiner Pionierbluse rann mir der Schweiß über den Bauch. Wir mussten das Rondell auf einer Seite ganz umrunden, um nach vorn zum Direktor zu kommen. Als wir ihn fast erreicht hatten, traf eines der Räder einen größeren Kiesel und blockierte. Der Rollstuhl kippte. Vito fiel vornüber in den Staub. Manche lachten. Manche schwiegen. Ich richtete den Rollstuhl wieder auf. Dann griff ich Vito unter die Arme, zog ihn zurück in den Sitz. In seine Handflächen hatten sich Steine gebohrt. Er sagte nichts, und ich traute mich nicht, ihn zu fragen, ob er sich etwas getan hatte. Es war unsere Pionierleiterin, die mir zu Hilfe eilte. Dann standen wir direkt neben dem Direktor, einem massigen Mann, den Vitos Fall sichtlich aus dem Konzept gebracht hatte. Er rollte nervös das Papier, das er in den Händen hielt. Er blickte mich an, dann Vito, schaute aber immer dann weg, wenn sich unsere Blicke begegneten. Er räusperte sich und begann zu sprechen. Ich hielt den Kopf gesenkt, lugte nur manchmal aufwärts. Vor uns die ganze Schule. Vito, zusammengesackt und dreckig in seinem Rollstuhl. Ich, um Haltung bemüht. Die Mädchen aus unserer Klasse tuschelten. Ich glaube, dass einige weinten. Der Direktor sagte, was er zu sagen hatte, wie wir dagegengehandelt hatten, was uns als gute Pioniere auszeichnen sollte. Vito würde den Rest seines Lebens nur ein Bein haben. Ich müsste mich den Rest meines Lebens verantwortlich fühlen.

Es knackte. Unser Chemielehrer hatte den Arm des Plattenspielers abgesenkt. Die Musik begann zu schmettern. Der Appell war zu Ende. Alle gingen zurück in die Schule. Keiner traute sich zu Vito und mir. Wir standen ein paar Minuten allein unter dem riesigen Nussbaum in der Mitte des Rondells. Ich hatte meine Hände auf Vitos Schultern gelegt und lehnte mich zurück, dass meine Tränen nicht auf Vito tropften. Ich dachte, jetzt steige ich mit Vito hoch in die Krone und fliege davon. Aber der Baum stand fest. Es waren die anderen, die entschwebten, so locker, so leicht kehrten sie in ihre Klassenzimmer zurück, wo vielleicht ein paar unbekannte Vokabeln auf sie warteten, ein paar mehr oder weniger schwierige Aufgaben und sonst nichts weiter.

*

Es war ein windiger, aber warmer Septembertag, als ich mit Vito hoch zu unserem Riff ging, um wieder einmal den Himmel zu sehen. Vito bis hinauf zur blechernen Wetterfahne tragen konnte ich nicht. Dafür hatte ich mit Angelsehne und zwei Metallbüchsen ein Telefon gebaut. Ich würde für Vito sehen. Meine Augen wären seine Augen, und wie der Radiokommentator beim Fußball atemlos jeden Spielzug beschrieb, wollte ich Vito in jeder Sekunde erzählen, was ich sah. Ich wollte ihm von den Schatten erzählen, die über die Ebene zwischen den Riffen flogen, vom Staub über den Feldern, dem Rauch aus den Schornsteinen der Papierfabrik. Er sollte sehen, nein, er sollte spüren, was ich sah. Ein Sprung zurück in der Zeit, zu den langen, trägen Frühlingsabenden, als wir uns noch um die Kaulquappen gekümmert hatten und in Gedanken die waghalsigsten Kletterzüge durchgingen. Es sollte eine Überraschung werden. So ließ ich das Telefon im Rucksack verstaut, als wir am Feuerlöschteich saßen. Es war Donnerstagnachmittag und wir schwänzten. Das hatten wir eine Woche zuvor mit einer Limo genau hier im Schatten des Schilfs besiegelt.

Vier Wochen hatten gereicht, dass wir unsere Lehrer wenn nicht hassten, dann verabscheuten. Die einen, die im Mitleid ertranken, die anderen, die so taten, als wäre nichts, und wieder andere, die uns für unglaublich dumm hielten. Einzig Jiří stand zu uns. Wann immer wir auftauchten, hatte er etwas Kleines zu tun. Eine Alibiaufgabe, damit er ein wenig schwatzen konnte.

Hier, halt mal die Hacke, sagte er zu Vito, oder er trug uns auf, die Hintertür der Turnhalle abzuschließen. Was würde ich ohne euch machen, sagte er und drückte uns etwas in die Hand, von dem er dachte, dass wir Jungs es gern hätten. Ein paar Tabakkrümel, ein paar Streichhölzer oder manchmal auch das aus einer Zeitung gerissene Bild irgendeiner Schauspielerin, die er wohl schön fand. So sammelten wir Ding um Ding. Jiřís Schätze sagten wir dazu. Einmal traute ich mich dann auch, Jiří zu fragen, ob ich mir eine Schubkarre aus dem Schulgarten borgen könnte. Ich erzählte Jiří, wie ich vor dem Unfall mit Vito durch den Wald gezogen war, wie wir unsere Felsenstadt bewohnten und dass ich wieder einmal da hinaufwollte mit ihm. So weit laufen konnte Vito allerdings nicht. Auf den Krücken ermüdete er schnell und der Rollstuhl war in holprigem Gelände eine Katastrophe. So war ich auf die Schulschubkarre gekommen, mit dem dicken luftgefüllten Gummireifen vorn. So eine wollte ich.

Wenn's weiter nichts ist, sagte Jiří.

Einmal nach dem Unterricht hatte er mir eine gebracht und eine Nische im Schuppen gezeigt, wo ich sie hinstellen sollte, damit er sie nicht für den Schulgartenunterricht herausgab. Ich putzte sie in einer Freistunde mit Schlauch und Bürste, bis kein Hauch Erde mehr in der Wanne zu finden war. Alles schimmerte metallisch rein. Der Schulgarten befand sich zweihundert Meter entfernt von der Schule unter einer Reihe Linden. Wenn kein Unterricht war, lagen die Beete verlassen. Die Wege rechtwinklig, die Rasenkanten und Rabatten mit Stricken abgespannt. Überall Schildchen, wo dieses wuchs und jenes.

So hatte ich alles geplant. Das Telefon gebaut. Die Schubkarre vorbereitet. Ich sagte Vito, er solle warten. Ich müsse kurz zum Schulgarten.

Ich dachte, wir schwänzen, sagte er.

Klar, erwiderte ich. Aber du wolltest doch wieder einmal den Himmel sehen.

Der Nachmittag fauchte mir entgegen. Die Straßen wie große, leere Ofenlöcher. Wir hatten den richtigen Tag ausgesucht. Die Wolken fuhren eilig über den Himmel. Eine endlose Karawane, weiß und grau. Ich öffnete das niedrige Tor zum Schulgarten, ging in den Schuppen und holte die Schubkarre. Einen Moment hatte ich Angst, dass mich jemand entdecken könnte, aber es kam niemand. Das Schulgebäude war in einiger Entfernung hinter den Linden verborgen. Ich schloss das Tor und eilte zu Vito. Er lag wie schon so oft bäuchlings auf dem Betonrand, schaute hinunter und tauchte die Hände ab und an ins Wasser, als würde er etwas suchen.

Es geht los, sagte ich zu Vito, der sich vom Teichrand zurückschob und dann mit den Händen langsam hochstützte.

Was geht los? Er schaute die Schubkarre an.

Moment noch, sagte ich und zog unsere Sofadecke und zwei kleine Kissen aus dem Rucksack. Ich breitete die Decke in die Metallwanne und lehnte die Kissen an die Rückseite. Ich spürte Vitos Blick im Rücken.

Ich bin doch kein verdammter Haufen Erde, sagte Vito.

Aber du willst zum Riff, und mit dem Rollstuhl kommen wir nirgendwohin.

Vito schaute reglos auf die Schubkarre. Er strich sich die Haare aus der Stirn, aber eine Böe blies sie ihm zurück ins Gesicht. Ich sah seine Augen hinter den Strähnen funkeln, sah ihn zögern.

Idiot, sagte er. Dann stieg er ein.

Wir ließen das Dorf schnell hinter uns. Vito saß erstaunlich sicher in der Schubkarre. Ich nahm die Geheimwege zwischen Hecken und Gärten. Wir hatten Angst, jemanden zu treffen – nicht nur, weil wir schwänzten. Es gab nicht wenige, die uns im

Blick hatten, was immer wir auch taten. Manche bemitleideten uns. Manche verachteten uns. Aber an diesem Donnerstag trafen wir niemanden von denen, die schwatzten, die über den Gartenzaun flüsterten und die Köpfe nach uns neigten. Wir trafen niemanden von denen, die uns verraten hätten in der Schule oder bei unseren Eltern. Mir lief der Schweiß schon nach wenigen Kurven. Meine Arme wurden schwer, aber wir schafften es ohne Zwischenfälle hinaus auf die Felder, Richtung Wald. Ich hielt erst unter der großen Linde an, um auszuruhen. Der Wind hatte sich ein wenig beruhigt. Vito blieb in seiner Schubkarre sitzen und starrte Richtung Dorf. Ich glaube, er hatte es, seit er von der Kur zurückgekehrt war, nicht mehr verlassen. Dann zog er eine zerknautschte Schachtel aus der Hosentasche, die ich nicht sofort als Zigarettenschachtel erkannte.

Von Jiří, sagte Vito.

Er fingerte zwei arg zerknitterte und verbogene Zigaretten aus dem Innern, vier Streichhölzer und die abgerissene Seite einer Streichholzschachtel, die man zum Anreißen brauchte.

Zwei Versuche für jeden, sagte Vito.

Er steckte sich eine Zigarette in den Mund und gab mir das Stück Streichholzschachtel. Ich versuchte es festzuhalten und gleichzeitig mit der anderen Hand zu schützen. Vito beugte sich über meine Hände. Er riss das Streichholz an. Ich hörte die Flamme zischen, aber im selben Moment war sie erloschen. Wir sagten nichts. Nun war ich dran. Vito versuchte die Hände stärker zu schließen. Ich beugte mich noch tiefer hinab, aber wieder hörten wir die Flamme nur, ohne sie zu sehen, ohne überhaupt einen Moment zu finden, die Zigarette ans Streichholz zu führen. Man hätte ziemlich dumm sein müssen, um es nochmals zu probieren.

Ich schritt so weit aus, wie ich konnte. Schnell gehen strengte an, aber langsam gehen brauchte Zeit, und mir wurden die Arme mit jeder Minute schwerer. Vito saß wie ein kleiner König in der Schubkarre. Die Haare wirbelten ihm um den Kopf. Wenn die Sonne hinter einer Wolke auftauchte, traten einzelne Flecken im Wald hervor wie mit dem Scheinwerfer angestrahlt. Das Licht flog. Ich hatte den Eindruck, dass die Landschaft um uns in Bewegung war, dass die Felsen, die Bäume ihren Platz wechselten.

Wie soll ich eigentlich da hochkommen, fragte Vito.

Unser Felsriff stand scharf gegen den Himmel. Die Kiefern waren wie ausgestanzt. Am Waldrand setzte ich die Schubkarre nochmals ab. Wir schauten aufs Dorf zurück, auf die Schule, wo unsere Klassenkameraden sich über ihre Hefte beugten. Ich dachte, dass Schwänzen sich irgendwie schlecht anfühlen würde. Aber es fühlte sich ganz wunderbar an, mit Vito am Waldrand zu stehen. Hinter uns der Ozean der Kronen, in den wir nun eintauchten, um zu unserem Felsriff zu kommen, das sich aus der Mitte erhob. Ich schob aus Leibeskräften. Der Boden war sandig. Das Rad schlingerte. Ich hatte keinen Atem übrig, sonst hätte ich gepfiffen. Vito schaute geradeaus. Ich hatte den Eindruck, dass er stolz aussah. Ein Kapitän auf großer Fahrt. Das Gelände stieg allmählich an. Der Weg wurde schmaler und schlängelte sich durch die Felsblöcke, die wir so gut kannten. Unsere Felsenstadt. So wie ich Vito vorher beschwingt durch den Wald geschoben hatte, schaute ich nun zu den Blöcken hinauf und begriff, dass diese Zeit vorbei war, dass ich nie wieder mit Vito klettern gehen könnte. Ich musste anhalten, rieb mir die Arme. Vito drehte sich nicht um. Die letzten Meter zum Wandfuß kam ich nicht hinauf. Der Touristenpfad folgte einigen Stufen. Mit der Schubkarre nebenher kam ich keinen Zentimeter mehr voran.

Jetzt bist du dran, sagte ich zu Vito.

Ich half ihm aus der Wanne und drückte ihm eine Stütze in die linke Hand. Den rechten Arm legte er um mich. Ich setzte den Rucksack auf, der neben Vito in der Schubkarre gelegen hatte.

Wir folgten nicht den Stufen des Touristenpfads, wo wir im Frühjahr noch unsere Gläser mit den Kaulquappen herunterbalanciert hatten. Fünfzig Meter entfernt hatte ich eine Stelle gefunden, die mir passend für unser Vorhaben schien. Die Büchsen meines Telefons waren mit Angelsehne verbunden, die nichts berühren durfte, kein Stück Stein, kein Gebüsch, keinen Baum, sonst würde es nicht funktionieren. Ich hatte meine Konstruktion mit meinem Vater auf dem Feld ausprobiert. Alles funktionierte prächtig, obwohl die Sehne recht lang war. Ich presste mir die Büchse aufs Ohr und hörte meinen Vater flüstern.

Hörst du mich. Hörst du mich. Bitte kommen.

Die Sorge, die in den letzten Wochen so oft durchklang, schien mir plötzlich verschwunden. Wir standen uns auf dem Feld gegenüber. Er redete unablässig in seine Dose und gestikulierte von fern. Und das war er für mich auch: fern, wie in einer vergangenen Welt. Meine Mutter, meinen Vater hatte ich zurückgelassen. Ich winkte, hob den Daumen und hörte meinen Vater unablässig.

Es funktioniert. Es funktioniert. Hast du gut hingekriegt.

Ich fragte mich, was an zwei mit Folie bespannten Dosen nicht hinzukriegen war, aber mein Vater war Feuer und Flamme. Vielleicht dachte er, dass ich nach Vitos Unfall den Kopf wieder freibekäme, etwas anderes zu tun, dass ich wieder Dinge für mich unternahm. Tatsächlich hatte ich einzig Vito im Kopf, dem neben mir der Schweiß aus den Haaren tropfte. Das Gelände stieg zum Wandfuß steil an. Wir gingen stark vornübergebeugt, um nicht aus dem Tritt zu kommen und rückwärts den Hang hinunterzurutschen. Vito schnaufte und fragte nichts mehr. Er hatte sich meiner Führung überlassen. Manchmal fluchte er leise, wenn seine Stütze im Waldboden einsank und er drauf und dran war, das Gleichgewicht zu verlieren. Dann schloss sich sein rechter Arm um mich, und ich staunte, wie viel Kraft er wieder hatte.

Als wir den Wandfuß erreichten, packte ich eine Trinkflasche aus, zwei Semmeln und zwei Würste. Ich zögerte mit dem Telefon. Vito sah die zwei Dosen und auch die Angelsehne.

Hast du das aus Physik geklaut?

Ich schüttelte den Kopf.

Das hab ich für uns gebaut.

Ich erklärte Vito meine Idee, dass ich für ihn sehen wollte, dass wir es wie im Radio machen würden. Ich wäre der Kommentator und er könnte alles miterleben. Vor diesem Moment hatte ich mich immer gefürchtet. Ich dachte, dass Vito vielleicht einen Lachanfall bekommen würde. Nichts dergleichen geschah. Wir saßen im warmen Sand, die Beine ausgestreckt. Drei Beine und ein halbes.

Na, da geh mal auf Station, sagte Vito.

Er nahm sich eine Semmel und eine Wurst. Ich steckte mir eine Dose von oben unters T-Shirt. Die andere ließ ich im Rucksack neben Vito. Er biss von seiner Semmel ab und schaute mich an, als wäre er froh darum, dass er jetzt nicht in diesem Spalt hinaufklettern musste, den ich ausgesucht hatte, weil er absolut gerade nach oben führte und die Angelsehne ohne Hindernisse von unten bis ganz hoch laufen würde.

Als ich in den Kamin einstieg, verschwand die Sonne zum ersten Mal für längere Zeit. Der Winkel, wo Vito saß, lag einigermaßen geschützt, überall sonst hörte ich den Wind durch die Spalten und um die Vorsprünge pfeifen. Mir war kühl im T-Shirt. Ich spürte die Metalldose auf der nackten Haut. Sie baumelte mir vor der Brust, während sich aus dem Rucksack unten die Angelsehne abspulte mit jedem Meter, den ich an Höhe gewann. Die Kletterei war nicht schwierig, ein bequemer Kamin, der sich leicht liegend schnurgerade aufwärtszog. Ich klemmte relativ bequem zwischen einer Seite und der anderen. Die Beine stemmte ich vorn gegen den Fels, mit den Händen stützte ich mich höher. Aus Vitos Position musste ich wie eine Raupe aussehen, die sich langsam höherschob. Bald tauchte unser Dorf auf und die Welt ringsumher und dahinter. Äcker, Wald, Felder. Darüber Felsennester und Waldrücken, ganz in der Ferne dann die erloschenen Vulkane des Böhmischen Mittelgebirges. Es war außergewöhnlich klar. Über mir flogen die Wolken. Da und dort schoben sie sich zu schwarzen Fronten zusammen. Als ich oben ankam, zuckte Richtung Erzgebirge der erste Blitz, aber ich achtete kaum darauf. Vito hatte die ganze Zeit kauend zu mir aufgeschaut. Als ich oben ausstieg, zog ich die Dose unter dem T-Shirt hervor und winkte damit, um ihm zu bedeuten, dass es losgehen konnte.

Ist hell hier oben. Man kann ziemlich weit gucken, bis zu den Tschechen rüber, sagte ich.

Das kann ich mir denken, sagte Vito. Sonst?

In der Schule sind alle Fenster zu, wahrscheinlich weil es so zieht.

Red lauter, sagte Vito. Und erzähl mal was Interessantes.

Seine Stimme und die Geräusche der Böen mischten sich zu einem seltsamen Raunen, als würde die Welt selbst zu mir sprechen, als dringe seine Stimme aus einem gestaltlosen Äther irgendwoher. Es blitzte wieder und ich hörte zum ersten Mal auch fernen Donner.

Was ist los bei dir da oben?, fragte Vito.

Es gewittert ein bisschen.

Tatsächlich flogen die Wolken über den Feldern. Gleißende

Flecken wechselten mit tiefem Blau oder Grau, dort wo die Schatten fuhren. Plötzlich leuchtete das Dorf auf, feurig wie herausgelöst durch einen staubigen Strahl Sonne.

Jetzt hat's eingeschlagen, sagte ich.

Wo?

Richtung Schule. Muss die Turnhalle sein.

Ich hielt mir die Dose ans Ohr. Ich wollte hören, ob Vito etwas sagte.

Erzähl, erzähl, hörte ich ihn raunen. Die Sehne, so lang wie sie war, übertrug nicht gut, aber ich hörte oder spürte die Aufregung in Vitos Stimme.

Noch mal, sagte ich. Jetzt brennt's. Das Dach hat angefangen zu brennen. Ich seh's leuchten, wie wir's in der Schule immer malen, wenn es aussehen soll wie Flammen. Schön orange, schön gelb. Ist schon offen das Dach. Die fressen alles, die Flammen.

Um uns krachte es bedenklich. Dafür war der Wind kurz eingeschlafen. Über mir arbeiteten die Wolken. Ich konnte zusehen, wie sie sich blähten und an anderer Stelle schrumpften. Sie schienen auf mich zuzukommen, als würden sie rasend schnell fallen.

Schlimme Sache, schrie ich ins Telefon. Schlimme Sache, Vito. Uns brennt die Schule ab. Ich sehe die Löschwagen kommen.

Aber ich höre keine Sirenen, schrie Vito von unten herauf. Ich verstand ihn auch ohne Telefon.

Scheiße, Vito. Ich seh die Klassen wie Ameisen wimmeln. Rette sich, wer kann. Und die Blitze krachen. Und der Wind heizt alles an. Eine Wand aus Feuer. Wird alles gefressen, sagte ich. Jetzt ist der Konsum weg. Das Schilf. Die Linden.

Ich ließ unser Dorf untergehen, ohne zu merken, dass sich das Gewitter vor mir aufbaute, dass es auf mich zuflog. Ich schaute in die schwarzen Wolkenballen und dachte, warum nicht, warum nicht. Ich dachte, jetzt erzähle ich nicht mehr, jetzt wird die Welt so, wie ich will.

Blitze, schrie ich. Blitze und jetzt Donner. Und jetzt Wind. Sturm.

Ich hatte die Telefondose längst weggeworfen, hatte die Arme erhoben und empfing das Gewitter mit jeder Faser. Die ersten Tropfen fielen, und ich setzte mich hin und ließ es regnen auf mich. Große, schwere Tropfen, die mir auf die Haare und in den Nacken schlugen, dass ich lachen musste. Und wenn man so auf dem Boden saß wie ich, dann konnte man den Donner spüren, nicht die Blitze, aber den Donner. Es war so fürchterlich schön, wie der Fels vibrierte, dass ich mich hinlegte. Natürlich war das eine schlechte Idee. Das wusste ich. Einmal war eine ganze Herde Kühe umgekommen. Wie ein Lauffeuer hatte sich unter uns Kindern die Nachricht verbreitet. Von den Kühen, die seltsam verrenkt unter der Eiche beim Weiher lagen. Ich hatte meinen Vater gefragt, wie das geht, wenn der Blitz ja nicht in die Kühe selbst einschlägt, warum alle tot sind. Mein Vater hat es mir erklärt. Ich habe es im gleichen Moment wieder vergessen. Ich wusste nur noch, dass man sich bei Gewitter hinhocken muss, die Füße nah beieinander. Aber in diesem Moment auf unserem Riff legte ich mich hin. Vito hatte sein Bein nicht mehr. Und ich wollte, dass der Blitz einschlägt, aber er tat es nicht. Ich sah das Gewitter weiterziehen, über die Ebene und die Riffe Richtung Osten. Die Blitze zuckten aus den Wolken, als kraulten sie die Landschaft. Irgendwann war es vorbei. Ich hörte Vito unten im Wald schreien. Ihm war kalt und er wollte nach Hause.

*

Ich brauche einen Moment, bis ich begreife, wo ich bin. Die Sonne ist weitergezogen. Ich fröstle. Oben ruft jemand nach einem Seil. Ich schaue hoch zur Festungsmauer, sehe Leute, die sich über die Brüstung beugen. Ich stemme die Hände in die Hüfte. Wer vorher nicht zu mir geschaut hat, beugt sich jetzt in meine Richtung. Mehr Gesichter tauchen auf. Nach ein paar Sekunden bin ich absolut klar. Ich steige von dem kleinen Absatz hinab, auf dem ich eingeschlafen bin. Ich muss auf die andere Seite des Kamins, um über die Brüstung der Festungsmauer ins Innere zu gelangen. Von oben muss mein Klettern waghalsig aussehen. Ich höre die Leute flüstern, aber ich schaue nicht auf. Ich bin Herr über meine Bewegungen, Herr über die Tiefe, die sich zwischen meinen Füßen auftut. Ich tänzele die schräge Felsplatte hinauf, an deren oberem Ende das Mauerwerk der Brüstung beginnt. Ich kenne den Effekt, von oben herunterzuschauen. Man sieht eine scharf begrenzte Silhouette gegen die saugende Tiefe. Die Punkte, wo der Körper noch mit der Welt verbunden ist, scheinen winzig. Das ist es, was die Leute von oben sehen. Aber der Sandstein ist rau unter meinen Fußballen, die Griffe sind klein und scharf. Noch zwei Züge, die wacklig aussehen müssen, so still wie es ist, und ich greife das untere Ende der Brustwehr mit den Fingern wie eine Zange. Schnell bekomme ich die gusseiserne Metallstrebe zu fassen, die alle Zinnen miteinander verbindet. Auch der Blitzableiter ist hilfreich. Ein kleiner Schwung und ich stehe auf dem Festungsplateau. Die Leute treten zurück. Ich klopfe mir den Staub aus den Sachen und gehe Richtung Ausgang. Die Leute bilden eine Gasse. Sie reden, schauen mich an, aber ich kümmere mich nicht um sie. Ich weiß, ich bin zu spät.

*

In den drei Monaten, die wir jetzt im Dorf wohnen, hat es mir immer gefallen, wach zu liegen neben Christina, die so tief schläft, dass ich ihren Atem kaum höre. Draußen geht der Wind umher. Der Nachtwind, den es nur hier oben im Dorf gibt. Kein leises Lüftchen, auch keine harte Böe. Die Blätter der Obstbäume bewegen sich ganz ohne Gewalt. Es ist ein großes, friedliches Rascheln. Dann Pause. Dann wieder Rascheln. Der Wind ist mehr Bewegung als Geräusch. Ich höre ihn, aber vor allem denke ich mir die Blätter, wie sie sich wenden, von der einen auf die andere Seite. Es ist der Dorfwind, den ich schon als Kind kannte. Ich dachte, er käme nur für mich in den Garten und dann herauf zu den Ästen vor meinem Fenster. Fast wie ein Tier erschien er mir, ein Tier, das meine Nähe suchte. Wenn ich dann wach neben Christina liege, schaue ich sie eine Weile an, höre und schaue. Dann stehe ich so leise wie möglich auf und gehe zu unserer Kleinen ins Zimmer nebenan. Ich lege mich auf den Boden neben ihr Bett und denke mir, wie es sein muss, Kind zu sein, wie es sein muss, klein zu sein, hier in ihrem Zimmer im Schatten der Obstbäume.

Heute liegt niemand neben mir. Christina hat mir das Bett überlassen. Ich will nicht hinüber ins Zimmer der Kleinen, wo auch Christina auf einer Luftmatratze schläft, die sie eilig vorhin aufpumpte. Einmal ist sie noch herübergekommen zu mir, hat ein Bettlaken aus dem Schrank gezogen, ihre Decke geholt. Mit dem Schlafen hatte Christina nie Probleme. Sie wird nicht wach liegen wie ich. Ihr Atem wird ruhig gehen. Und wahrscheinlich gibt es auch nichts mehr zu reden für heute. Ich bin zu spät gekommen, habe die Kleine nicht abholen können. Die Erzieherinnen haben Christina angerufen. Eine von ihnen hat die Kleine mit zu sich genommen. Christina hat sie dann mit dem Auto geholt.

Weißt du, was ich mir für Sorgen gemacht habe, hat Christina gesagt. Um dich, du Idiot. Um dich.

*

Jan hatte die letzte Tour in die Stadt-die-keine-ist schon gemacht, und ich konnte nicht anders, als zurück ins Dorf zu rennen. Zehn Kilometer. An der Kasse der Festung bin ich schnell vorbeigekommen. Ich habe gesagt: Hören Sie, ich muss zum Kindergarten. Die Frauen hinter der Scheibe haben mich gehen lassen, wie man einen gehen lässt, der nicht mehr ganz bei Trost ist. Ich habe angefangen zu rennen: bergab in die Stadt-die-keine-ist und dann hinauf ins Dorf. Zehn Kilometer. Meine Dorfkindheit hinter mir und die andere Hälfte im Plattenbau. Meine Eltern hinter mir, Christina und die Kleine. Das Heimweh hinter mir, die Einsamkeit, die sich auswuchs, dass ich wieder nach Vito gesucht habe, dass ich Christina in einem Strudel von Apfelbäumen und Himmel mitgezogen habe hierher. Das alles mir im Nacken. Ich bin gerannt, bis ich nicht mehr wusste, dass ich renne. Die Alten in der Stadt-die-keine-ist haben die Köpfe verdreht. Was für ein Ereignis. Ich weiß, sie werden noch lange reden davon. Zwischen den Häusern habe ich eine Scherbe gestreift, aber ich musste weiter. Den Hang hinauf, am Fußballfeld vorbei, bis ich vor dem Kindergarten ankam, der längst geschlossen war. Das hätte ich wissen sollen. Die Erzieherinnen haben immer schon böse geschaut, wenn ich fünf vor sechs gekommen bin. Einen pünktlichen Feierabend wollten sie, und nun das. Es war halb sieben vorbei, als ich die Klinke drückte. Am Ende war es besser, dass mich niemand gesehen hat. Mein Hemd hatte Löcher auf den Schulterblättern. Aus den Rissen meiner Jeans hingen weiße Fäden. Mir wurden die Hände kalt vor Angst, weil ich nicht wusste, wo die Kleine ist. Ich dachte, jemand wartet bei uns zu Hause. Von weitem versuchte ich durch die Büsche zu spähen, ob ich vielleicht die Kleine sehe. Der Sandkasten verlassen, die Schaukel verlassen. Der Mehltau glänzte sanft in den Obstbäumen. Ich sah die Himbeeren an. Feurig schienen sie mir, zornig vor Süße. Und ich begann zu essen, zupfte sie von den Ranken, so eilig, dass ich die meisten zerquetschte. Ich aß, bis ich nicht mehr konnte, bis mir der Saft aus den Mundwinkeln rann. Dann kam Christina, die Kleine an der Hand. Aber ich war das Kind, mit meinem himbeerverschmierten Mund und den zerrissenen Sachen.

*

Jetzt stehe ich draußen vor dem Haus. Der ganze Himmel voller Sterne. Unser Haus ist dunkel, und wenn jemand Fremdes daran vorbeiginge, würde er denken, dass es verlassen ist. Nein, das ist es nicht. In dieser großen Hülle liegen Christina und die Kleine. Ich weiß, dass sie da sind, in diesem Haus, das unseres ist, das ich mir immer gewünscht habe. Ein seltsamer Gedanke, wie viel Stein wir auftürmen, Glas und Holz. Und dann liegen nur zwei Seelchen darin. Zwei weiche Körper. Und mit diesen Körpern, die ganzen anderen, die zu uns kommen, in Gedanken oder im Traum. Ich habe so lange über Vito nachgedacht, dass ich das Gefühl habe, ich wäre tatsächlich bei ihm gewesen. Vielleicht war ich das. Vielleicht war ich es nicht. Wie das Gebirge hier aus Sand ist, stelle ich mir jeden Gedanken an Vito wie eine feine Schicht Staub vor. Und noch eine. Und noch eine. Allmählich hat der Gedanke so an Masse gewonnen, dass er sich anfühlt wie eine Erinnerung. Ich bin bei Vito gewesen. Ja, das war ich. Wann? Ich weiß es nicht, aber es fühlt sich *richtig* an. Ich kann zurückgehen in der Zeit, kann unser

Treffen nochmals ablaufen lassen, wie wir auf dem Eisenbahnviadukt saßen und hoffen mussten, dass uns der Abwind der
Züge nicht von der Kante weht. Das große Zittern der Wag-
gons und der Lok, die manchmal den Zug schiebt, anstatt ihn
zu ziehen. Das Zittern ist dann wie das Zittern des Donners
unter meinem Rücken, als ich auf dem Felsriff lag und vom
Blitz getroffen werden wollte. Warum soll ich also nicht bei
Vito gewesen sein, wenn das Zittern in der Erinnerung doch
dasselbe ist? Ein Vibrieren im ganzen Körper, damals vom
Donner, vor Tagen von den Zügen in meinem Rücken. Oder
wann war es, dass ich Vito wiedertraf?

*

Es ist die zweite Nachmittagsrunde mit Jan. Hoch und runter
fahren wir. Mit uns auf der letzten Tour nur ein Pärchen. Ich
lasse die beiden aussteigen und stehe von meinem Korbstuhl
auf, den Jan an dieselbe Stelle gepasst hat wie immer. Hier
habe ich eine Geschichte für dich, sage ich zu Jan, der noch
schnell die Kette hinter mir abspannt, dass die Leute nicht zu
früh vor der nächsten Abfahrt einsteigen.

*

Ich bin hinunter zu Vito gegangen, habe geklingelt, dann
nochmals geklopft. Es hat einen Moment gedauert, bis Vito
aufgemacht hat. Obwohl es ein sonniger Tag war, flutete das
Licht nicht in staubigen Bahnen durch die Fenster herein. Im
hintersten Winkel der Werkstatt, die so lang war wie ein
Schulzimmer, stand ein Tisch. Rechts davon hantierte Vito
vor einer Küchenzeile. Die Werkstatt lag ein wenig tiefer, wie
eine Wanne. Ich sah eine Drehbank und eine Werkbank mit

Schraubstock. Die Wände waren größtenteils mit raumhohen Regalen bedeckt, in denen Holz lagerte, Werkzeuge und da und dort ein Buch oder eine Zeitung. Alles war aufgeräumt und sauber, vielleicht ein wenig zu sauber für einen Ort, an dem gearbeitet wurde. Zwei abgeschliffene Schränke leuchteten mir entgegen. Neben der Küchenzeile erkannte ich eine Tür, die geschlossen war. Ich schaute mich um, bewegte mich langsam. Noch hätte ich mich einfach umdrehen und gehen können. Vito hantierte am Herd. Eine halbe Minute blieb mir. Vielleicht. Dann würde unsere Geschichte von neuem beginnen. Dann würde ich nicht mehr ausweichen können. Ich roch das Holz. Und der Geruch schien mir hell, wenn das sein kann. Ich stellte mir den Holzgeruch vor wie feinen Staub, den ich einsog wie ein Zauberpulver, das mir in die Lungen strömte mit jedem Atemzug, als könnte ich die Atmosphäre in der Werkstatt einatmen und mit ihr all das, was Vito passiert war in den Jahren, die wir uns nicht gesehen hatten. Ich wollte aufsaugen, was ich verpasst hatte, was wir beide verpasst hatten. Am Ende merkte ich, dass ich seufzte.

Vito hatte eine von den kleinen italienischen Mokkas auf den Herd gestellt.

Hättest aber auch was mitbringen können, sagte er. Kommt wieder mit leeren Händen. Früher hast du mir wenigstens noch Blumensträuße gebracht.

Die deine Eltern allesamt auf den Kompost geworfen haben.

Da haben sie auch hingehört.

Vitos Stimme klang, als würde er lächeln beim Reden. Er drehte sich um, mit seinem schmalen Gesicht und den Locken, die mir noch drahtiger schienen, widerspenstiger. Wir standen uns gegenüber und musterten uns unverhohlen.

Du bist dürr geworden, sagte Vito.

Und du bist noch der Alte, sagte ich und dachte im selben Moment, dass das eine unheimliche Dummheit war. Ich schaute an Vito hinab, sah das eine Hosenbein unter dem Stumpf verknotet.

Der Kaffee begann aufzusteigen.

Stell ab, wenn alles draußen ist, sagte Vito.

Vito klemmte sich seine Stützen unter die Arme. Das verknotete Hosenbein pendelte hin und her. Er ging auf die Tür neben der Küchenzeile zu. Durch den Spalt sah ich eine andere Tür, die offen stand, und dahinter ein Bett mit weißem Bettzeug und einer roten Überdecke. Ich hörte Vito in einem Schrank hantieren, während ich den Herd abstellte und Kaffee in die Tassen goss. Auf dem Tisch lag eine der Zeitschriften, die hier überall zu bekommen sind. Mit Bildern aus dem Zweiten Weltkrieg darauf und den Titeln der Geschichten in Frakturschrift. Vito kam mit einem Paket Zucker wieder. Er sah meinen Blick, nahm das Heft und warf es neben die Spüle. Alles hätte ich erwartet, dass Vito mich rausschmeißt, dass wir uns prügeln oder er mich gar nicht erst hereinlässt. Stattdessen reichte er mir den Zucker und die Milch, als wäre ich ein Kunde, dem er zum neuen Schrank einen Kaffee servierte.

Wir saßen uns gegenüber. Nachdem die Milch eingegossen und der Zucker umgerührt war, schwiegen wir uns an. Wir musterten uns wie Boxer vor dem ersten Schlag. Ich begriff, dass es keine Kinder gab, für die Vito Spielzeug bastelte.

Ich sagte: Weißt du noch, als wir mit dem Moped und dem Anhänger in den Graben gefahren sind?

Du bist da reingefahren, erwiderte Vito. Und dann hast du dich davongemacht.

Ich schaute Vito an, ob er es wirklich so meinte. Er starrte zurück.

Davongemacht haben sich meine Eltern, nicht ich. Welche Wahl hätte ich gehabt?

Wiederzukommen.

Bin ich nicht hier?

Jetzt schon, sagte Vito. Und deine Frau und deine Kleine. Da oben, im alten Haus der Kosel.

Ich schaute auf.

Jetzt staunst du, was? Soll ich dir noch mehr aus deinem Leben erzählen? Kommt hierher zurück und meint, ich merke nichts. Dass ich nicht lache.

Vito nahm einen Schluck Kaffee und lächelte in sich hinein.

Geschickte Hände hat sie, deine Christina.

Ich merkte, wie ich meine Hände zu Fäusten ballte, wie ich die Oberschenkel unter der Tischplatte spannte, als wäre ich kurz vor dem Sprung. Es hatte einen Moment gedauert, aber jetzt dämmerte mir eine Idee.

So ist das, sagte Vito. So habe ich deine Frau eher kennengelernt als dich.

Vito stand auf und begann in der Werkstatt zu hantieren. Ich blieb sitzen, starrte hinunter in den Rest meines Kaffees.

Ich weiß, dass Christinas Hände ganz neutral sind, dass sie jeden anfassen. Ich wüsste gar nicht, wie das geht, jemanden so anfassen, dass die Berührung etwas Mechanisches ist. Der Mensch als System von Kräften und Gegenkräften. Man justiert ein wenig, schiebt hier und da, dehnt und bewegt, dass alles wieder in Fluss kommt. Das hatte mir Christina erklärt, dass die alten Griechen dachten, unsere Gesundheit wäre ein Gleichgewicht von vier Säften.

Gehen wir raus, sagte Vito.

Er ging zum Kühlschrank, nahm zwei Flaschen Bier und steckte sie sich in die Hosentaschen. Er wirkte wie eine Figur aus dem Märchen, als hätte er Pumphosen an. Er durchquerte die Werkstatt und winkte mir von der Tür aus zu, ihm zu folgen.

*

Ich hatte gedacht, dass Vito sich etwas anderes anziehen würde oder dass er eine Prothese hätte, aber er klemmte sich nur die Stützen unter den rechten Arm, während er mit der linken Hand den Werkstattschlüssel hervorkramte. Ich wunderte mich, dass ich vergessen hatte, dass er Linkshänder war, obwohl wir so viele Bilder gemalt hatten zusammen, so viele Buchstaben geschrieben. Seine Hände waren mir in der Vorstellung abhandengekommen. Immer hatte ich nur seinen Stumpf gesehen und darunter sein Nicht-Bein, aber erinnert habe ich mich alle Zeit noch daran. Ich wollte es zurückwachsen lassen und damit alle Dinge, die uns verloren gegangen waren: die Tage auf dem Riff und unter den Kiefern, die Leichtigkeit des Sands, den wir uns abends aus den Kleidern klopften.

Ich musterte Vito von der Seite, sah seine Bewegungen, wie er das Gewicht geschickt verlagerte, um die Tür mit einem Ruck ins Schloss zu ziehen, ohne aus der Balance zu kommen. Sein Oberkörper pendelte hin und her, seine Haare fielen ihm ins Gesicht. Er warf den Kopf in den Nacken, blies sich eine Strähne aus der Stirn. Er wirkte wie eines der Stehaufmännchen, die noch aus den unmöglichsten Winkeln zurück ins Lot fanden. Vielleicht hatte er meine Blicke gespürt, vielleicht konnte er sich denken, was ich dachte. Er zog den Schlüssel aus dem Schloss und starrte einen Moment zurück.

Dann griff er weit nach vorn aus, sein Körper schwang hinterher. Ein paar Schritte genügten und er hatte eine erstaunliche Geschwindigkeit entwickelt. Ich schaute mich an, sah meine verwaschenen Jeans, befühlte mein T-Shirt, das an manchen Stellen so dünn wurde, dass ich mich bei Jan im Bus schon geschämt hatte dafür.

Wir folgten der Fernverkehrsstraße, an der Vitos Werkstatt lag. Der Verkehr nach Tschechien geht hier durch, auch Jan muss jeden Morgen an der bröckelnden Häuserzeile vorbei. Einen schnelleren Weg gibt es nicht, so rauscht es fast ständig zwischen den Häusern, ein Strom Geräusch, dass die Elbe keine fünfzig Meter entfernt beinah unheimlich wirkt in ihrer Lautlosigkeit. Keine Ahnung, wo Vito hinwollte. Durch die Torbögen des Eisenbahnviadukts sah ich die Strudel im Wasser, das stille Gurgeln, und mir war, als wäre auch ich in den Sog geraten, in Vitos Sog, der sich in stetem Rhythmus vorwärtskatapultierte, ohne sich umzudrehen. Die Bierflaschen schlenkerten ihm wild in den Taschen, und ich kam mir wie ein Kind vor, das seinem Vater nachlief.

Vito hielt auf den Bahnhof zu, ein mittlerweile schäbiges Gebäude, seit der Schalter und die Gepäckaufbewahrung geschlossen waren. Es wurde nur so weit unterhalten, dass niemandem etwas auf den Kopf fiel. Mir schien es wie ein riesiger Kokon, aus dem die Gegenwart sanft entstiegen war. Ich konnte mich erinnern, wie wir auf Schulausflügen hier standen, dicht zusammengedrängt und Hand in Hand. Mit den großen Erwartungen an die Ferne, an die Stadt, die wir besuchen fuhren, um Orte mit riesigen Namen zu besichtigen: Museum, Theater, Fernsehturm. Jetzt war der Bahnhof im Grunde nicht mehr als zwei Bahnsteige und die stinkende Unterführung, die beide Richtungen miteinander verband.

Ich war noch immer ein paar Schritte hinter Vito, der ohne groß zu schauen die Straße überquert hatte. Ich sah, dass er aus dem Augenwinkel nach mir äugte, als wolle er sich vergewissern, dass ich immer noch da war. Wir bogen in die Unterführung ein. Vito traf mit den Stützen immer exakt die Mitte der Stufen, ließ sein Gewicht folgen, tippte mit dem Bein kurz auf und war schon auf der nächsten Stufe. Ich sah ihn Bewegung an Bewegung reihen. Er glitt mehr, als dass er ging. Auf der Gegenseite nahm er aufwärts zwei Stufen mit einem Schritt, dass ich direkt hinter ihm hereilte und die Hände leicht nach vorn streckte. Eine jähe Angst stieg in mir auf, dass er fallen könnte und ich ihn wieder auflesen müsste.

Der Bahnsteig lag leer. Die Zeit der Schüler und Pendler war vorbei. Vito blieb noch immer nicht stehen. Ich folgte ihm willig, in Gedanken versunken. Mir kamen Christinas Hände in den Sinn. Ich fragte mich, ob Vito etwas erzählt hatte über mich und ihn. Dann war der Bahnsteig zu Ende und ich stutzte. Die Schienen begannen leise zu klingen. Wir drehten uns um und sahen einen Güterzug von Tschechien aus das Tal herunterrasen. Der Lokführer musste uns bemerkt haben, wie wir am Ende des Bahnsteigs standen, dort, wo eine Schranke das Eisenbahnviadukt gegen unbefugtes Betreten sicherte. Selbst im gleißenden Gegenlicht sahen wir, wie die Lok zwei-, dreimal aufblendete. Wir hielten uns beide an der Verbotsschranke fest, als der Sog des Zugs uns erfasste.

Das da ist mein Lieblingsplatz, sagte Vito und deutete auf einen betongefassten Metalldeckel ungefähr zwanzig Meter entfernt von uns, dort, wo das Eisenbahnviadukt begann, mit dem Tal in eine sanfte Kurve zu gehen. Vito lehnte die Krücken an die Schranke und stieg leichtfüßig hinüber.

Ich rief ihm nach, aber er lachte nur.

Dann komm halt nicht, erwiderte er, ohne sich umzudrehen.

Vito hielt mit beiden Händen das schmutzige Geländer des Viadukts umfasst. Er schob die Hände weiter, dann machte er ein, zwei kleine Hüpfer auf seinem linken Bein. So bewegte er sich vorwärts, das Gesicht zur Elbe, die Schienen im Rücken. Ich dachte, wenn jetzt ein Zug kommt, dann zieht ihn der Sog um, aber die Gleise glänzten leer im Morgenlicht.

Ich schaute mich um, aber niemand schien sich für uns zu interessieren. Zum anderen Ende des Bahnsteigs hin flimmerte die Hitze über dem grauen Pflaster. Ein kleiner Schwung, und auch ich hatte die Schranke überquert. Der Schotter war scharfkantig und lose. Ich machte ein paar wacklige Schritte, dann folgte ich Vitos Beispiel und stützte mich aufs Geländer, um voranzukommen. Beim kleinsten Geräusch drehte ich mich um. Ich dachte, dass die Gleise wieder zu singen begannen, aber es war nur der Verkehr auf der Fernstraße vor Vitos Haus zu hören. Die Elbe schob sich vorwärts, träge und trüb. In einiger Entfernung sah ich die Mündung des Bachs. Mir schien es ein anderes Wasser zu sein, dass da hell und glitzernd ins schlammdurchsetzte Dunkel rann, eine Art Verdünnung. Ich ließ Vito den Vorsprung, musterte ihn, wie er erst die eine, dann die andere Bierflasche aus den Hosentaschen zog und sich dann auf den Metalldeckel setzte. Das Viadukt war an dieser Stelle vielleicht acht Meter hoch.

Und wie er dort saß, sah ich mich selbst auf dem Felsriff, das unseres gewesen war. Vito ließ sein linkes Bein ins Leere baumeln, sein Stumpf ragte waagerecht in die Luft hinaus. Er öffnete die eine Flasche mit der anderen, nahm einen Schluck und drehte sich plötzlich zu mir, als hätte er sich in dem Moment erinnert, dass auch ich noch da war. Ich ließ die Beine unters Geländer gleiten und setzte mich neben Vito, auf seinen Lieblingsplatz. Wenn ich den Kopf hob, sah ich direkt ins Wirbeln der Elbe, wenn ich ihn senkte, sah ich unsere Beine. Drei und ein halbes. Vito machte mir am Geländer das zweite Bier auf und reichte es mir. Ich wartete einen Moment, aber wir stießen nicht an.

Du kannst nicht so einfach wiederkommen.

Vito schaute mich an, als wollte er sich vergewissern, dass ich seinen Satz verstanden hätte. Das hatte ich. Natürlich.

Woher eigentlich?, sagte Vito.

Wie, woher?

Von wo du wiedergekommen bist?

Tut nichts zur Sache, sagte ich. Könnte überall gewesen sein.

Wie lange warst du denn weg?

Lange genug, sagte ich.

Vito drehte sich zu mir, aber ich schaute weiter geradeaus. Die Elbe strömte, mir begann schwindlig zu werden.

Du kannst nicht hereinspazieren bei mir, überall herumschnüffeln und dann nichts erzählen.

Was hast du eigentlich gemacht da?, fragte Vito. Er zeigte auf meinen Nacken.

Ich bin beim Pissen das alte Steinbruchloch runtergefallen.

Aha. Bist du auch mal irgendwo runtergefallen. Hast Glück gehabt.

So, jetzt erzählen wir uns, was los war in den letzten, sagen wir, zwanzig Jahren. Dann schütteln wir uns die Hände. Und dann war's das.

Vito hob die Flasche, blies in den Hals. Der Ton war tief. Vito nahm noch einen Schluck. Ich blickte ihn von der Seite an, sah, dass ihm die Tränen kamen.

Erzähl mir doch, was du willst, presste Vito hervor. Ich weiß eh schon das meiste.

Ich dagegen wusste gar nichts mehr. Meine Vergangenheit entfernte sich rasend schnell, verschwand wirbelnd in der Elbe. Meine Kindheit war ein anderer Planet, von dem ich irgendwann gestartet war. Christina, die Kleine, Vito schienen mir wie Fremde.

War eine blöde Idee hierherzukommen, sagte ich.

Ja, erwiderte Vito.

Er kippte den letzten Rest Bier hinunter, streckte den Arm aus und öffnete die Hand. Ich sah die Flasche wie in Zeitlupe Geschwindigkeit gewinnen. Ein Stück freier Fall. Ich beugte mich vor. Sie zerstob in ein kleines Gewitter von Scherben.

Ich wollte reden. Ich wollte Vito sagen, wie ich mich gefreut hatte, ihn im Internet wiederzufinden, wie ich nach und nach den Entschluss gefasst hatte wiederzukommen. Ich wollte auch zugeben, was für ein Feigling ich bis jetzt gewesen war, wie ich mich um seine Werkstatt gedrückt, aber nie den ersten Schritt gewagt hatte. Ich sah die Elbe strömen und die Hitze flimmern. Es roch nach Heu vom anderen Ufer her, wo sie die Wiesen geschnitten hatten. Vito erhob sich plötzlich. Die Gleise fingen an zu klingen. Ich griff nach Vitos Hand. Wieder ein Güterzug. Auch diese Lokomotive blendete auf, drei weiße Augen rauschten uns entgegen. Dann ein langgezogenes Signal, das sich an den Talwänden brach. Vito zog seine Hand zurück. Mir vibrierte der ganze Körper vom Gewicht des Zuges, vom Lärm der Räder. Ein seltsamer Sog, ein hypnotischer Lärm mit jedem Räderpaar, das über die Schwellen schlug. Dann war der Zug vorbei. Von den Talwänden hallte das Echo. Vito stand auf, griff das Geländer und arbeitete sich auf dieselbe Art und Weise zurück, wie er gekommen war.

*

Schöne Geschichte, sagt Jan. Schöne Geschichte. Jetzt erzähle ich dir mal eine. Das Mädchen mit den Laternentitten, die sitzt seit heute Morgen oben in der Festungsküche und schnippelt Bohnen. Sie haben ihr etwas Züchtigeres zum Anziehen gegeben. Nicht so ein Leibchen, wo alles herausquillt. Das hatte sie von den Russen, mit den schönen neuen Zähnen. Und wenn du wissen willst, was mit den beiden passiert ist: Ich sag's dir, die sind mir nicht nachgekommen, als ich das Mädchen ins Auto geholt habe und losgefahren bin. Weiß der Geier, warum. Ich habe das Mädchen gefragt, aber sie hat nichts erzählt. Schön sah sie aus, als sie bei uns auf der Küchenbank geschlafen hat. Wie eine von den Sammlerpuppen, die hinten auf den Illustrierten drauf sind, die mit den Gesichtern aus Porzellan, die an Japan erinnern. Jedenfalls hab ich kein Auge zugetan letzte Nacht, weil ich dachte, dass jeden Moment die Russen mein Haus stürmen, aber niemand ist gekommen. Ich habe eine Decke in den Kofferraum gelegt, und dann sind wir über die Grenze gefahren und hoch zur Festung. Dieses Mädchen darf sich auf keinen Fall an einer Spindel stechen, habe ich zu denen in der Küche gesagt. Aber wo soll in einer Küche schon eine Spindel herkommen?

Schöne Geschichte, sage ich zu Jan. Du hättest dich gar nicht so anstrengen müssen, um mir zu sagen, dass du mir nicht glaubst.

*

Heute Morgen habe ich auf meinem Riff gesessen, wenn es noch meins ist. Ein windiger Tag. Unter mir schwankten die Kiefern. Hin und her. Ich habe gedacht, wie das sein muss, sich so hin- und herwehen zu lassen und doch immer am selben Ort zu sein. Oben schwankt es. Unten steckt man fest. Da muss man gar nicht auf die Idee kommen, irgendwohin zu wollen, weder nach Hause noch weg von zu Hause. Wo immer das ist. Als wir weg waren, schien es hier zu sein, und nun, da wir hier sind, ist es, was weiß ich wo. Lieber hätte ich das von Anfang an gewusst. Dann hätten wir gar nicht losgemusst, oder wir wären gleich woandershin gegangen. Nur drei sind wir. Trotzdem ziehen wir alles hinter uns her, haben es aufgeladen. Die Freunde, die wir hatten und haben, die Familie, die Lebenden, die Toten. Eine ganze Karawane sind wir, obwohl nur zu dritt, eine ganze Karawane. Und Vito ist auch eine und Jan auch. So ziehen wir umher, mit unseren unsichtbaren Karawanen. Sehen kann man nur die eigene und spüren, wie sie zieht. Die anderen sieht man nicht. Manche Leute lassen es so leicht aussehen, stecken die Nase in die Luft und tun so, als zögen oder trügen sie nichts. Aber denen geht es am schlimmsten, die so tun, als hätten sie alles im Griff, als könnten sie jederzeit überallhin. So als würde man sich an der Kante des Schwimmbads abschieben und losschwimmen. Fünfzig Meter leichten Herzens, weil man ja weiß, die Seite gegenüber ist nah. Aber die Seite gegenüber gibt es nicht. Das Schwimmbad gibt es nicht. Aber schwimmen muss man schon. Daran habe ich gedacht. Ans Schwimmen und an die Karawanen. Beides geht nicht zusammen. Aber beides hat mit Christina und mir zu tun.

*

Manchmal denke ich noch daran, wie meine Wochen auf die eine Stunde in dem kargen Behandlungsraum schrumpften, wo Christina versuchte mir beizubringen, wie man loslässt, wie man zurückkehrt in den eigenen Körper. Da waren die Landschaften, die sich mir eingebrannt hatten, die Stadt in ihrem Kessel, die Schulzeit auf der Schneide von einem System und dem nächsten. Ein ganzes Labyrinth vergangener Dinge, durch das ich irrte und bald auch Christina. Mit aller Kraft zog ich sie mit mir. Ich konnte nicht genug davon bekommen, herauszufinden, welche Orte wir kannten, wo wir beide einmal gewesen waren, ohne uns je getroffen zu haben, als wären wir für lange Zeit schon verbunden gewesen und unsere Begegnung das unausweichliche Finale einer Beziehung, die schon Jahre vorher im Verborgenen begonnen hatte. Ein halbes Jahr und wir zogen zusammen. Unsere Wohnung winzig in einer gesichtslosen Vorstadt. Die Autobahn rauschte. Manchmal wartete ich Stunden auf Christina, wenn ich eher zu Hause war und sie noch Dienst hatte. Ich wartete wie gelähmt, unfähig zu einer Regung, bis Christina endlich kam. Manchmal schaffte ich es, den Tisch zu decken, ein wenig Essen vorzubereiten. Dann aßen wir. Wir betranken uns nicht. Wir betranken uns an uns selbst, in der Fremde gefangen, wo wir wegen der Arbeit gelandet waren oder aus Überdruss oder weil wir geglaubt hatten, dass man weggehen müsse. Ich kann mich an Abende erinnern, wo wir es nicht einmal mehr ins Bett schafften. Wir liebten uns in der Küche, heftig und traurig. Wir melken das Universum, sagte Christina. Das hatte sie aus einem Gedicht. Wir waren dabei, uns zu zerstören, uns einzuschließen in den Geschmack von uns selbst, in das Geräusch unseres Atems. Dann fingen wir an mit dem Auto kreuz und quer umherzufahren, auf der Suche nach Apfelbäumen und Himmel, auf der Suche nach einem losen Ende, das aus unserem alten Leben baumelte. Die erste Zeit fuhren wir in die Städte in der Umgebung. Wir buchten ein Hotel für eine Nacht im Voraus. Am Anfang packten wir noch eine Tasche. Später fuhren wir los mit den Kleidern, die wir am Leib hatten. Zahnbürste und Regenschirm hatten wir dabei, einen Pullover, um das Ärgste zu überstehen. Wenn andere sich für Kirchen interessierten, für Museen, dann hatten wir immer nur den Horizont im Blick, die Krümmung der Felder, die Obstbäume, wenn wir denn welche fanden. Manchmal fragten meine Kollegen an der Universität, ob ich dies und das gesehen hätte, jene Kirche oder jene Oper. Sie fragten nach Brücken, Häusern, Türmen, Restaurants, aber ich verneinte jedes Mal freundlich. Ich erzählte nicht mehr. Es gab nichts zu verstehen für die Leute, die nie weggegangen waren. Auf diesem Ohr waren sie taub, also schwieg ich und fuhr weiter mit Christina herum. Jedes Wochenende eine Stadt. Wir mieden die Autobahnen. Wir nahmen die kleinen Straßen, um vielleicht ein Stück Himmel zu finden, das uns bekannt vorkäme, in dem wir aufgehen konnten, oder eine Allee aus Obstbäumen. Durch einen Apfelbaum musst du einen Hut werfen können, hatte Vater immer gesagt. Ich fuhr und Christina erklärte mir, welche Bäume sie sah, ob sie groß waren oder klein. Ich musste auf die Straße achten. Christina sagte: Durch den kannst du nicht mal eine Münze werfen. Manchmal hielt ich an, fuhr hinaus auf den Seitenstreifen. Ich faltete mich aus dem Auto, streckte mich, wollte die Bäume mit eigenen Augen sehen. Bemooste Stämme. Darüber eine Wolke von Zweigen, dass man die Äste kaum erkennen konnte. Wohin wir auch kamen, wir wurden nicht fündig. Der Himmel war klein und niedrig, der Horizont nie mehr als ein paar Kilometer entfernt. Über Land, sagten wir, man muss doch über Land fahren können. Aber genau das war unmöglich. An einem endlosen Faden spulten sich die Dörfer und Städte ab. Eingepfercht dazwischen ein paar Felder, ein paar Reihen Obstbäume. Nicht mehr und nicht weniger. Die Wochen vergingen. Wir hatten das Gefühl, dass wir eine gewisse Zeit absitzen, dass wir sie ertragen müssten, so wie man vielleicht die Schule erträgt. Irgendwann ist man durch und dann beginnt etwas Neues, aber alles, was wir absaßen, war unser Leben.

*

Der Abend ist blau. Die Elbe ist blau. Als ich zu Jan ins Auto steige, muss er erst einmal Platz schaffen. Jans Auto ist eins von denen, wo alles Mögliche herumliegt. Auf Fußmatten und Sitzen Dinge, die vielleicht einmal nützlich sein könnten oder waren. Eisschaber. Schneebesen. Spaten. Und auch ein wenig Müll. Kaffeebecher. Keksschachteln. Kleine Schnipsel Plastik, die einmal zu etwas Größerem gehörten. Mittendrin sitze ich. Manche Dinge, die ich mit den Fußsohlen berühre, kann ich nur ahnen. Vor mir in der Windschutzscheibe ein kleiner Schmiss, dort, wo wahrscheinlich ein Stein sie getroffen hat. Wie eine Spinne sieht die Stelle aus. Eine kleine Spinne, die mit uns fährt und alles zusammennäht, was wir sehen: die Elbe, die Wälder, das Tal, den Verkehr. Das alles blau.

Jan tippt mit den Fingern aufs Lenkrad zu einer Musik, die nur er hört. Ein Radio hat er nicht. An der Stelle gähnt ein schwarzer Schacht. Ich weiß nicht, ob er es ausgebaut hat oder ob jemand es gestohlen hat. Und auch ich denke mir meine Musik. Schaue auf den Schmiss in der Windschutzscheibe, der manche Dinge verschwinden lässt. Andere erscheinen doppelt.

Bald sind wir an der Grenze. In den verwitterten Häuschen steht niemand mehr, weder auf der deutschen noch auf der tschechischen Seite. Dazwischen ein halber Kilometer Niemandsland. Eine stille Explosion von Natur. Dann beginnen mit einem Schlag die Stände, wo man Gartenzwerge kaufen kann. Grimmig stehen sie in der Dämmerung und schauen auf die Straße. Eine seltsame Armee, die nie einen Soldaten verliert. Auch Weidenkörbe gibt es, Taschen, Handtücher, Zigaretten, Schokolade und geräucherten Käse. In diesen Orten an der Elbe ist es ewig Herbst oder auch Frühling. Ich denke, jeden Moment muss blauer Rauch über die Straße wehen. Aber nein, das tut er nicht. Es ist Hochsommer, und wir sind bald durch den Ort hindurch. Der Seitenstreifen wird wellig, franst aus. Glasscherben und Dosen leuchten im Rinnstein. Jan gibt Gas, aber nicht zu viel. Rechts fließt träge die Elbe. Ich frage mich, warum wir nicht links abgebogen sind. Über uns rauscht ein dichtes Blätterdach. Ich bin wie hypnotisiert. Grün die Buchen und die Kiefern. Blau die Elbe, die Dämmerung und der löchrige Asphalt. In einiger Entfernung steht ein Auto am Straßenrand. Als wir näher kommen, tritt plötzlich eine Frau aus einer Haltebucht. Sie beugt sich uns entgegen. Ihr Auftritt ist geprobt, einstudiert, mit jeder Geste zur richtigen Zeit. Wenn wir wollten, hätten wir Zeit genug, um anzuhalten. An drei Frauen kommen wir vorbei. Eine in Weiß, mit schwarzen Haaren. Es ist klar, woher Jans Geschichten kommen. Ich blicke ihn aus dem Augenwinkel an. Er schaut auf die Straße, folgt dem Seitenstreifen, als ob es ihm plötzlich peinlich wäre, was er mir erzählt hat. Auf der Elbe ziehen die Kähne vorbei. Bald öffnet sich der Wald. Die Elbe kommt nahebei. Am Ufer ragen vier Kräne grau in die Höhe.

Die einen ficken und die anderen saufen und wieder andere haben eine Träumerfalte auf der Stirn, sagt Jan.

Ein paar Abzweigungen, und wir tauchen wieder in den Wald ein. Es geht bergauf. Weit ist es nicht mehr. Ich freue mich auf Jans Haus. Zwischen den Stämmen leuchten die Felder. Dann fahren wir hinaus ins Helle. Der Abend geht auf, wächst blass in die Höhe. Ich rücke vor auf dem Sitz, um ganz unter der Windschutzscheibe zu sitzen. Die Häuser des Dorfs erscheinen über dem Korn. Über der Straße steht rüttelnd ein Falke. So grazil gegen den Himmel, so feingliedrig schlank, dass er mir auf seltsame Weise weiblich erscheint. Ich denke an Christina: Wie sie die Kleine ins Bett bringen wird, wie es eine Weile dauern wird, bis sie einschläft, und deshalb singt

Christina, und ihre Stimme wird winzig sein in unserem großen, leeren Haus, das ich heute zurückgelassen habe.

*

Ich stopfe mir den Mund mit eingelegten Pilzen voll, spüle mit
Bier nach. Jans Frau reicht mir den Korb mit Kümmelbrot. Jan
schaut mich an. Brigitte lässt mich wissen, wie großartig Gäs-
te wie ich sind, die essen und sich nicht zieren. Das übersetzt
mir Jan. Ich höre nicht auf. Nicht mit dem Essen, nicht mit dem
Reden.

Ich erzähle, wie ich Christina kennengelernt habe, wie wir
Himmelsjäger waren.

Brigitte steht auf, um noch ein Glas eingelegte Pilze aus
dem Keller zu holen.

Man könnte denken, du hast tagelang nichts gegessen, sagt
Jan.

Und so fühlt es sich an, als hätte ich jahrelang nichts gegess-
sen, als könnte ich mit dem Essen Heimat in mich hinein-
schaufeln, auch wenn das keine Heimat ist hier. Auch wenn
wir eine Grenze gequert haben, aber diese hier kenne ich. Das
ist eine Kindergrenze, eine von früher, so leicht zu überschreiten. Hier fließt die Elbe. Hier ist das Gebirge aus Sandstein, bis
auf die alten Vulkankegel, die sich über die Landschaft erheben. Einen kann man aus Jans Küche sehen. Ein stark bewaldeter Berg, ein grüner Fujiyama, nur niedriger.

Brigitte ist noch nicht wiedergekommen. Ich halte inne, mit
dem Essen und mit dem Reden. Mir ist, als würde ich zur Be-
sinnung kommen.

So ist das, Jan, sage ich. Und das Reden fängt wieder an. Ich
erzähle, wie wir die Fremden waren und es jetzt wieder sind.
Das sind die, denen sie den Arsch vergoldet haben, als sie weg

waren. Das sagen sie, wenn wir vorbeigegangen sind. Vielleicht.

Das Kümmelbrot ist zu Ende und Brigitte noch nicht wieder da. Ich sehe Jan, wie er hinaus aufs Feld schaut. Er zieht die buschigen Augenbrauen hoch.

Ich weiß nicht, wie ich sagen soll, dass ich ohne Punkt und Komma durchgeredet habe. Ich denke an Christina, die nichts anderes tun kann, als den Schlaf unserer Kleinen zu bewachen, während es langsam dunkel wird. Jan legt mir die Hand auf die Schulter. Brigitte kommt aus dem Keller zurück. Sie hat eine Flasche in der Hand.

*

Wir gehen durchs Haus. Ich betrachte diese Dinge: den Krug mit der Bordüre aus Kornblumen, die abgeschliffenen und hell gebeizten Zimmertüren, die Türklinken, ihren weichen Schwung. Ich sehe sie und ich sehe sie nicht. Mir kommt unser eigenes Haus in den Sinn, das mir noch größer und leerer erscheint. Dabei könnte es genauso aussehen wie hier. Jetzt sind wir bei den alten Zimmern der Kinder angekommen. Die Wände mit Bildern voll, Fotos. Die Betten immer noch bezogen. Ich gehe in Gedanken weiter durch unser eigenes Haus. Was haben wir dazugekauft in den letzten Wochen? Was habe ich gestrichen, geschliffen, gebeizt? Nichts, denke ich. Nichts, und es durchfährt mich heiß und kalt. Ich sehe den Mehltau wieder. Ich denke an die Schaukel der Kleinen, wo die Lasur langsam rissig wird, und ich denke an den Sandkasten, der mit jeder Woche leerer wird, weil die Kleine so viel Freude daran hat, den Sand mit ihren Schäufelchen in die Wiese zu werfen. Wir schauen ins Bad, das frisch gefliest ist, auf den Simsen Duftsträußchen und Muscheln. Ich denke an Christina, die diese Dinge auch für unser Bad ausgesucht hat, die nachts am Computer sitzt, um die neuesten Bilder der Kleinen auszudrucken und mit Magneten an den Kühlschrank zu heften. Aber ich sehe mich nicht. Ich habe gegessen. Ich habe getrunken, aber wo war ich in den letzten Monaten? Und wenn man nicht da ist, dann kann man auch niemanden etwas fragen. Man kann die Kinder nicht großziehen, und sie werden sich auch nicht erinnern, weil man ja nicht da war. Ich bekomme Angst, als hätte ich die Gestalt gewechselt oder die Welt oder beides.

*

Wir sitzen auf der Bank vor dem Haus. Zwischen uns die Schnapsflasche und zwei Gläser. Immer wenn ich nach meinem Glas greife, ist es voll. Auch die Flasche geht nicht zur Neige. Ich frage mich, ob es immer dieselbe ist, ob es noch eine zweite gibt oder ob Brigitte sie nachfüllt, ohne dass ich es mitbekomme. Um uns brennt gelb ein Gewucher von Nachtkerzen. Ich begreife zum ersten Mal, warum sie so heißen, weil sie nachts aufgehen. Mir ist, als könnte ich das sehen, in Zeitlupe, wie die kleinen Kelche sich öffnen, wie sie ausatmen in die Nacht. Aber nein, das kann ich nicht. Jan ist in Gedanken versunken. Nur wenn er das nächste Glas kippt, nickt er mir kurz zu. Sonst starrt er hinaus über die Felder. Ich denke alles und nichts zugleich. Wir haben die warme Wand des Hauses im Rücken. Fast senkrecht über uns ein feines Geflecht weiß leuchtender Wolken. Vor uns erheben sich die Silhouetten von Rosenberg und Kaltenberg. Ich trinke das nächste Glas und rätsele, was dunkler ist: die Silhouette der Berge oder der Nachthimmel und wie man eigentlich fast schwarze Berge gegen die fast schwarze Nacht sehen kann. Es muss wohl mit dem Licht zu tun haben, dem Licht der Sterne und dem der Wolken, die heute Nacht wie von selbst leuchten. Ich habe einmal darüber gelesen. Es sind Eiskristalle, so weit oben, dass sie von der Sonne noch angestrahlt werden. Ein komischer Gedanke. Eis. Wo es hier unten so warm ist. Und mir fällt wieder ein, dass es Meteoritenstaub ist, um den sich das Eis bildet. Alles mischt sich, steigt und fällt. Und dann wird es kalt dort oben, in der Mesopause, 80 Kilometer über uns. 140 Grad unter null. Ich merke, wie leicht meine Gedanken sind, wie sie aneinanderwachsen und leuchten, gerade jetzt. Ich kippe noch ein Glas. Während der Schnaps mir die Kehle hinunterrinnt, fällt mir der Begriff *adiabatische Entspannung* ein. Ich merke, wie jemand mich zudeckt. Die Landschaft verschwindet. Ich spüre das Haus hinter mir, das wie ein Ofen Wärme abstrahlt. Die Wärme des Tages, den ich ohne Christina verbracht habe und ohne die Kleine. Ich bin zu müde und wohl auch zu betrunken, um mich schlecht zu fühlen, aber ich habe Sehnsucht.

*

Endlich wirst du vernünftig, mein Lieber, ruft Jan zu mir herüber.

Er steht ein wenig abseits und pisst in den Straßengraben. Es ist unglaublich still hier draußen. Ich habe ein paar Kornblumen gepflückt, Margeriten auch. Mohn fehlt mir noch, obwohl er sich in der Vase nicht hält. Zwei Sträuße brauche ich. Jan kommt mir helfen. Er schnauft. Als er näher kommt, rieche ich seine Fahne. Auch ich habe eine, das muss so sein, auch wenn ich sie gerade nicht rieche. Über uns prangt die Milchstraße. Die Nachtwolken sind verblasst und verschwunden. Es ist unglaublich dunkel, bis auf die Autoscheinwerfer. Ich habe sie angelassen. Es sieht aus, als wäre etwas passiert hier. Das

Auto ein wenig schräg am Straßenrand. Licht fließt um die Bäume. Zwei Kegel über die Felder hinweg. Wenn uns jemand sähe, würde er wohl denken, wir suchten etwas. Ja, das tun wir. Margeriten, Kornblumen, Mohn.

Schwan und Sommerdreieck. Das war das Erste, was ich sah, als ich vorhin wach wurde. Ich war von der Bank ins Gras gerollt. Und ich glaube, dass ich geschrien habe, aber so genau weiß ich das nicht. Die Kleine hatte sich eine Wäscheleine umgebunden und war in schwindelerregender Höhe unterwegs gewesen. Die Füße nackt. Mama, ich springe, hatte sie gerufen, die Arme ausgebreitet und sich fallen gelassen. Endlos spulte sich die Leine ab. Die Kleine flog wie ein Vögelchen, flog auch an Christina vorbei, die auf einem Absatz in der riesigen Wand hockte und sie mit Wäscheklammern sicherte. Die Leine war zu Ende und zog an. Es war einer der seltenen Momente, wo ich etwas denken konnte im Traum. Alles musste anhalten jetzt, dessen war ich mir sicher. Ein kurzer Ruck. Die Wäscheleine war eine von den dünnen, kunststoffummantelten. Sie dehnte sich wie ein Kaugummi bis zu einem winzigen blauen Faden. Dann riss es Christina aus der Wand. Die Wäscheklammern spritzten davon. Ich sah die Kleine fliegen, mit ihrer Mutter durch die Nabelschnur der Wäscheleine verbunden. Plötzlich streckten sie die Arme aus und hoben sich lachend davon. Das war das Letzte, was ich sehen konnte. Ich spürte das Gras feucht im Nacken. Die Nachtkerzen beugten sich über mich. Ich stand schwankend auf, hinter mir die dunkle Masse von Jans Haus. Ich lehnte den Kopf gegen die Wand, bis die Welt nach und nach wieder stillstand.

Ich öffnete die Tür. Es roch nach Pilzen. Ich begann die Dinge zu ahnen, die mir Brigitte einige Stunden zuvor noch gezeigt hatte. Als ich zu ihnen ins Schlafzimmer trat, wachte weder Brigitte noch Jan auf. Ich schaute sie an, Brigitte trotz der

Wärme bis unters Kinn in die Decke gewickelt. Jan, die Stirn in Falten gezogen, als würde er denken oder sich wundern oder beides. Ich lehnte mich an den Türrahmen, wollte nicht Eindringling sein, ein nach Schnaps stinkender Deutscher, der vor seiner eigenen Familie weggelaufen war, der sein ganzes Leben schon weglief. Ich fragte mich, warum ich Christina nicht längst schon geheiratet hatte, warum mich dieser Gedanke kaum gestreift hatte, warum es dieses Bild nicht mehr gab: Christina und ich verknäuelt im Schlaf.

Jan, sagte ich. Jan, du musst aufwachen.

Ich beugte mich hinunter zu ihm, legte ihm so sanft wie möglich die Hand auf die Schulter. Er fühlte sich knochig an, hart. In dem Moment schlug er die Augen auf. Ich sah das Weiß darin glänzen. Die Falten auf seiner Stirn wurden tiefer. Dann sprang er auf. Mit einem Satz war er aus dem Bett. Ich hob schützend die Hände. Riesig schien er mir in diesem Moment, ein massiger, bedrohlicher Schatten, als hätte ich einen Geist geweckt, einen alten Wächter aus dem Märchen.

Du, sagte er plötzlich. Du.

*

Ich kämpfe mit den Pedalen, noch immer halb betrunken und barfuß, wie ich bin. Ich versuche, sie mittig zu treffen, nicht abzurutschen. Wir sind auf Jans Morgenrunde unterwegs. Hier oben zwischen den Dörfern geht es fast immer geradeaus. Jan hat mir seine Schuhe angeboten, aber ich wollte sie nicht, so groß und ausgetreten wären sie keine Hilfe. Wenn sie uns erwischen, dann nur mich, habe ich zu Jan gesagt. Sonst bist du deinen Job los. Widerwillig hat er zugestimmt. Jetzt sitzt er neben mir, die zwei Blumensträuße in der Hand, als wären wir ein skurriles altes Ehepaar auf der Fahrt zu einer Feier.

Mein Lieber, mein Lieber, sagt Jan und schnuppert an der Nachtluft, die uns umströmt.

Wir haben die Fenster heruntergekurbelt, so wie wir Schnaps ausdünsten. Der Horizont ist wie mit Milch übergossen. Es muss gegen halb vier sein. Wenn ich abbremsen muss oder die Pedale nicht richtig erwische, sind wir so langsam, dass wir die Vögel hören. Ein unglaublicher Lärm von Stimmen. Ansonsten scheint die Welt leer. Mir ist wohl bei der Vorstellung, dass niemand unsere seltsame Fahrt sieht, wie ich jetzt die Serpentinen zur Elbe hinunterzirkele, wie ich den Motor an manchen Stellen fast abwürge, weil ich mich nicht entscheiden kann für Gas, Kupplung oder Bremse. Manchmal höre ich Jan scharf die Luft einsaugen, aber er sagt nichts. Hinten im Auto rollen Dinge umher, die ich nicht sehen kann. Dann sind wir unten an der Elbe, fahren durch die dunkle Terrakottaarmee der Gartenzwerge. In manchen Buden brennt Licht. Ich fahre Strich fünfzig. Im Niemandsland gebe ich ein wenig Gas, um nicht aufzufallen, obwohl wir bis auf ein paar Betrunkene, die von den Dorfkneipen nach Hause schwanken, noch immer niemanden getroffen haben. Ich habe mich langsam an Jans Auto gewöhnt, fühle die geriffelten Pedale unter den Fußsohlen, treffe den Knauf des Schalthebels in einem Zug. Die Landschaft scheint mir neblig. Ich weiß nicht, ob nur in meinem Kopf oder ob der Nebel wirklich aus den Wiesen steigt. Zwischen den Bäumen erscheint wie eine Fata Morgana die deutsche Seite der Grenze, hell erleuchtet. Es ist die Art Licht, zu der ich Grenzlicht sage. Ein durchdringendes, kaltes Leuchten, das mir bis in die Knochen fährt. Von den Neonröhren tropfen die Motten in dunklen Schwällen. Die Elbe strömt neben uns. Die Luft ist feucht und jetzt zum Ende der Nacht hin auch ein wenig kühl. Ich schaue zu Jan, dem der Kopf ab und an auf die Brust sinkt. Nicht auszudenken, wenn mit dem

Touristenbus etwas passiert, weil ich ihn um seinen Schlaf gebracht habe. Wir fahren ein Stück außerorts. Hier im Tal reiht sich Dorf an Dorf. Ich traue mich kaum, siebzig zu fahren, kneife die Augen zusammen und erwarte jeden Moment im Kegel der Scheinwerfer jemanden oder etwas zu erkennen, aber die Landschaft bleibt verlassen und ruhig.

Jan erwacht kurz, als ich vor Vitos Werkstatt anhalte. Er reicht mir den ersten Blumenstrauß. Ich steige aus, spüre den Asphalt hart unter den Füßen. Es ist so still, dass ich mir einbilde, meine Schritte kämen als Echo von den Fassaden zurück. Über dem Eingang zu Vitos Werkstatt funzelt eine Lampe. Es ist die blaue Stunde. Ich lege den Strauß auf die Stufe vor dem Eingang. Ich muss nichts dazu schreiben. Es gibt nur einen, der solche Sträuße pflückt. Ich lege das Ohr kurz an die Tür, höre nichts und eile zum Auto zurück. Jan ist wieder eingeschlafen. Sein Kopf ist ihm schräg auf die Brust gesunken. Ich fahre sanft an. Jan seufzt, erwacht aber nicht. Die Stadt-die-keine-ist träumt ihren Sommertraum von was auch immer. Ich stelle sie mir vor, die kleinen Nazis, denen der Speichel aus den Mundwinkeln aufs Kopfkissen rinnt. Ihre Hunde, die samtenen Pfoten von sich gestreckt vor Hundehütten, auf Ledersofas oder Wohnzimmerteppichen, in denen Millionen Milben umhermarschieren. Aus einigen Fenstern hängen die Gardinen – manche weiß und leicht, manche gelb und schwer. Ich habe Angst, bei uns im Dorf anzukommen, drehe noch eine Runde im Kreisverkehr und fahre die Straßen ab. Auch am Ärztehaus komme ich vorbei und sehe sie gehen: Christina, in ihrer weißen Kluft, mit ihren schwarzen welligen Haaren, eine Gestalt aus dem Märchen. Eine von den Figuren, die sich in Tiere verwandeln können, in Rehe oder Vögel. Sanfte Wesen, die verlorene Wanderer aus den Wäldern führen oder sie wecken, wenn ein Unheil droht. Ich will diese Christina, die mich rettet, auf den Weg zurückführt, wohin auch immer.

*

Wenn einer auf dem Riff säße jetzt, dann sähe er mich heimkommen. Aber der Staub flirrt nicht über den Äckern, der Staub liegt klamm in den Furchen, und ob ich heimkomme, das weiß ich nicht. Ich biege in unsere Straße ein. Jan schnarcht. Auch als ich den Motor abstelle, wacht er nicht auf. Die Vögel legen sich mächtig ins Zeug. Das Fenster vom Zimmer der Kleinen ist weit offen. Kein Lüftchen geht. Die Obstbäume, die Himbeersträucher, der falsche Jasmin – alles steht still, die Blätter an die fahle Morgenluft genäht. Ich nehme Jan vorsichtig den zweiten Blumenstrauß aus der Hand und steige aus. Nichts. Nur die Vögel jubilieren. Ich hebe das Gartentor an, dass die Angeln nicht quietschen, spüre feucht das Gras unter den Fußsohlen. Ich blicke zu den Küchenfenstern und hinauf zum ersten Stock, immer in der Erwartung, Christinas Gesicht zu sehen. Aber die Fenster reflektieren nur das: Sträucher, Bäume, Himmel. Die Haustür ist abgeschlossen. Ich versuche, den Schlüssel ins Schloss zu bringen. Zwei-, dreimal drehe und rüttele ich, aber es gelingt mir nicht. So lege ich die Blumen auf die Schwelle, setze mich auf die Schaukel, lege den Kopf in den Nacken. Ich schaue zum Kinderzimmer, schaue in die Kronen der Obstbäume. Unser Haus wie ein Schiff, aber gerade bin ich nicht mehr an Bord. Ich berge die Nase in der Armbeuge, rieche den Alkohol, der mir aus den Poren dünstet. Dann fällt mir der Feuerlöschteich ein. Ich gehe barfuß die Dorfstraße hinunter, so wie ich es gemacht habe, als wir hier angekommen sind, als alles groß war und voller Möglichkeiten. Manchmal ahne ich jemanden in den Häusern. Die Fenster, die Türen sperrangelweit offen, so heiß die Tage sind, so lau die Nächte. Es ist derselbe Weg, den ich mit der Kleinen immer nehme.

Ich ziehe mich aus, lege die Sachen zusammen. Ein kleiner, verlorener Haufen. Einen Moment verweile ich auf dem Betonrand, dann gebe ich mir einen Ruck und erreiche mit den Füßen den Grund. Schlamm quillt mir zwischen den Zehen, als ich Richtung Mitte wate. Meine Haut erscheint weiß gegen das Wasser, das sich dunkel um mich schließt. Ich versuche, langsam zu gehen, leise. Die nächsten Häuser stehen ein wenig entfernt. Ich schaue hinüber, erkenne aber niemanden. Es muss fünf Uhr sein, vielleicht halb sechs. Mit jedem Schritt werde ich sicherer, mit jedem Schritt wird es mir gleichgültiger, ob mich jemand sieht. Selbst in der Mitte reicht mir das Wasser nur bis zu den Oberschenkeln. Ich mache mich klein, schiebe die Entengrütze zur Seite. Vor mir die Oberfläche wie ein Spiegel und nur Himmel darin. Ich weiß, dass ich bald Jan wecken gehen muss, damit er seinen Dienst nicht verpasst. Aber sonst weiß ich nichts mehr.

III

Es war die letzte Fahrt zur Vorbereitung. Der Rucksack war schwer. In den Kurven kämpfte ich mit dem Gleichgewicht auf Jiřís Moped.

Damit du auf andere Gedanken kommst, hatte er gesagt.

Eine Woche hatte es gedauert, bis ich keine unkontrollierten Sprünge mehr nach vorn machte oder den Motor abwürgte. Einige Male war ich über den Lenker in den Dreck hinter dem Schulgarten gefallen. Ich lag auf dem Fahrweg, über mir die lichtdurchfluteten Kronen der Linden, und fühlte mich großartig. Vielleicht dachte meine Mutter, ich löste Aufgaben mit Vito. Vielleicht dachte sie gar nichts. Wenn ich konnte, schlich ich mich zum Schulgarten. Nachmittags tastete die Sonne träge durch die Gebüsche. Cosmea und Astern schwankten im Gegenlicht. Das war meine Zeit, wenn die einen bei den Hausaufgaben saßen und die anderen bei ihren Omas Kakao schlürften. Der Schuppen hatte eine zweite Tür und dahinter einen kleinen, wurmstichigen Raum mit Dingen darin, die nicht für uns Schüler bestimmt waren: Dünger, Unkrautvernichtungsmittel, eine riesige Heckenschere und einige seltsam geformte, rostige Werkzeuge, die wohl seit Jahren niemand mehr benutzt hatte. Dort ließ Jiří sein Moped für mich. Manchmal lehnte ich die Tür an, dass noch ein Rest Licht durch den Spalt hineinfiel. Ich strich über den Sattel, roch an der Karosse, sog den Benzingeruch ein. Dann manövrierte ich das Moped aus der Tür und schloss ab. Ich schob bis zum Dorfausgang. Niemand schien etwas an mir zu finden. Und wenn doch, dann hätte ich eine Geschichte parat gehabt, in der Jiří vorkam. Ich schob auch noch die letzte Steigung zum Ortsausgangsschild hoch. Dann setzte ich mich aufs schwarze Kunstleder und rauschte ins Offene. Über mir, um mich fuhr die Landschaft. Mir schienen die Bäume höher, die Felsen schroffer. Die Welt war größer geworden und gleichzeitig war ich ihr auch näher gekommen. Sie schien sich vor mir zu teilen und hinter mir wieder zu schließen, wie Wasser sich schließt um einen herum. Anfangs war ich noch ängstlich, dass mich jemand erkennen würde. Aber Jiří hatte mir auch einen Helm gebracht, mit Kratzern übersät und Abziehbildern. Bei jedem Auto, das mir entgegenkam, erwartete ich, dass es wenden und mich wieder einholen würde. Am schlimmsten war es, wenn ich überholt wurde, dann schaute ich rechts in die Landschaft, bis ich mich erinnerte, dass der Helm mein Gesicht verbarg. Einige Male kam ich dem Seitenstreifen nah, das Moped begann zu bocken, aber jedes Mal brachte ich es zum Stehen. Vielleicht war es deshalb, dass Jiří mir die Schlüssel überlassen hatte. Am liebsten kurvte ich durch die Wälder, wenn das Licht staubig durch die Bäume filterte und die Straße ein leuchtender Teppich aus Reflexen war. Mir war, als würde ich auf niedriger Bahn unter den Buchen, Kiefern und Birken fliegen. Jiří hatte mir eingeschärft, nicht zu weit zu fahren, sonst würde die ganze Sache rauskommen, wenn ich irgendwo liegenbliebe. So erkundete ich mein Territorium bis zu seinen imaginären Grenzen. Es war der Umkreis, von wo ich es zu Fuß noch zurückschaffen würde, falls das Benzin alle wäre, ich einen Platten hätte oder den Motor nicht wieder zum Laufen bekäme. Bald begann ich die Straßen zu meiden und fand die gesperrten Betonwege über die Felder, die im Wald in Forstwege übergingen. Zwei-, dreimal verirrte ich mich, aber dann kam ich dort an, wohin ich wollte. Gleich gegenüber der Festung erhob sich ein bewaldeter Rücken, weniger zerklüftet und felsig als die anderen Riffe in der Gegend. Eine Hochfläche, die nur an den Seiten steil abfiel, und dort, in der Flanke zur Festung hin, gab es eine Höhle.

Am Anfang dachte ich noch, dass Jiří nichts ahnte von unserer Flucht. Aber ich begriff schnell, wie dumm der Gedanke war, so wie sich Jiří ins Zeug legte für mich. Sein massiver kahler Schädel tauchte immer dann auf, wenn ich über den Pausenplatz streunte oder auf dem Weg zum Schulgarten war. Jiří war morgens wie abends hochrot. Er wohnte direkt in der Schule. Ein Wächter vor Ort, ein Geist mit einem Zauber an den Hof gebunden, an die Turnhalle und das Rondell mit dem Walnussbaum. Vielleicht wollte er Vito und mir ermöglichen, was er selbst im Sinn hatte. Immer fand er eine Entschuldigung, mir etwas zu überlassen, von dem er sich wohl sicher war, dass ich es brauchte. Ich glaube, ich habe bis zum Ende nicht mit Jiří über unsere Flucht geredet. Er war eingeweiht auf eine stille Art und Weise. Das Räumchen im Schuppen, wo das Moped stets vollgetankt auf mich wartete, wurde zur Übergabestelle. Ich fand alte Decken der Zivilverteidigung dort, zwei Wasserkanister, Kekse aus Militärbeständen und Schokolade. Nach und nach schaffte ich die Dinge in die Höhle.

Erst war Vito neidisch gewesen, als ich von dem Moped erzählte, aber dann weihte ich ihn ein. Wir setzten uns zwischen die rostigen Werkzeuge, die Heckenscheren und Düngerflaschen. Einen Spaltbreit ließen wir die Tür offen. Ein scharfer Strahl Sonnenlicht, der wie ein leuchtendes Seil über unsere Beine lief, über den Tank des Mopeds bis hinauf ins Regal, wo Jiří unsere Vorräte deponierte. So waren wir verbunden: Vito, ich und auch Jiří, obwohl er sich nie blicken ließ, wenn wir zusammenkamen. Ich erzählte Vito von der Höhle gegenüber der Festung. Es war Mitte September und wenn wir wegwollten, dann mussten wir jetzt gehen, wenn die Nächte noch erträglich waren und die Tage einigermaßen lang. Natürlich würden sie uns irgendwann finden, aber wir wollten allen eins auswischen: den Lehrern, den Freunden, die wir nicht mehr hatten, den Schwätzern im Dorf, den Bescheidwissern, den Flüsterern ohne Mitleid, die nur ihr Gerede am Leben hielt.

Es war ein Montag, als ich das letzte Mal ohne Vito unterwegs war. Die Träger des Rucksacks schnitten mir in die Schultern. Das Wasser in den beiden Kanistern schwappte hin und her, als ich mich durch die Spurrinnen des Forstwegs kämpfte. Ich ließ das Moped dort, wo ich es immer abgestellt hatte: hinter einem Holzstapel, der seit Jahren vor sich hin zu rotten schien. Von da führte ein Pfad die Flanke hinauf. Zweihundert Meter, die auch für Vito machbar waren. Die Höhle war nicht tief. Zehn, fünfzehn Meter vielleicht. Nach hinten senkte sich die Decke zunehmend ab. Die letzten Meter konnte man nur noch kriechend zurücklegen. Der Raum verengte sich, ein dunkler und ewig feuchter Trichter, den kaum ein Wanderer aufsuchte. Die meisten blieben im vorderen Bereich, wo es eine kleine Feuerstelle gab und einige grobe Sitze aus Baumstämmen. Dort war der Boden sandig und trocken, bis dahin kam der Wind und später am Abend auch die Sonne. Ich musste nicht fürchten, dass jemand meine Sachen entdecken würde. Ich hatte sie am dunklen Ende der Höhle deponiert, dort, wo selbst ich nur kriechend hingelangte. Jiří hatte mir eine Taschenlampe geschenkt. Vielleicht weil er dachte, dass jeder, der weglaufen will, eine Taschenlampe brauchte. Unsere war eine schwere, geriffelte Metallröhre, mit einem justierbaren Kollektor vorn, der das Licht scharf bündelte oder breit und gelb in den Raum streute. So hatte ich eine kleine Nische entdeckt zur rechten Seite des Trichters hin. Dort war mein Lager, das ich mit einer Plastikplane ausgekleidet hatte. Ich führte akribisch Buch über alle Dinge, die ich hinterlegte: vier ungarische Salamis, vier Stück Käse, zwölf Tafeln Armeeschokolade, zwölf Packungen Armeekekse und sechs Packungen Knäckebrot. Für die Küche: zwei hölzerne Schneidebretter, zwei Tassen, zwei Messer, zwei Gabeln, zwei Löffel, drei Wischtücher. Dazu hatte ich die zerknickten Zigaretten gelegt, die wir nicht geschafft hatten zu rauchen, als ich Vito in der Schubkarre über die Felder gefahren hatte. Und nun also auch sechs Liter Wasser. Damals wusste ich nicht, wie viel man eigentlich trank am Tag.

*

Ich war erleichtert, als ich erwachte und die Reflexe der Sonne an der Zimmerdecke sah. Ich streckte mich. Mein Zimmer im Morgenlicht war das Gegenteil unserer Höhle, randvoll mit Dunkelheit und Mäusedreck. Ein sonniger Tag machte es einfacher. Ich dachte an Vito und gab mir einen Ruck. Mein Zögern erschien mir kindisch. Heimlich bewunderte ich Vito, obwohl ich ihm das nie gesagt hätte. Wie er, den Mund zu einem blassen Strich gepresst, versuchte Schritt zu halten mit mir, mit uns allen, die wir noch gesund waren, wie er im Turnunterricht die Kletterstange allein mit der Kraft seiner Arme erklomm. Er war muskulöser geworden, während ich meine Jungenarme behalten hatte.

Ich stahl mich hinunter in die Küche. Mein Vater war längst zur Schicht bei der Wismut. Vito und ich hatten beschlossen, normal in die Schule zu gehen und dann nicht mehr nach Hause zu kommen. So hätten wir Vorsprung bis zum Abend. Vorsprung, was für ein Wort. Ich traute mich nicht, meiner Mutter in die Augen zu schauen. Ich griff meine Brotbüchse und machte mich davon. Erst als ich an der Ecke zur Dorfstraße stand, schaute ich zurück. Ich dachte an Mutter, die sicher schon dabei war, das Mittagessen vorzukochen. Ich stellte mir vor, wie leicht ihr die Dinge noch von der Hand gingen, wie sie mit traumwandlerischer Sicherheit schnitt, hackte und buk. Ich hatte nie ein Pflaster an ihren Händen gesehen. Ihre Finger schlank und makellos. Beim Gedanken an Mutters Hände wandte ich mich ab, zog den Ranzen enger und stapfte entschlossen hinüber zu Vito, der an den Torpfosten gelehnt auf mich wartete. So hatten wir es abgemacht. Wir würden ohne Rollstuhl fliehen. Wir würden ihn kappen wie einen Anker und davonrauschen in die Freiheit.

Die Stunden in der Schule vergingen schleppend. Ich argwöhnte hinter jeder abrupten Bewegung, dass wir auffliegen würden, dass unser Klassenlehrer uns bloßstellen würde. Er hatte ein Mäusegesicht. Nur die Barthaare fehlten. Er fuhr mit dem Zeigestock die unbeschriftete Küstenlinie der DDR ab, hielt auf den Inseln inne. Dann hatten wir den Namen zu notieren. Ich tat mein Bestes. Manchmal schien es mir, dass sich unsere Blicke auffällig oft begegneten, dass seine Mäuseschnauze in meine Richtung zeigte, seine verkniffenen kleinen Äuglein. Als es klingelte, beschlich mich eine vage Angst, dass er mich zu sich rufen würde. Er stand vorn an der Tafel, alle gingen wir an ihm vorbei und legten unser Blatt mit den hastig gekritzelten, durchradierten und wieder hingeschriebenen Inselnamen auf den Stapel, den er schon in der Hand hatte. Ich hielt den Kopf tief gesenkt, dann dachte ich, wahrscheinlich schöpft er so erst recht Verdacht, wobei mir nicht klar war, weshalb er mich verdächtigen sollte. Aber wissen konnte ich das nicht. Ich ließ Vito hinausgehen, reihte mich unter die Letzten, die an der Tafel vorbeisalutierten. Ich grüßte und dachte grimmig daran, was es für ein Wiedersehen gäbe und vor allem wann.

Die letzten drei Stunden konnte ich die Füße nicht still halten unter der Bank, meine Hände wanderten umher. Ich war froh, wenn wir eine Schreibaufgabe bekamen oder etwas zu rechnen hatten. Sonst kritzelte ich, nahm die Stifte aus der Federmappe und steckte sie wieder zurück, bis alle auf Stoß in ihren Schlaufen steckten. Ich machte mich klein, versuchte jedweder Aufmerksamkeit zu entgehen. Auch Vito war nervös. Ich sah es ihm an. Es fiel niemanden auf, aber mir entging es auch von der anderen Seite des Zimmers nicht. Vito war angespannt, ein einziger Muskel, der darauf wartete loszuschnellen.

Wir liefen mit den anderen die Dorfstraße hinunter, alberten und stießen Steinchen vor uns her. Langsam verlor sich die Meute. Wir grüßten und schlugen die üblichen Wege ein. Zumindest machten wir das alle glauben. Ich hatte Vito eingeschärft, dass er am Ortsausgang Richtung Osten auf mich warten sollte. Zweihundert Meter vom Schild gab es am Feldrand eine große Betoneinfassung, in der im Herbst manchmal die Rüben gesammelt wurden. Dort in den Sträuchern hatte ich Jiřís luftbereiften, blauen Handkarren versteckt, auf dem er so allerlei über den Schulhof transportierte. Im Karren sollte Vito sitzen. Auch wenn wir zu zweit auf dem Moped Platz gehabt hätten, traute ich mich nicht, Vito mit auf den Sitz zu nehmen. So gab es Platz genug für seine Stützen und unsere Schulranzen.

Am Schulgarten war alles ruhig. Es gab nicht mehr viel zu tun im Herbst. Am Morgen pflückten die kleinen Klassen Himbeeren und Brombeeren oder schnitten Blumen fürs Lehrerzimmer. Jetzt am Nachmittag lagen die Beete verlassen. Ich schaute mich um, dann stieß ich die Tür auf und schlüpfte in den Schuppen. Da stand sie, die grüne Simson. Fast hatte ich gehofft, ich würde den Raum leer vorfinden. Dann wäre alles geplatzt und anders gekommen mit Vito und mir. Vielleicht. Am Lenker hing ein Stoffnetz, und in diesem Netz baumelten zwei Flaschen Bier, die nichts anderes sagten als: Ich weiß Bescheid. Viel Glück. Euer Jiří.

*

Im Schatten der Betonumfassung klemmte ich den Griff des Handkarrens in den Metallbügel hinter dem Sitz. Ich umwickelte alles mit einem Seil, so dass die Deichsel ein wenig Spiel hatte, aber sich nicht lösen konnte. Wir hatten nur diesen einen Versuch. Ich hatte meine Konstruktion nicht ausprobiert vorher und ich wusste auch nicht, ob wir fortkommen würden, mit dem Gewicht von Vito hinter mir. Wir redeten kaum. Einmal schnauzte ich Vito an, er solle gefälligst ordentlich den Finger auf den Knoten halten. Er tat es, ohne sich zu beschweren. Als mir schien, dass nichts mehr zu verbessern war, trat ich den Motor in Gang und stieg auf. Ich drehte zwei Runden innerhalb der Betonumfassung. Der Handkarren mit seiner Luftbereifung hüpfte leicht über die Kiesel. In den Kurven verschob sich der Griff der Deichsel im Metallbügel hinter dem Sitz, wie ich es mir vorgestellt hatte.

Es funktioniert, schrie ich Vito zu. Es funktioniert.

Ich drehte knatternd und lachend noch eine Runde, bis ich direkt vor Vito anhielt. Vito legte die Stützen in die Karre. Er stolperte, kam einen Moment aus dem Gleichgewicht und lehnte mit dem ganzen Gewicht an mir. So fanden wir uns in einer Art Umarmung, die wir einige Momente nicht lösten. Ich spürte Vitos Schultergürtel, spürte, wie er langsam begann, Mann zu werden. Er löste sich. Ich hob ihn in die Karre, immer besorgt, dass das Moped kippen und Vito im Dreck landen würde. Er machte es sich halbwegs bequem, polsterte die

Karre vorn und hinten mit unseren Ranzen aus. Dann war nichts mehr zu tun. Er saß im Anhänger, wie er schon in der Schubkarre gesessen hatte. Ein kleiner König, der wartete, dass wir uns auf die Reise machten. Ich schaute in den Himmel, warum auch immer. Vielleicht weil das die Leute in den Filmen so machen, bevor sie sich in eine windige Unternehmung stürzen.

*

Ich saß still und zählte von zehn an abwärts. Es war der Moment des Starts, wenn in Baikonur alles still lag. Die kasachische Steppe dehnte sich endlos. Aus den Kühlkreisen entwich Dampf um die hochaufgerichtete Rakete. Das Gras flimmerte. Sonst bewegte sich nichts, während jemand in der Kommandozentrale den Countdown zu Ende zählte. Wir allerdings hatten anderes vor. Wir wollten die Kommandozentrale zurücklassen, wir wollten aus dem Orbit des Dorfes hinaus, wollten nichts mehr empfangen, nichts mehr hören, nichts mehr müssen. Ich merkte, wie Vito ein wenig das Gewicht verlagerte, und sprengte die Haltevorrichtungen ab. Der Klang des Motors hallte in der Betonumfassung. Mir schien er auch unter dem riesigen blauen Himmel widerzuhallen, der sich über uns dehnte. Ich gab Gas, drehte so sanft wie möglich auf, und wir schwenkten ein auf unsere Bahn. Ich traute mich nicht zurückzuschauen. Von jetzt an wäre jeder Schlenker, jedes Abkommen fatal.

Was für ein Start, was für eine Mannschaft unter Kommandant Vito. Die Büsche flogen vorbei, die Ackerfurchen verschwommen zu einem hypnotisch wechselnden Muster, als würden wir immer schneller und schneller, obwohl uns mein Vater wohl noch auf seinem Dienstfahrrad hätte einholen können. Ich kniff die Augen zu Schlitzen zusammen und spähte voraus, immer in Erwartung, jemanden zu sehen, jemanden zu erkennen, der uns aufhalten könnte. Ab und an drehte ich den Kopf zur Seite und lauschte in die Landschaft, gefasst darauf, eine Sirene zu hören oder ein Auto, das sich näherte. Nichts dergleichen geschah.

Nicht schlecht, nicht schlecht, hörte ich Vito rufen.

Ich lachte in den Wind hinaus, riss den Mund auf und duckte mich über den Lenker. Schon lag das Dorf zehn Minuten hinter uns. Schon lagen zwei Hügelkuppen, vier Felder und zwei Waldstücke hinter uns, ein Wassergraben, drei Gabelungen, vier Holzstöße und ein totes Reh, das wie aufgebahrt auf einer Böschung ruhte. Je länger wir fuhren, desto sicherer wurde ich, dass wir ankommen würden. Die Landschaft spulte sich ab. Manchmal hörte ich Vito etwas vor sich hin reden, ohne dass ich genau verstand, was er sagte. Vor uns tauchte die lange Silhouette des waldigen Felsriegels auf, in dessen Westseite unsere Höhle lag. Das letzte Mal wechselten wir aus der gleißenden Helle der Felder hinein ins Schattenspiel des Forstweges. So einfach hatte ich es mir nicht vorgestellt. Jeder Handgriff saß. Ich versteckte das Moped hinter dem Holzstoß. Die Sackkarre stellte ich daneben. Ich riss ein paar Zweige ab und deckte alles so gut es ging zu. Vito beobachtete mich und flüsterte lächelnd vor sich hin. Ihm war kalt geworden auf der Fahrt. Jetzt stieg ihm das Blut in die Wangen. Er glühte.

Hinter unserer Höhle führte eine moosige Rinne auf das fast ebene Plateau. In Heimatkunde hatten wir gelernt, dass es früher Bauern gegeben hatte, die hier oben Felder pflügten und Getreide pflanzten. Ich schob Vito die letzte Steilstufe hinauf. Vor uns dehnte sich ein Meer aus Farn, unterbrochen durch einige lichte, grasige Stellen. Wir hielten uns auf dem Pfad am Rand der Hochfläche. Heute scheint es mir, dass wir ein letztes Mal unsere bröckelnde Kindheit abschritten. Hinter den Kiefern stand rosa der Abenddunst. Wir gingen aneinandergelehnt, aufeinander gestützt. Mir kam Mutter in den Sinn, die beim Brotschneiden schon das eine oder andere Mal aufschauen und sich fragen würde, wo ich denn bliebe. Ich schwieg darüber, wie es auch Vito tat, wenn er ähnliche Gedanken hatte. Wir wollten die Gipfelfläche umrunden, hatten die Größe aber unterschätzt, so schnitten wir die Hälfte ab und tauchten hinein in den Farn, der uns um die Beine floss. Ein kleines Meer aus Grün, das wir teilten, bis wir den Pfad am gegenüberliegenden Rand des Plateaus wieder erreicht hatten. Das Licht nahm zusehends ab, es waren nicht mehr die weißen Sommerabende mit dem endlosen Gleiten der Dämmerung. Wir mussten nicht mehr fürchten, dass Wanderer kamen oder jemand in unserer Höhle übernachten wollte. So führte ich Vito durch die Rinne wieder hinunter, nahm die Taschenlampe aus meinem Ranzen und kroch zu unseren gemeinsamen Vorräten. Ich richtete unsere Betten für uns, breitete zwei Planen über den Sand und legte die Decken darauf. Dann bereitete ich auf einem Hackstock unser Abendbrot. Ich brachte Knäckebrot, ein Stück Käse und eine Salami aus dem Dunkel hervor, und plötzlich fiel mir auf, wie durstig ich war. Den ganzen Tag über hatte ich das Trinken vergessen. Auch Vito stürzte gierig drei Becher Wasser hinunter. Dann zog ich die zwei Flaschen Bier aus dem Ranzen.

Gruß von Jiří, sagte ich, und Vito bekam große Augen. Aber erst mal essen wir.

Davon hatte ich meinen Vater reden gehört, dass man einen *Grund* brauchte. Vito schmeckte es. Überhaupt schien er mir unbekümmert, als wären wir auf Klassenfahrt. Je dunkler es wurde, desto öfter dachte ich an zu Hause. An meine Mutter, die sicher längst mein Zimmer kontrolliert hatte, ob ich mich nicht zum Scherz ins Haus geschlichen hätte, wie ich es manchmal tat, um mich ins Bett zu legen und zu lesen, ohne dass die Welt etwas wollte von mir.

Ich schaute Vito an, wie er zufrieden vor sich hin kaute und die gröberen Stücke Fett der Salami in den Sand spuckte. Ich schaute ihn an und wusste nicht, ob ich Freude empfand oder Mitleid oder fernen Zorn. Wie immer das enden würde mit uns beiden, es wäre meine Schuld. Ich war der Anstifter. Er war der Geplagte, den ich mitgezogen hatte im Sog meiner Hirngespinste von Klettern und Abenteuer. Gegenüber auf der Festung gingen die Lichter an, damals viel weniger als heute, wo die Gebäude von Scheinwerfern angestrahlt werden, dass sie über Kilometer hinweg noch von jeder Ecke des Gebirges zu sehen sind. An diesem Abend glommen gelb einige Laternen zu uns herüber. Ansonsten war es dunkel, und noch dunkler schien uns der aufgerissene Rachen der Höhle hinter uns, die uns jetzt am Abend ihren Atem feucht in den Nacken blies. Vito aß mit Appetit Scheibe um Scheibe Salami, während ich die Bierflaschen musterte, die ich vor uns auf einen Holzklotz gestellt hatte. Aus dem Tal klangen die Geräusche der Stadt-die-keine-ist herauf. Jetzt war der Moment. Ich zog das Taschenmesser aus der Hose. Es hatte nicht viele Werkzeuge. Trotzdem dauerte es, bis ich den gebogenen Haken fand, den man als Flaschenöffner benutzen konnte. Vorher räumte ich auf. Ich wischte die Schneidebretter ab, sammelte die Schale der Salami ein und beseitigte jedes noch so kleine Schnipsel Papier. Keine Spur sollte von uns bleiben.

Die Flaschen zischten leicht, als ich sie aufhebelte. Schaum lief mir über Daumen und Zeigefinger. Ich leckte ihn ab und schluckte die ersten Tropfen dieser merkwürdigen Mischung aus Bitternis und Süße hinunter. Ich half Vito auf. Mit zwei Händen stützten wir uns, in den freien hielten wir jeder unser

Bier. Wir stießen an, wie ich es bei meinem Vater gesehen hatte, wenn seine Kollegen zu Gast waren.

Aufs Abhauen, sagte ich.

Aufs Abhauen, rief Vito hinauf in die Kronen. Dann hob er euphorisch seine Flasche in die Luft. Im Spalt zwischen Felsdach und Wald flimmerten die Sterne.

Wir setzten uns auf die grob behauenen Sitze, nahmen kleine Schlucke Bier und schauten hinauf, wie wir es so oft vor unserem Block gemacht hatten. Eine ungeheure Leichtigkeit erfasste mich. Ich war in eine Kapsel gestiegen und hatte mich hinaufkatapultiert in die Sterne. Eltern, Lehrer, Freunde – alles seltsame Wesen auf einem seltsamen Planeten, den ich dabei war zu verlassen. Ich war Gagarin, abgefeuert ins All, umnebelt und schwebend. Der Wind ging durch die Kronen, und ich hatte tatsächlich das Gefühl zu fliegen, so wie sich die Landschaft bewegte um mich. Vito saß neben mir im Kommandostand, mit leicht geöffnetem Mund, träumend und leise pfeifend. Er war der erste Kosmonaut, der das konnte: pfeifen. Während wir im Kopf die kompliziertesten Berechnungen durchgingen, hörte ich Vitos schwerelose Melodien. Wir hatten die Anziehung aller verlassen. Neben mir saß Kommandant Vito, der uns durchs All pfiff. Ich war sein Bordingenieur, hatte unsere Expedition tagelang vorbereitet, zusammen mit Mechaniker Jiří, dem Weltraumtechniker im Hausmeisterkittel, der Werkzeuge zur Verfügung hatte, von denen die Russen nur träumen konnten. Die Flasche wurde leichter und leichter in der Hand, und langsam schwenkten wir auf unseren eigenen Planeten ein. Gagarin hatte die Erde nur umrundet, die Amerikaner waren bis zum Mond gekommen, aber wir hatten es mit unserem Antrieb aus Trotz ins nächste Sonnensystem geschafft. Wir sanken langsam in die Atmosphäre des Planeten, den wir in Besitz nehmen würden. Nicht Flüchtlinge waren wir, Eroberer. Die Wangen glühten mir von der Reibung in der Atmosphäre. Hitze flutete in meinen Körper. Ich wusste: Die Kacheln der Landekapsel waren jetzt weißglühend. Ein kleiner Ruck. Ich glitt zu Boden, vom Aufprall benommen, wickelte mich in die grobe Militärdecke und begann unseren Planeten in Besitz zu nehmen, im Schlaf.

*

Ich erwachte früh. Ich fröstelte, mein Mund war trocken. Das Licht sickerte zögerlich in den Wald. Ich hatte gedacht, dass es mir schlimmer gehen würde nach dem Bier, weil alle das immer gesagt hatten. Ich konnte mich gerade noch erinnern, dass ich einmal zum Pissen aufgestanden war. Die Festung hatte dunkel vor der Nacht gelegen. Ich wusste noch nicht einmal, wie ich wieder zurück auf die Plane unter meine Decke gefunden hatte. Vito schlief, die Decke bis zur Nase gezogen. Die Feuchte hatte sein Haar noch lockiger werden lassen. Ich beneidete ihn um seinen Schlaf. Es war die Stunde, als mein Vater mit seinem Dienstrad über die Felder hinüber zur Wismut fuhr. Wie oft hatte er mir davon erzählt. Er fuhr bei jedem Wetter, manchmal sogar bei Schnee und Eis. Wie die Welt da zu einem kommt, wenn der Frost an den Fingern reißt oder der Regen die Sachen an der Haut kleben lässt, dass man weiß, wo man selbst aufhört und das Draußen beginnt. Diese Fahrt heute im ruhigen Herbstlicht hatte ich ihm ruiniert. Aber weiter konnte ich nicht denken. Ich schaffte es nicht, mir meine Mutter vorzustellen, als wäre durch diese eine Nacht etwas mit meiner Erinnerung passiert. Ich fragte mich, ob sie vielleicht heimlich hinter dem Haus eine rauchte, wie sie es manchmal tat, wenn Vater arbeiten war und die Straße so ausgestorben schien, dass sie noch nicht einmal die Blicke der

Nachbarn fürchtete. Aber ich sah Mutter nicht. Ich flüsterte die Dinge vor mich hin, die sie vielleicht tat oder getan hatte: die Polizei angerufen, dann gewartet, bis irgendein Wachtmeister kommt, Fragen beantwortet, von Vito erzählt und seinem Bein, dem Wachtmeister einen dünnen Kaffee angeboten oder ein Schnittchen, wieder erzählt, dann die Tür hinter ihm geschlossen und sich gefragt, wie das gehen sollte, sich keine Sorgen machen. Wach gelegen und Vater gefragt, was sie falsch gemacht hatten, ob sie mich nicht hätten in Betreuung schicken sollen. Dann, als Vater mitten im Gespräch eingeschlafen war, barfuß hinter dem Haus eine rauchen gegangen, in ihrem weißen Nachthemd wie ein Geist, dass gleich auch alle Nachbarn Bescheid wussten, dass etwas nicht stimmte. Zurück ins Haus gegangen, sich in die Decken gerollt und zwei Stunden unruhig gedöst. Und da wären wir am gleichen Punkt: keine halbe Stunde mit dem Moped voneinander entfernt, unter demselben ruhigen Morgenlicht, das den Herbst schon in sich trug. Und Vater war vielleicht noch da oder auch nicht, als Chemieingenieur war er für die ganzen Prozesse im Werk verantwortlich. Manchmal musste er selbst zu Weihnachten ran, und deshalb hatten wir auch ein Telefon. Ich konnte an all diese Dinge denken, aber Mutters Bild war mir abhandengekommen an diesem Morgen, ihre Gestalt aus meinem Kopf geschwunden.

Vito drehte sich im Schlaf. Ich setzte mich auf, kramte die Taschenlampe hervor und krauchte ans Ende der Höhle, um ein paar Sachen fürs Frühstück zu holen. Ich hatte über dem Nachdenken meinen Durst vergessen, der seit dem Erwachen nur noch schlimmer geworden war. Ich nahm den ersten Kanister, den ich finden konnte, schraubte den Deckel ab und stellte ihn kurz auf einen der höheren Hackstöcke, um nach meiner Tasse zu greifen. Ich drehte mich um und traf in der Bewegung mit dem Fuß den Hackstock. Der Kanister flog mit der Öffnung nach unten in den Dreck. Noch bevor ich ihn zu fassen bekam, war er leer und das Wasser in Sekunden vom Sand aufgesogen wie von einem Schwamm. Einen Moment stand ich wie gelähmt. Dann begann ich zu fluchen und gegen die Sitze zu treten, dass mit einem Ruck Vito erwachte.

*

Wir würgten unser Frühstück hinunter, Militärkekse, Knäckebrot und Schokolade. Drei Schlucke erlaubten wir uns aus dem Kanister, den wir noch hatten. In meiner morgendlichen Verwirrtheit hatte ich den vollen ausgeleert. Vito redete kaum mit mir, er schaute demonstrativ den Hang hinunter in den Wald. Mir schien, er tat so, als gäbe es etwas zu erkennen zwischen den Stämmen, ein Wesen, das nur er sehen konnte, aber am Ende war alles flackernde Luft. Manchmal sank ein Blatt wie in Zeitlupe der Erde zu, dann sah ich, wie Vito sich spannte, als sei ein großartiges Ereignis im Anzug. Ich erinnerte mich an seine Mutter, an die Tage, als sie durch mich hindurchgestarrt hatte im Dorf, bevor sie irgendwann die Fassung verlor. Ich wusste nicht, ob mir das wieder passieren würde, nur dieses Mal mit Vito selbst. Aber er versteifte sich auf seine Rolle des Unnahbaren, der seinen Zorn mit Würde trug. Ich hatte ihn herausgerissen aus seinem Traum, und ich wusste auch, dass es an mir war, die Sache wieder in Ordnung zu bringen. Glücklicherweise hielt das Wetter. Die hohen Wolken hatten sich verzogen. Die Mauern der Festung glühten im warmen Vormittagslicht. Nur unsere Höhle lag im Schatten. Ich rollte die Planen zusammen und auch die Militärdecken. Ich sammelte Kekspapier auf, verwischte unsere Spuren im Sand und räumte akribisch die Dinge in unseren Vorrat am Höhlenende zurück. Das war das einzige Mal am Vormittag, dass ich länger mit Vito redete. Ich erklärte ihm, dass es zu risikoreich war, in der Höhle zu bleiben. Nicht nur, dass sie bei Wanderern beliebt war, zudem musste jedem aufgehen, dass sie als Unterschlupf für zwei Dreizehnjährige sehr geeignet war. Ich kam mir vor wie beim Rapport vor Mäusegesicht, wenn wir Auskunft zu geben hatten über unsere Aktivitäten als Pioniere. Vito saß mir gravitätisch gegenüber. Kommandant Vito, der seine Mannschaft anführte, aber nichts selbst machte. Das Problem war, dass ich allein seine Mannschaft darstellte. Er befehligte mich mit seinen grimmig-stummen Blicken. Hier hatte ich also einen Plan für Kommandant Vito: Ich würde Wasser suchen gehen, während er die Zeit oben auf dem Plateau verbringen würde. Tatsächlich nickte Vito. Ich bot ihm meinen Arm an, fasste ihn fest um Oberkörper und Taille und krauchte mit ihm die moosige Rinne hinauf auf das Plateau, dessen Grenzen wir beide erst gestern noch gemeinsam abgeschritten hatten.

Und was soll ich hier oben?, fragte Vito.

Warten, erwiderte ich und schaute ihm genauso grimmig in die Augen wie er mir.

Eine Sache wäre mir nicht im Traum eingefallen: dass wir Beschäftigung brauchen würden. Ich hatte kein Buch eingepackt, noch nicht einmal eine Handvoll Murmeln. Ich stieg ab, ohne mich umzudrehen, und griff den leeren Kanister. Aus dem anderen nahm ich noch ein paar gierige Züge. Vito konnte die ganze Zeit herumsitzen, während ich mich auf den Weg zu machen hatte.

*

Wasser, Vito, Wasser, schrie ich von weitem und hob mit aller Kraft den Kanister in die Höhe wie eine Trophäe. Ich erkannte Vito als einsame Gestalt über dem Meer aus Farn. Er stand am Abbruch des Plateaus. Ich sah ihn sich bücken und Kiefernzapfen nach unten werfen, was eine ziemliche Anstrengung für ihn bedeutete. Umständlich hantierte Vito bei jedem Wurf mit seinen Stützen. Ich dachte daran, was für ein Meister im Steinewerfen er gewesen war. Er hatte die flachen Kiesel an der Elbe fast bis zur Mitte springen lassen.

Wasser!

Als ich noch einmal rief, drehte er sich um. Ich schwenkte so gut es ging den vollen Kanister und eilte durch den Farn auf Vito zu. Er wartete in der seltsamen Haltung, die er sich angewöhnt hatte. Die Stützen vor seinem Körper, das linke Bein leicht zurückversetzt, als würde er sich jeden Moment nach vorn katapultieren wie ein Raubtier. Ich zeigte ihm den Kanister und erzählte, wie ich nach einigem Suchen eine Art Quelle gefunden hatte. In einer steilen Rinne tropfte Wasser unter einem Geflecht aus Wurzeln hervor. Dort hatte ich den Kanister hingestellt und gewartet. Eine halbe Stunde hatte es gedauert, bis er voll war. Ich schraubte den Deckel ab und Vito roch am Wasser, das erstaunlich klar war, fast ohne Dreck. Vito steckte den Finger hinein, zog ihn heraus und leckte ihn ab, als handelte es sich um eine unbekannte Flüssigkeit, die er kosten wollte. Ich sagte ihm, dass ich auch schon einen Schluck genommen hatte. Mein Durst hielt sich allerdings in Grenzen, nachdem ich morgens aus dem anderen Kanister getrunken hatte, ohne dass Vito etwas wusste davon.

Dann können wir ja jetzt mittagessen, sagte Vito.

Tatsächlich war der Sonne nach Mittag bereits vorüber. Meine Suche hatte doch länger gedauert, als es mir vorgekommen war.

Ich geh hier bis zum Abend nicht wieder weg, sagte Vito. Ist mir zu anstrengend, da runterzukrauchen und dann wieder hoch, obwohl uns ja eh keiner sucht.

Woher willst du das wissen?

Hast du dich mal umgehört?

Ja, und?

Wie du hörst, hörst du nichts, sagte Vito. Keine Sirenen, keine Stimmen, keine Hunde. Nichts.

Es stimmte, was Vito sagte. Ich starrte auf den Farn, durch den der Wind ging, und wusste nicht, ob ich müde war oder traurig. Ich *wollte*, dass meine Eltern nach mir suchten. In Gedanken flehte ich darum. Wenn sie suchten, dann liebten sie mich, und deshalb wollte ich etwas hören, ich wollte etwas sehen. Vito hatte recht. Nur die Festung thronte stoisch gegenüber.

Ich hol mal was zu essen, sagte ich und war froh, dass ich eine Beschäftigung gefunden hatte, dass ich wieder allein sein konnte. Ich trug das Mittagessen hinauf auf das Plateau. Wir aßen schweigend. Vito verschlang, wie vorher schon, unglaublich viel Salami. Dabei trank er fast einen Viertel Kanister leer. Ich selbst verspürte weder großen Hunger noch Durst. Als wir gegessen hatten, trug ich alle Sachen in unser Vorratsloch in die Höhle. Mir fielen die Zigaretten wieder in die Hände. Jetzt hätten wir Zeit zu rauchen. Windstill war es auch. Ich betrachtete die zerknickten Stängel, wendete die Plastiktüte hin und her und steckte sie dann doch in den Vorrat zurück. Ich wollte allein sein. Vito kam von da oben ohne meine Hilfe nicht weg. Sollte er halt noch eine Weile Kiefernzapfen werfen.

*

Ich strich ruhelos durch den Wald, immer im Schatten der steil abfallenden Hänge. Wenn mir jemand entgegenkäme, könnte ich in eine Rinne flüchten oder mich in einer der vielen moosigen Nischen ducken. Schon bald gab ich es auf, zwischen den Stämmen hindurchzuspähen. Ich hörte auf, das Ohr in den Wind zu drehen, wann immer ich ein Geräusch oder einen Laut hörte. Ich dachte an Mutter, versuchte ihr Bild wiederzufinden. Ich dachte, wir beide, sie und ich, wir taten im Grunde dasselbe: streunen, ruhelos umherwandern. Unser Haus war stets bis aufs Letzte aufgeräumt. Ich konnte mich nicht erinnern, je einmal Geschirr in der Spüle gesehen zu haben oder volle Wäschekörbe. Der Garten war geharkt, die Beete gejätet. Mutter war ständig auf der Suche nach Arbeit. Jedes Stäubchen nahm sie zum Anlass zu putzen. Genauso hasste ich es, wenn ich aus der Schule kam und mein Zimmer wie ein Museum aussah: die Bettdecke faltenlos, die Bücher auf Stoß gelegt, alle gebrauchten Sachen eingesammelt. Manchmal dachte ich, Mutter hätte sie nicht mehr alle, in ihrer Unrast, in ihrer ständigen Gejagtheit den Dingen nach, die sie tun könnte. Einsam war sie, eine riesige Leere, die sie versuchte, mit Aktivität zu füllen. Das dämmerte mir, als ich an diesem Frühherbsttag die Zeit totschlug. Ich hatte kein Ziel, wie auch Mutter keins hatte. Für mich waren es Stunden, für Mutter Jahre. Aber jetzt hatten wir getauscht. Ich begann meine Schritte zu zählen, ich begann Steine aufzuheben und nach Stämmen zu werfen. Eine halbe Stunde hielt ich es aus, vielleicht eine Stunde. Dann kehrte ich in unsere Höhle zurück, holte die Schneidebretter, die Tassen und das Besteck hervor und putzte und polierte alles mit dem Wischtuch. Dann zog ich mit den Schuhen den Sand unserer Schlafstelle plan. Aus dem Tal drangen die Geräusche der Stadt-die-keine-ist herauf, und ich dachte, was gäbe ich darum, etwas anfangen zu können mit diesem Tag. Ich sehnte

mich nach meiner Schulbank. Selbst das Palaver von Mäusegesicht schien mir jetzt erträglich. Als es in der Höhle nichts
mehr zu tun gab, ging ich zum Holzstoß, um Jiřís Moped und
den Handkarren zu kontrollieren. Kein Reifen hatte Luft verloren. Ich klopfte auf den Tank, der immer noch dumpf und
voll klang. Auch die Verbindung von Handkarren und Moped
hatte gehalten, so dass mir nichts anderes blieb, als die Zweige
wieder über alles zu decken. Ich stand in diesem ewigen Wald
aus Kiefern und Birken und erschrak, wie teilnahmslos alles
um mich ruhte, ohne jede Regung hier im Windschatten des
Plateaus. So wie ich in einer Blase außerhalb der Zeit gefangen
war, würde Mutter nun ihr Denken allein auf ein Ziel richten.
Jetzt gäbe es etwas, auf das sie ihre Aufmerksamkeit konzentrieren konnte. Und das war ich.

Ich stellte mir vor, dass der Wachtmeister gleich am Mor-
gen wiedergekommen war. Die ganze Straße stand hinter den
Gardinen, als er vorfuhr. Wahrscheinlich hatte meine Mutter
Kaffee gekocht und Schnitten gemacht. Das war ihr Beitrag zur
Suche. Dann saßen sie in der Küche zusammen, weil das Küchenfenster nach hinten in den Garten ging und niemand vom
Fußweg aus durch die Hecken spähen konnte. Mag sein, der
Wachtmeister biss gedankenverloren in eine Käseschnitte.
Mein Vater hatte sich noch nicht von der nächtlichen Suche er-
holt. Vielleicht saß er neben Mutter. Vielleicht hatte er sich
dazu durchgerungen, seine Hand auf ihre zu legen. Der Wachtmeister berichtete, wo sie mich gesucht hatten. Mein Vater berichtete, wo er mich gesucht hatte. Und dann war nichts mehr
zu sagen. Und dieses Nichts wurde größer und größer. Es war
dasselbe Nichts, das mich umgab hier, und mitten hinein in
das riesige Nichts hörte ich Vito, der aus Leibeskräften meinen
Namen schrie.

*

Es dauerte einen Moment, bis ich Vito auf dem Plateau entdeckte. Nur sein Kopf ragte über den Farn hinaus. Er saß.

Lässt du dich auch mal wieder blicken, bellte er mir entgegen, als er mich sah. Ich war froh, ihn derart ärgerlich zu hören. So wie er geschrien hatte, dachte ich, es sei ihm etwas passiert.

Ich will hier runter, sagte er.

Wir musterten uns scharf. Vito sah bleich aus, müde. Schweiß glänzte ihm an den Schläfen.

Geht's dir gut?, fragte ich.

Nicht so wahnsinnig, erwiderte er.

Sein Ärger war verschwunden. Er blickte matt zu mir hoch, die Augen gegen das Licht zusammengekniffen. Ich griff ihm unter die Arme, richtete ihn auf. Er roch merkwürdig. Es dauerte eine Weile, bis ich begriff, dass er sich übergeben haben musste. Ich wusste nicht, was ich sagen sollte. Mir schlug das Herz den Hals hinauf. Vito lehnte mit seinem ganzen Gewicht auf mir. Es machte ihm Mühe zu gehen. Nach wenigen Metern hielt er abrupt inne, hielt sich eine Hand vor den Bauch und krümmte sich, wie von einem Krampf zusammengezogen.

Wird wieder, murmelte er, wird wieder. Muss mich nur ein wenig hinlegen.

Das Licht sickerte zwischen den Stämmen hindurch, staubige Bahnen über dem Farn. Eine Art Märchenwald mit uns zwei komischen Gestalten. Alles Heldenhafte war uns verloren gegangen. Das war nicht mehr Kommandant Vito mit mir als Bordingenieur einer großartigen Unternehmung. Wir waren wieder zu zwei Dreizehnjährigen geworden, allein auf diesem Felsrücken, über den sich der Abend senkte. Wir näherten uns unglaublich langsam der Rinne, die hinab zu unserer Höhle führte. Mein Rücken stach, mir brannten Arme und Beine, so schwer, wie mir Vito wurde. Ich schaute auf die Festung gegenüber. Ich hörte die Geräusche der Stadt unten im Tal. Das alles war fern, unerreichbar. Ich hoffte inständig, dass Vito nur Erholung brauchte, nichts weiter, aber je mehr ich mich an diesen Gedanken klammerte, desto unwahrscheinlicher schien er mir. Ich konnte die Krämpfe spüren, die ihn schüttelten. Da, wo wir uns berührten, schien mir seine Schwäche auch in meinen Körper zu kriechen. Bevor wir uns an den Abstieg durch die Rinne machten, schaute ich mich ein letztes Mal um. Das Plateau flimmerte. Der Farn, das Gras, die Kiefern glühten im gelborangefarbenen Septemberlicht. Ich wünschte mir zum ersten Mal inständig, dass uns doch jemand finden würde, aber zugegeben hätte ich das vor Vito nie.

*

Ich breitete vor Vito die Plane in den Sand. Er saß auf einem Baumstamm und konnte sich selbst im Sitzen kaum halten. Über die Plane legte ich meine Decke. Vito ließ sich nach vorn fallen und streckte sich. Ich saß über ihm, schaute ihn an und wusste nicht, was ich tun sollte. Er wich meinen Blicken aus und drehte sich bald auf die Seite, weg von mir. Mag sein, er schämte sich. So hielt ich aus bei ihm. Hunger hatte ich keinen, obwohl, dem Licht nach, die Abendbrotzeit längst vorüber war. Was für ein Tag, was für ein leerer Tag. Ich hatte mich in meinem Leben noch nie so gelangweilt. Und gleichzeitig pochte mein Herz. Ich konnte Hände und Füße kaum ruhig halten. Ich konnte nur warten, wie meine Eltern warteten, wie die ganze Welt wartete. Unter Zweigen und Laub ruhte das Moped. Ich dachte daran, wie innerhalb von einer halben Stunde alles zu Ende sein könnte. Die Langeweile und die Unruhe zugleich. Ich sehnte mich unbändig danach, den Motor in Gang zu treten und über die Felder zu jagen, wie ich es vorher getan hatte. Und ich wusste auch, dass es diese Zeit nicht mehr geben würde. Dass ich mir eine Rückkehr dahin verbaut hatte mit dem Unsinn, den wir hier taten. Aus Trotz waren wir weggelaufen, weil wir dachten, dass wir niemanden brauchten, unsere Eltern nicht, die Schule nicht, das ganze Dorf nicht. Wie wunderbar schien mir die Geschichte, die ich beim Unwetter erfunden hatte, als ich Vito erzählte, dass der Blitz eingeschlagen hatte und die Schule und alle Häuser in einem Feuersturm verschwunden waren. Vito war in einen unruhigen Schlaf gefallen. Er hatte sein gesundes Bein vor den Bauch gezogen und wälzte sich hin und her. Erst dachte ich, er sei wach. Ich beugte mich zu ihm herunter und sah seine Pupillen unter den Augenlidern flackern. Er schlief. Und ich konnte nicht mehr sitzen bleiben neben ihm. Ich nahm einen Schluck sauberes Wasser und stand auf. Plötzlich fiel mir ein, dass zwischen den Vorräten ein Stift und das Heft steckte, in dem ich unser ganzes Inventar vermerkt hatte. Ich wankte die Rinne aufs Plateau hinauf und setzte mich an den Aussichtspunkt direkt über unserer Höhle. Vito brauchte noch nicht einmal laut zu rufen und ich würde ihn hören. Ich merkte, wie die Nacht mir in die Knochen kroch. Es war Wind aufgekommen. Ich konnte die Bahn der Böen in den Kiefern hören. Mal rauschte es näher, mal rauschte es weiter entfernt. Die Sterne, die tief standen, schienen beständig die Farbe zu wechseln zwischen Rot und Grün. Erst wunderte ich mich, ob es nicht ein Flugzeug war, das ich entfernt sah, aber dann begriff ich, dass es der Wind war, die Luft, die unablässig das Licht brach. Ich legte die Taschenlampe auf einen Stein neben mich, so dass ihr Strahl über das Heft fiel. Das Papier sah im Streiflicht runzlig aus, ein kleines Gebirge von Fasern und Härchen. Ich schrieb:

Vito krank. Schlechtes Wasser getrunken. Meine Schuld. Hätte einfach runter in die Stadt gehen sollen und jemanden

nach Wasser fragen. Weiß eh niemand hier, dass wir weggelaufen sind. Meine Schuld. Nacht. Ich habe Angst.

*

Ich erwachte, weil ich dachte, Vitos Stimme gehört zu haben.
Ohne dass ich mich erinnern konnte, war ich eingeschlafen auf
dem Plateau. Durch den Wald hallten Vitos Rufe. Ich eilte
durch die Rinne zu ihm hinab, glitt aus, rutschte ein Stück auf
dem Bauch, tat mir aber nichts. Vito warf sich auf seiner Decke
von einer Seite auf die andere. Als er merkte, dass ich mich
über ihn beugte, schaute er mich an. Ich sah das Weiße in seinen Augen schimmern. Ich musste ihm nicht die Hand auf die
Stirn legen. Er strahlte eine unglaubliche Hitze ab. Wir starrten uns einen Moment an. Wir starrten uns an und wussten
beide, dass unsere Flucht zu Ende war. Ich spürte, wie meine
Kräfte zurückkehrten. Ich musste Vito hier herausbringen.
Das war mein Ziel, und ich war dankbar dafür, wieder eines zu
haben.

Ich komme wieder, sagte ich und wiederholte es noch
einmal: Ich komme wieder. Ich eilte hinunter zum Holzstoß.
Der Kegel der Taschenlampe fieberte durch den Wald. Formen
von Felsen, Ästen, Stämmen, die sich zu wandeln begannen.
Baumstümpfe, die sich bewegten. Aber ich hatte keine Zeit
mehr für Angst. Ich riss die Zweige vom Moped und wuchtete
es zusammen mit dem Handkarren zurück auf den Weg. Ich
prüfte hastig die Verbindung zwischen der Deichsel und dem
Metallbügel hinter dem Sitz. Dann keuchte ich zurück und
lud mir Vito auf den Rücken, wie ich es schon einmal getan
hatte. Sein Atem fauchte mir im Nacken. Mir wurde schlecht
von der Anstrengung und von Vitos fiebriger Nähe. Für die
Taschenlampe hatte ich keine Hand frei. So schob ich die Füße

vorsichtig ins Dunkel. Meine Füße waren meine Augen. Ich schlurfte den Pfad hinunter. Manchmal traf ich ein Loch oder eine Wurzel, aber ich schaffte es jedes Mal, mich zu fangen. Vito lastete unglaublich schwer und heiß. Er hatte die Arme um mich geschlungen und seine Hände auf meiner Brust ineinandergefaltet.

Gleich sind wir da, sagte ich zu Vito, als ich den Forstweg unter meinen Füßen spürte. Gleich sind wir da. Ich sprach den Satz vor mich hin, bis er mir zur Melodie wurde, einem kleinen, klingenden Lied.

Ich lehnte das Moped und den Karren gegen den Holzstoß. So konnte ich Vito hineinbugsieren, ohne dass wir umkippten. Noch einmal nahm ich die Taschenlampe und ging hinauf zur Höhle. Ich leuchtete hinein in den feuchten Rachen, der uns erst verschluckt und dann wieder ausgespien hatte. Ich griff die zwei Decken. Mir war, als würde sich die Höhle hinter mir schließen, zwei riesige, bezahnte Kiefer, die knirschend aufeinanderfielen. Ich versuchte Vito einzuschärfen, dass er stillsitzen sollte. Ich weiß nicht, ob ich zu ihm durchdrang. Er schaute mich mit großen Augen an. Hinter den Stämmen zog schmutzig weiß der erste Anflug der Dämmerung herauf. Über uns erschien die Silhouette des Felsrückens. Ich trat den Motor in Gang. Vito stöhnte unter den Decken. Liegen konnte er nicht, dazu war der Karren zu klein. Er lehnte in einer Ecke und konnte den Oberkörper kaum aufrecht halten.

Nicht bewegen, schrie ich. Nicht bewegen.

Wir schlingerten davon. Die Dämmerung sickerte fahl in den Wald. Ich konnte den Weg ahnen und fuhr ohne Scheinwerfer. Die Bäume flogen an uns vorüber. Ein kalter Tunnel aus Felsen und Laub. Ich versuchte, über die Schulter zu spähen, wie es Vito ging, aber ich wagte nicht, mich richtig umzudrehen. Kurz bevor wir hinaus aufs Feld bogen, brach ein Reh durchs Unterholz. Der Lenker rüttelte in meinen Händen. Ich hielt an, atmete durch. Vito hielt sich in seiner Ecke tapfer aufrecht. Gleich sind wir da, sagte ich und gab wieder Gas. Gleich sind wir da. Zwischen den Feldern ging der Weg in Betonplatten über. Die Landschaft vor mir war weit und leer. Ich beugte mich tief hinunter. Wir gewannen an Fahrt. Die Hagebutten leuchteten in roten Schwärmen neben mir. Aus dem Augenwinkel nahm ich eine Bewegung wahr, sah einen Schatten fliegen. Ich weiß es nicht mehr. In dem Moment bockte das Moped auf einer Fuge zwischen zwei Platten. Das Vorderrad hob kurz ab. Ich setzte hart wieder auf und schrie, als ich merkte, wie das Moped leichter wurde. Ich machte einen mächtigen Satz nach vorn und schoss schräg über den Lenker davon. Ich kugelte ein Stück die Böschung hinunter und blieb auf dem Rücken liegen. Über mir standen die letzten Sterne im Blau. Blau, blau, blau, dachte ich. Siedend kam die Erinnerung an Vito zurück. Ich raffte mich auf, sah als Erstes die Karre, dann Vito, der reglos im Gras lag. Ich wandelte wie in Trance zu ihm herüber. Er blutete nicht. Er hatte die Augen offen. Atmete.

Hörst du mich? Hörst du mich?

Ich nahm sein Gesicht in meine Hände. Seine Lippen bewegten sich lautlos.

Ich hole Hilfe. H i l f e. Mit weit offenem Mund formte ich überdeutlich jeden Buchstaben, so wie wir es in der ersten Klasse gelernt hatten. Dann küsste ich Vito auf die Stirn und rannte in die Dämmerung davon.

*

Ich habe mit Christina eine Uhrzeit und einen Treffpunkt vereinbart. Freitag, 11 Uhr, an der Bushaltestelle im letzten Dorf vor der Grenze. Entweder sie ist da, und wir machen das Wochenende frei, oder sie ist es nicht. Drei Tage bin ich mit der Kleinen schon draußen. Ich musste mich erst an die Geräusche nachts gewöhnen. Nach so langer Zeit habe ich vergessen, wie es klingt, wenn ein Ast an den nächsten schlägt, wie die Bäume arbeiten bei der geringsten Böe. Es gibt keine Stille. Es gibt keine Abwesenheit von Geräusch, es gibt nur andere Dinge, die man hört. Nachts tritt alles hervor. Ein Wogen, Scharren und Knarzen. Wie oft bin ich aufgeschreckt und glaubte ein Muster zu erkennen, einen Rhythmus, wie Schritte sich ähneln. Ordnung heißt Anwesenheit. Davor fürchte ich mich, mit der Kleinen neben mir, die ihre Hände und Füße zu mir herstreckt, auf unserer Plane mit den Isomatten darüber. Aber die Kleine hat Christinas Schlaf. Auch in den Nächten vorher ist sie kein einziges Mal erwacht. Das muss der Schlaf sein, den ich nie hatte oder an den ich mich nicht mehr erinnere: hingegeben an die Welt um einen herum, wo immer man auch ist, ohne Argwohn aufgehoben in den Dingen. Als ob alles immer freundlich wäre, ohne Absicht, ohne Schrecken. Auch wenn ich selbst weiß, dass uns im Grunde nichts passieren kann, steckt es mir in den Knochen. Ein uralter Instinkt. Das sage ich mir und weiß nicht, ob es wirklich taugt als Erklärung, dass mir fast so ist, als könnte ich die Sterne, die durch die Kronen scheinen, ziehen sehen, als würde in diesem merkwürdigen Zustand des Wachseins alles zu einer Zeitrafferaufnahme gerinnen. Stunden gesehen in Sekunden, das Aufzischen der Sternschnuppen, die Bahnen, auf denen sich alle Körper am Himmel bewegen, das ständige Pendeln der Kiefern. Als Musik dazu die eigentümliche Mischung aus Faszination und Angst, eine Kulisse voll mit Echos und Andeutungen von Echos. Vielleicht ist es auch die Flucht mit Vito, die mir zurückkriecht in die Knochen, die zwei Nächte damals, immer auf dem Sprung, immer mit einem Ohr im Offenen, dass uns jemand holen käme.

*

Die Kleine weiß nichts von meinen Ängsten. Sie weiß nicht, dass man sich Sorgen machen kann in der Welt. Das Pflaster, das sie bis heute Morgen noch über der Augenbraue trug, ist abgefallen. Hand in Hand sind wir losgezogen. Christina hatte mir die Sachen der Kleinen in Stapel gelegt. Ich packte alles ein. Es ist nicht viel Platz im Rucksack, weil oben die Kleine sitzt. Der Rucksack ist nichts anderes als ein großer, bequem ausgepolsterter Sitz. Darunter gibt es ein wenig Raum für Sachen. An den Seiten habe ich zwei Packsäcke befestigt, für die wenigen Dinge, die für mich selbst sind, für das Essen und das Wasser auch. Dann war nichts mehr zu tun. Die Kleine weinte nicht, als Christina zur Arbeit fuhr. Christina kurbelte die Scheibe herunter und streckte winkend den Arm aus dem Fenster, während sie langsam die Straße hinunterfuhr. Als sie in die Dorfstraße bog, tippte sie die Warnblinkanlage an. Ein kurzes, gelbes Leuchten, das mir in der Erinnerung viel heller erscheint als an diesem Morgen. Es blinkte: *passt auf euch auf* oder *jetzt ist es an dir* oder *was noch*.

*

Wir nahmen den Weg zum Kindergarten. Ein Rasenmäher lief. Die Leute palaverten über den Zaun. Ich grüßte. Sie grüßten zurück. Dass ich im Feuerlöschteich gebadet habe, hat im Grunde niemanden interessiert. Und wenn doch, dann würde ich es nicht erfahren. Wir gingen am Kindergarten vorbei. Die Kinder kamen uns entgegengerannt, krochen durch die Löcher in der Hecke und lehnten sich gegen den Drahtzaun. Einige warfen der Kleinen Küsse zu oder streckten die Hände durch die Maschen. Ich musste erklären, wohin wir gingen, warum der Rucksack so groß war und warum die Kleine nicht mehr in den Kindergarten kam. Die Erzieherinnen nahmen keine Notiz von uns. Ich sah sie auf der Treppe sitzen, die Knie zum Körper gezogen. Eine rauchte. Die Kinder plapperten fröhlich. Ein vielleicht fünfjähriger Junge mit einer riesenhaften Brille musterte uns eindringlich. Die Kleine drückte Hände und war vor allem eines: stolz. Ich selbst war klein und still, weil ich nicht wusste, wie es für die Kleine gewesen sein muss, alle Tage in den Kindergarten zu gehen, wo unser Haus doch nah war und ich nicht zur Arbeit ging.

*

Und dann lag die Kleine plötzlich vor mir und schrie. Einen Moment hatte sie nicht geatmet. Dann zog sie scharf die Luft in die Lunge. Ein quälendes, pfeifendes Geräusch. Ich stand zwischen den letzten Häusern Richtung Felder hin. Der Himmel blau und hoch. Ich selbst winzig in dem riesigen Geschrei. Meine Tochter lag da, meine Kleine. Ein wenig entfernt der Drahtzaun des Kindergartens, wo kurz die Gesichter der Erzieherinnen erschienen, bis sie sahen, dass diese Szene nichts mit ihren Kindern zu tun hatte. Ansonsten Häuser, Hecken. Eine undurchdringliche Welt, wie damals, als ich Vito auf dem Rücken trug. Aber jetzt war es die Kleine, die vor mir lag. Ich bückte mich, legte ihr die Hand auf den Rücken. Ihr Körper so steif, dass ich es nicht schaffte, ihr unter die Schultern zu greifen. Mir wurde schwindlig. Ich schaute auf meine Hände, schaute eine Weile auf meine vier Hände, bis ich begriff, dass ich nicht doppelt sah. Die Frau neben mir sang leise und streichelte der Kleinen so lange über Kopf und Rücken, bis sie sich wieder aufrichtete. Die Kleine schluchzte und schnüffelte. Ich dachte, jetzt verschwinden wir in die Felder, aber ich entkam dem Schwall Zuneigung nicht, genauso wenig wie meiner eigenen Erleichterung. Die Kleine hatte nur einen Fleck Blut und eine Beule über der rechten Augenbraue zurückbehalten. Ich war es, dachte ich. Wieder einmal ich. Die Kleine hielt die Hand der Frau umklammert, als wäre es ihre Oma. Wir durchquerten einen blühenden Vorgarten. Das Haus schien wie aus den Blumen emporgewachsen, der Putz zitronenfarben, das Dach mit Schindeln aus Schiefer gedeckt. Kohlweißlinge flackerten über den Büschen. Die Kleine zog sich artig die Schuhe aus. Ich nestelte an meinen Schnürsenkeln, wollte der Kleinen nach, als ob sie sich mit einem Schlag hätte in Luft auflösen können. Auch wenn keine Zeitschriften wie bei Vito herumlagen, wusste ich, in was für ein Haus wir geraten waren. In ein ordentliches Haus, wie es sein muss, geputzt und aufgeräumt, mit Schrankwand, geklöppelten Deckchen und Kalenderbildern der schönen Heimat in der Küche.

Die Frau erkundigte sich, wo wir hinwollten.

Ich sagte, hinaus in die Wälder, unter die Felsen.

Die Frau schüttelte den Kopf, oder ich bildete mir ein, dass sie es tat, während sie am Herd hantierte.

Bald saß die Kleine vor einer großen Tasse Kakao, bekam ein Pflaster und Kekse dazu.

Ich schaute mich um, musterte die Küchenzeile, spähte durch den Türspalt ins Wohnzimmer, ohne zu wissen, was ich suchte. Alles so harmlos ordentlich, und doch schien mir hinter allen Dingen eine zweite Welt verborgen.

Als die Kleine den letzten Keks verspeist hatte, schaute

sie mich an, als würde sie sich erst jetzt wieder an ihren Papa erinnern, an unseren Plan, hinaus in die Wälder zu ziehen. Plötzlich lächelte sie, und so wie sie lächelte, wurde ich selbst leichter.

Bald standen wir wieder auf der Straße.

Die Kleine winkte.

Ich bedankte mich.

Da nicht für, erwiderte die Frau und ging zurück in ihr zitronenfarbenes Haus.

*

Aus dem Dorf heraus lief die Kleine an meiner Hand. Der Asphalt ging in Schotter über und wir kamen auf die Felder. Das Gebirge lag flimmernd vor uns. Die Kleine blieb stehen, winzig vor der staubigen Weite der Hochfläche. Ich schloss sie in die Arme, sah den Wind durchs Korn gehen. Dann hob ich sie in ihren Sitz und zog sie zu mir heran. Noch einmal würde sie nicht fallen. Ich erzählte von der Goldenen Gans, vom großen Gelächter der Prinzessin und später vom Froschkönig. Die Kleine wollte wissen, was das heißt: *in einer Zeit, als das Wünschen noch geholfen hat*. Ich versuchte, es ihr zu erklären, kam aber nie an den Punkt, dass die Kleine verstanden hätte, warum es jetzt nicht mehr half. Bald spürte ich, wie ihr Körper bei jedem Schritt schaukelte. Ich zog das Hirsekissen aus der Seitentasche und klemmte es zwischen Rucksack und meiner Schulter ein. Die Haare der Kleinen kitzelten mich im Nacken. Aus den Tälern ragten riesige Buchen, die man selbst aus der Entfernung noch als einzelne Bäume erkennen konnte. Ich begann zu singen, mehr in mir drin, als dass ich den Melodien eine Stimme gab. Entfernt dachte ich auch an Vito, wie ich ihn auf meinem Rücken getragen hatte. Ich fasste mit beiden Händen nach hinten und berührte die Füße der Kleinen. Mir rann der Schweiß, aber ich sang weiter in Gedanken und bald ein wenig auch so, dass die Kleine im Traum vielleicht meine Stimme spürte.

*

Jeden Morgen schauen wir nach dem Wetter. Ich versuche, der Kleinen die Wolken zu erklären. Zirrokumulus sehen wir, die winzigen Schäfchen hoch oben und ihre dickeren Eltern, die immer gegen Mittag über den Ebenen auftauchen. Ich packe Sandförmchen aus, und wir versuchen, eine Herde Elefanten durch den Wald laufen zu lassen. Ich grabe mich in den feuchten Untergrund durch, wo der Sand grau wird, mit Erde vermengt, und die Kleine ist begeistert. Blaubeeren sammeln wir, wenn wir Sträucher finden, oder rennen ziellos durch den Wald. Der Farn schwappt um uns. Wenn wir Wanderer kommen hören oder sehen, lassen wir uns fallen. Über uns ein grün wogendes Dach aus Wedeln. Die Kleine greift nach meiner Hand, und wir kichern, weil wir aus der Welt gefallen sind. Mittags, wenn die Kleine in ihrem Sitzchen schläft, steige ich hoch auf die langgezogenen Tafelberge Richtung Tschechien und wandere auf den Plateaus umher. Ich taste nach der Kleinen, die friedlich hinter mir schläft. Und genauso taste ich in Gedanken nach Christina, versuche mir vorzustellen, was sie tut in unserem großen, leeren Haus.

*

Wir sind oben auf dem Riff gewesen. Hinter unseren Zehen schwankten die Baumkronen, dass wir schwindlig den Blick heben mussten. Richtung Süden zogen hoch einige Zirren.

Das Licht brach sich zu einem Halo. Ein feiner, eisiger Regenbogen. Jan wachte über den Schlaf der Kleinen. Wenn ich hinüber zu Christina schaute, sah ich einzelne Strähnen ihrer Haare im tiefen Licht. Ich sah ihre nackten Beine, den Flaum über ihren Knien. Ich hatte ihr gesagt, dass sie barfuß kommen sollte, und sie hatte es mir zuliebe getan. Ich wollte Christinas Hand nehmen, aber tat es nicht. Die Wörter fingen an, wie von selbst zu kommen. Ich sagte Christina, dass ich die Kleine aus dem Kindergarten nehmen würde, dass ich die Tage von jetzt an mit ihr verbringen würde. Auch von unserem Café sprach ich, das es nicht geben würde. Christinas Gestalt neben mir erschien mir durchsichtig leicht, als könnte sie jeden Moment Flügel ausbreiten, wie sie es in meinem Traum mit der Kleinen gemacht hatte. Aber wenn sie es tat, dann wollte ich mit, hinaus in den Herbst, auch wenn es noch Sommer war und Jans Auto mich daran erinnerte, dass im Haus unsere Kleine schlief, in unserem Haus.

Ein Falke stand rüttelnd über dem Wald. Sonst hatten wir uns immer alles gezeigt, wenn wir etwas sahen. Die Schmetterlinge, die Meisen, die Kornblumen an den Feldrändern. Aber diesen Falken mussten wir beide allein sehen. Christina hob den Kopf. Sie versuchte mir in die Augen zu schauen. Ich wich ihrem Blick aus. Der Falke drehte gegen den Wind ab, schwang sich gegen das Licht höher hinauf, dass es schmerzte, ihn weiterzuverfolgen.

Ich zeigte Christina die Felskessel, aus denen Vito und ich die Kaulquappen gerettet hatten. Jetzt im Sommer war jede Mulde auf dem Riff ausgetrocknet. Ich erzählte, wie unsere Einweckgläser in unseren Händen geglüht hatten. Dann balancierten Christina und ich über Schründe und Vorsprünge hinweg zur Westseite des Riffs und schauten hinunter auf das Dorf meiner Kindheit. Ich sprach von Jiří, dem Appell, meinen

Ausflügen mit dem Moped, der Vorbereitung und unserer Flucht hinüber in die Höhle. Alle Orte lagen so nah, alle Dinge, die passiert waren. Wir streckten uns auf dem Sandstein aus, und ich beschrieb, wie das Gewitter über mich hinweggezogen war, wie der Donner mir im Rücken vibrierte. Ich musterte Christina von der Seite und bekam es mit der Angst zu tun, wie ich sie im Gewitter nicht gespürt hatte. Ich dachte, ich müsse Christina wie ein Verrückter erscheinen, einer, von dem man nicht so genau wissen will, was er denkt, um nicht selbst verrückt zu werden. Aber Christina hörte zu. Wenn sie mich für einen Verrücken hielt, ließ sie sich nichts anmerken.

Ein paarmal war Vito bei ihr in Behandlung gewesen. Ein freundlicher, unverbindlicher Patient. Ein wenig zu zurückhaltend vielleicht. Und als er nach dem dritten oder vierten Mal nicht mehr kam, hatte Christina ihn wieder vergessen.

Wir saßen weit vorn an der Aussicht. Es wurde langsam dunkel. Wind kam auf, dass die Wetterfahne zu quietschen begann. Wir hatten uns alles erzählt, und ich wusste nicht, welche Konsequenz dieses *Alles* haben würde. Vielleicht gab es etwas zu verstehen für Christina. Vielleicht nicht. Ich wollte sie nicht fragen danach. Wir konnten weit sehen. Richtung Westen begannen unruhig die Lichter der Stadt zu schimmern, wo Christina aufgewachsen war und ich mit meinen Eltern gelandet war, als die Dinge im Dorf unerträglich wurden. Es war auch diese Stadt, die uns zusammengebracht hatte. Eine gemeinsame Welt, dort, wo wir fremd gewesen waren. Christina wandte sich ab. Ihre Tränen sah ich trotzdem. Sie war ganz ruhig. Und das war das Schlimmste.

Wir stiegen durch eine enge Schlucht ab. Zwischen die Wände waren in mehr oder weniger regelmäßigen Abständen Holzbohlen geklemmt. Ein Geländer gab es nicht. Wir stützten uns von Sprosse zu Sprosse, schoben die Füße hinaus ins

Dunkel und vertrauten darauf, wieder Halt zu finden. Weiter unten verengte sich die Schlucht zu einem sandigen Spalt, am Grund gerade breit genug für eine Person. Rechts und links türmte sich der Sandstein. Die nächsten zwanzig Meter war es so dunkel, dass wir uns mit den nackten Zehen vorwärtstasteten. Wir gingen nah hintereinander. Christina griff meine Hand. Manchmal hielt sie inne, bevor sie den nächsten Schritt machte, und ich lief auf sie auf. Ich roch ihr Haar, spürte ihre Hüfte an meiner und dachte an die langen Nächte anderswo, eingerollt in unseren Atem. Ich hoffte, dass Christina sich vielleicht umdrehen würde, aber sie tastete sich stetig hinab, bis der Spalt sich öffnete und wir wieder im Wald standen. Wir umrundeten das Massiv, ohne jemanden zu hören. Wir gingen über die Felder. Neben mir liefen der Junge, der ich gewesen war, und Vito mit seinen zwei Beinen. Die Milchstraße zog auf. Ich hätte Christina an mich gezogen, aber ich dachte, vielleicht mache ich so nur noch mehr kaputt.

*

Den Apfelbäumen und dem Himmel bin ich nach. Ein unheimlicher Sog, wie hinter Heckscheibe und Rücklichtern die Luft verwirbelt in den Alleen, den kleinen Straßen über Land, wenn alles rauscht und trommelt. Die Wirbel sieht man nicht, die fliegenden Schleppen Luft, aber sie sind da, heben das Laub, biegen das Unkraut zwischen den Stämmen. Ich in diesem Sog und Christina auch, aber reicht das, um zu sagen, warum sie hier ist? Ein Schreck, der mir in die Glieder fährt, ein jähes Erwachen. Was als Grund getaugt hat, ist verschwunden.

Im Traum sah ich unser Haus nackt in der Landschaft stehen. Wir drei darin. Nur wir drei. Alles, was uns hierherzog, war abgefallen. Die Wände bröckelten, dass man durch die

Löcher eine riesenhafte Leere aufscheinen sah. Die Leere wie Licht. Von diesem Licht wurde Christina umflossen, eine scharf umrandete Silhouette. Ihre Haare flackerten. Ihr Körper reglos schwebend, bevor sie sich plötzlich davonhob. Ein Falke. Ein winziges, geflügeltes Wesen über der gleißenden Landschaft und ich geblendet, verlor sie aus den Augen.

*

Es beginnt hell zu werden. Wir schlafen Richtung Osten. Ich sehe den milchigen Saum über der dunkel gezackten Linie des Horizonts. In den Ebenen zwischen den Tafelbergen glühen die Dörfer. Auch unseres ist dabei. Obwohl ich mir nicht sicher bin, ob ich es von hier aus tatsächlich sehen kann. Einige Schritte vom Ende unserer Schlafsäcke entfernt fällt das Massiv dreißig Meter zum Wald hin ab. Wenn ich für Minuten wegdrifte, schrecke ich hoch und taste nach der Kleinen neben mir. Eine Dummheit vielleicht, hier zu schlafen. Der Wanderweg führt weiter oben vorbei. Man muss nur ein Stück absteigen und auf eine Engstelle in der Flanke zuhalten. Plötzlich öffnet sich der Fels, und die Aussicht geht weit über das Gebirge bis zur Stadt, wo Mutter noch wohnt. Sie hat sich am Fenster eingerichtet, stützt die Ellbogen auf ein Kissen und starrt Richtung Gebirge. Ihre Fingernägel rot wie zu ihrer Zeit als Sekretärin in der Papierfabrik. Sie macht alles für die Kleine, und ich bin froh, dass wir etwas zu reden haben: Was die Kleine sagt, was sie neuerdings kann, ob sie dieses isst oder jenes. Mutter kocht Makkaroni und zieht den Kuchen aus dem Ofen. Lange dachte ich, sie würde sich irgendwann umdrehen in ihrer blau geblümten Nylonschürze, sie würde sich umdrehen, mich anschauen und dann wieder auf den Kuchen in ihren Händen blicken, Atem sammeln und mich fragen, warum ich zurückgekommen bin. Einige Male hatte ich das Gefühl, dass es gleich aus ihr heraussprudelt, aber mit der Zeit habe ich verstanden, dass sie mich genau das nicht fragen wird. So sind wir übereinkommen, uns über Plastilin zu unterhalten, Puppen und Impfungen. Genauso wenig wie meine Mutter mich etwas zu unserem Leben fragt, will sie uns besuchen kommen. Unsere Gegend ist Vaters Revier. Ich denke daran, wie glücklich meine Eltern gewesen sein müssen in der Zeit, als ich klein war und Vito noch nicht mehr als ein Sandkastenfreund. Vater war nicht dumm. Er wusste, wo er arbeitete. Er wusste, dass ihm nicht mehr viele Jahre blieben, um sich davonzumachen. Und dann hat ihn die ganze Chemie doch eingeholt, die radioaktiven Laugen. Die ganze Russenscheiße, wie er sagte. Deshalb kommt Mutter uns nicht besuchen. Vielleicht.

*

Ich gehe zu schnell für die Kleine, aber sie will nicht, dass ich sie trage. Komm, sage ich, aber sie hält nach Heidelbeeren Ausschau oder nach einem schönen Stein für ihre Sammlung. Wenn ich von fern ein Auto höre, stelle ich mir vor, wie Christina unser Haus zugeschlossen hat und zu uns herübergefahren kommt. Durch die Stämme schimmern die ersten Häuser. Der Weg geht in Betonplatten über. Die Bushaltestelle liegt an einem Rondell genau in der Dorfmitte. Ich spähe zwischen den Häusern hindurch, sehe aber nichts außer Komposthaufen, Zäunen und Plachen. Ich horche hinaus. Jetzt ist es die Kleine, die voranstürmt. Sie zieht mich hinter sich her. Alles verschwimmt. Es riecht nach Diesel und Heu. Die Betonplatten weichen löchrigem Asphalt. Kirschbäume säumen den Weg. Die Stare lärmen. Ich schaue hinauf, sehe Zweige und Himmel. Die Häuser ziehen an mir vorbei. Die Kleine hält mich fest an der Hand, als würde sie den Weg kennen. Ich sehe die riesige Dorflinde. Mein Blick ist wie angefroren im Blau, bis ich mich traue, den Kopf zu senken. Die Kleine stürmt auf Christina zu. Ich stürme auf Christina zu.

*

Du hast meine Sachen vergessen, sage ich zu Christina, als ich den Rucksack in den Kofferraum legen will.

Nein, habe ich nicht, sagt Christina und schaut mich an. Sie hat sich leicht geschminkt, so wie sie es sonst immer nur macht, wenn wir weggehen zusammen.

Ich verstehe. Es gibt jetzt nichts mehr, was nicht zu verstehen ist. Ich gehe hinüber zur Kleinen, gebe ihr einen Kuss und umarme sie. Die Mama passt jetzt auf dich auf, sage ich. Der Papa muss noch was holen. Ich setze den Rucksack wieder auf. Als ich ein paar Schritte gegangen bin, drehe ich mich um.

Es tut mir leid, sage ich, sage es mehr zu mir selbst als zu Christina.

Sie setzt die Kleine in ihren Sitz. Die Kleine fährt jetzt nicht mehr rückwärts, sondern vorwärts. Sie ist vergnügt. Weil sie nicht mehr laufen muss. Vielleicht. Sie winkt nicht, sie schaut nicht nach mir. Ohne Geschrei lässt sie sich anschnallen. Die Rückbank und die Hutablage liegen mit Taschen und Beuteln voll. Ich gehe auf den Wald zu. Die Reifen knirschen hinter mir im Kies des Rinnsteins. Ich weiß, die Kleine wird winken, sie wird ihren Kopf verdrehen, bis es schmerzt.

*

Es wird eine Weile dauern, bis ich ankomme. Ich setze einen Fuß vor den anderen. Ich versuche, mir nicht unser Auto vorzustellen, wie es über die kleinen Straßen fährt, die Apfelbaumalleen. Ich halte aufs Dorf zu, immer bemüht, andere Wege einzuschlagen als in den letzten Tagen mit der Kleinen. Ich versuche, das alles zu sehen: die Kiefern, die erodierenden Säume der Wege, die Dörfer in ihren Ställen aus Wald. Ich hätte gern Wolken, aber ich finde nicht die leiseste Spur Weiß. Der Himmel ist hoch und blau. Spätsommerhimmel, als würde der Herbst schon gläsern durchscheinen. Das wäre der Himmel, den ich mir wünsche: Hoch oben ein Anflug von Zirrokumuli, nicht zu viele, nicht als Drohung kommenden Regens, eher als Verirrung, als Andeutung, dass sich immer etwas ändern kann. Etwas, was zu wissen bleibt, aber so schwach, dass man leben kann damit. Genauso wie man immer krank werden kann, ohne wirklich daran zu glauben, oder wie man im Radio das Rauschen noch als Erinnerung an die Geburt der Sterne hört. In jeder Melodie, in jedem Lied muss das Geräusch stecken, wie in meinen Tagen auf alle Zeit die Sorge steckt, auch wenn ich lache. Zirrokumuli also und dann vielleicht ein Rest Stratokumuli, grau und streifig in einer Ecke des Himmels, vom Wind verblasen. Drohend sehen sie aus. Die Kleine mochte sie nicht, aber Regen bringen sie nicht. Sie sind die Angeber unter den Wolken, strecken sich, machen sich lang, ohne dass man Angst haben müsste vor ihnen. Sie ziehen durch, ohne etwas zu lassen. Manchmal wünschte ich mir, die Zeit mit Vito und alles danach wäre so: durchgezogen, ohne Angst. Die Kindertage im Dorf, die Jahre als Teenager im Plattenbau, Studium, Ausland, was auch immer. Und dann Haufenwolken, aus der Thermik gewachsen, aus der Hitze des Tages, wenn wirklich etwas passiert, wenn Gegenwart ist und man eine Herde Sandelefanten durch den Wald ziehen lässt oder Blaubeeren isst oder kichernd im Farn verschwindet. Und dazwischen immer wieder auch Blau, hohe sternkalte Scherben wie zur Erinnerung, dass hier Platz für alle ist, für Vito, Christina, die Kleine, die Alten, die wenigen Jungen und die Nazis, die hinaufwachsen würden, zu etwas ganz anderem wachsen würden. Und Platz auch für mich. Vielleicht auch für mich.

*

Es ist später Nachmittag, als ich zurück im Dorf bin. Christina hat das Haus nicht abgeschlossen. Der Schlüssel steckt von innen. Ich kann mich nicht überwinden, die Tür hinter mir ins Schloss zu ziehen. Ich will die Kreissägen hören, die Überlandbusse alle Stunden. Dass mich findet, wer will. Die Küche ist aufgeräumt, die Herdplatten tiefschwarz, jede Rille sauber, keine übergekochte Milch, kein Flecken von irgendetwas. Der Tisch spiegelt makellos, genauso wie der Boden und die Spüle. Ich mache die Schubladen und Schränke auf. Alle Messer, Gabeln, Löffel am Platz. Sechs flache, sechs tiefe Teller, sechs Frühstücksteller. Welches Märchen ist das? Ich gehe hinüber ins Wohnzimmer. Kein Legostein auf dem Teppich, alles in den durchsichtigen Plastikboxen verstaut. Oben im Zimmer der Kleinen finde ich zum ersten Mal Dinge, die fehlen: ihr Plüschbär und ein Lieblingsbuch. Ich mache den Schrank auf, zerre die Schubladen heraus, schichte die Sachen der Kleinen aufs Bett, versuche das Abwesende zu sehen, versuche aus den Dingen, die fehlen, zu rekonstruieren, was Christina getan hat, als ich mit der Kleinen unterwegs war. Ich gehe hinüber in unser Zimmer, breite Christinas Sachen aus. Das ist mein Haus jetzt, mit den Löchern darin, den Stellen, wo der Plüschbär der Kleinen saß, das Lieblingsbuch unter dem Mobile lag, Christinas Kleider hingen. Durch alle diese Lücken sind sie verschwunden. Ich packe den Rucksack der Kleinen aus, streiche über den Schokoladeneisfleck auf dem gepunkteten T-Shirt, stapele die Bodys übereinander, streiche die Hosen glatt, das eine Paar mit halb aufgelöstem Hosenboden und zwei großen Löchern in den Knien von dem Abend, wo die Kleine es nicht lassen konnte, auf einen niedrigen Felsblock zu klettern und auf der steilen Seite wieder hinunterzurutschen. Als ich meinen Schlafsack aus dem unteren Fach hervorziehe, fallen mir die Spieluhr und der Harlekin entgegen. Ich rieche daran, versuche den Duft der Kleinen wiederzufinden. Wie eine Himbeere roch sie, schon als ich sie das erste Mal in die Arme schloss, aber alles, was ich jetzt rieche, bin ich selbst. Ich gehe hinunter in den Keller. Es sind noch immer einige Gläser Eingewecktes da, die man bei der Räumung übersehen hat. Quittengelee, Apfelmus, saure Gurken. Vier dichte Reihen im Regal in der Ecke des Kellers, wo das Licht kaum hinreicht. Dahinter habe ich den Karton deponiert. Ich weiß nicht, warum ich das getan habe. Christina würde nichts finden an diesen Kinderdingen, die gut und gerne auch schon vor uns im Haus hätten gewesen sein können. Ich sortiere die Gläser zur Seite, schiebe meine Hand ins Dunkel. Staubig ist der Karton geworden, schmierig von der Feuchte und ein wenig Mäusedreck. Ich habe ihn nie bemalt, er war immer nur grau, im Gegensatz zur Welt darin: drei Murmeln, zwei Kiefernzapfen, ein Stück Sandstein von der harten Sorte, mit Einsprengseln von Eisen und Quarz, eine Schachtel Streichhölzer, zwei zerfallene Zigaretten, das Bild einer Schauspielerin, deren Namen ich noch immer nicht kenne, und eine Dahlienknolle aus dem Garten unseres alten Hauses. Jiřís Schätze, durch die Zeit gerettet, durch die Jahre getragen, wer weiß warum. Ich lege sie neben die Sachen der Kleinen auf den Küchentisch, wiege den

Sandstein in der Hand, lasse die Murmeln warm werden in meinen Fingern und entscheide mich dann für die durchgekletterte Hose der Kleinen. Ich schichte sie zuunterst in den Karton und sortiere die anderen Dinge darauf zurück. Dann schließe ich den Deckel, schaue hinaus in den Garten, sehe den Wind, den Dorfwind in den Blättern der Obstbäume.

*

Ich muss mich konzentrieren, dass ich die Eisenklammern auch mit einer Hand erwische, dass ich keine von den Sprossen auslasse. Die Pappe des Kartons ist faserig rau, fast ein wenig warm. Ich denke an die Dinge darin und schaue hinaus in die Landschaft, die sich öffnet unter mir. Als wir zusammengezogen waren, habe ich Christinas Fahrrad blau lackiert und gelbe Blumen daraufgemalt wie Himmelschlüssel. Auch das Schloss habe ich mit einem wasserfesten Stift bemalt: Überall wuchsen die Himmelschlüssel. Als das Fahrrad gestohlen wurde, lag das Schloss säuberlich durchtrennt unter dem Baum. Christina hat es nie weggeworfen: ein paar Blumen, ein wenig wucherndes Gelb für die Zeit, als wir aufeinander zustürzten, angezogen von den Orten, den Landschaften, die wir verlassen hatten. Mit dem Mundschutz und der Stirnlampe habe ich die Nacht auf der Straße verbracht, hinausgetrieben von der Idee, Christina die Wiesen hinter ihrem Elternhaus zurückzuschenken, jede Fahrradfahrt ein Spaziergang auf den alten Pfaden. Nach Verdünnung und Farbe habe ich gestunken und war so eigentümlich stolz auf dieses Rad, die blaue Grundierung, die leuchtenden Blüten darauf, für die ich vier verschiedene Schablonen geschnitten hatte. Und dann habe ich Christina, so stinkend wie ich war, gegen vier in der Früh einen Pflaumenkuchen gebacken. Pflaume, nicht Zwetschge, weil wir das Wort nicht benutzen hier. Die Streusel mit Butter getränkt und der Boden nicht aus Hefe-, sondern aus Mürbeteig. Himmelschlüssel, Pflaumenkuchen, das Fahrradschloss – das waren unsere Schätze.

Mittlerweile sitze ich da, wo ich immer sitze. Die Sonne filtert träge durch die Kiefern. Der Schatten unseres Hauses berührt fast das Nachbarhaus. Der Schatten ist leer. Unser Haus ist leer. Eine steinerne Hülle wer weiß wofür, wie der Karton, den ich neben mir abgestellt habe. Meine Hand ruht darauf. Meine Kehle ist trocken. Ich balle eine Faust und weiß, was zu tun ist.

*

Hier, halt mal, sage ich zu Vito und strecke ihm den Karton entgegen. Natürlich weiß er, was darin ist. Der zu Staub zerfallene Tabak, die Murmeln, die Kiefernzapfen, all die zerkrümelten Jahre. Es ist lächerlich, wütend auf Vito zu sein. Er nimmt den Karton, verzieht den Mund, als wollte er etwas sagen, tut es aber nicht. Er verschwindet im Innern der Werkstatt, und ich habe den Faden verloren, die Idee, was ich hier will mit den Souvenirs aus Kindertagen, die jetzt Vito genommen hat. Wenn es das war, was ich wollte, fühlt es sich falsch an. Ich denke an die zerschlissene Hose der Kleinen und gehe Vito nach.

Gib mir den Karton wieder, rufe ich.

Er hat ihn schon auf den Tisch gestellt, neben zwei Gläser, mit Resten von eingetrocknetem Schaum am Rand. Direkt bei den Dingen, die meine sind, liegt eines von den Landserheften in Frakturschrift. Hitze steigt mir ins Gesicht und in die Fingerspitzen.

Warum liest du diesen Scheiß?, frage ich.

Hat mir jemand in den Briefkasten geworfen. Vito würdigt mich keines Blickes.

Du hast es dir doch gekauft an dem Kiosk, wo die Alkis stehen, die mit Glatze und die ohne.

Vito dreht sich nicht um. Ehe ich mich versehe, mache ich einen Satz auf Vito zu. Ich bleibe am Tisch hängen. Ein Glas rollt zu Boden und springt davon, ohne kaputtzugehen. Zum ersten Mal bemerke ich, dass Vito irgendwie ganz erscheint. Mit einem Ruck dreht er sich um und scheint in die Höhe zu wachsen vor mir. Mein Atem geht flach und stoßweise. Warum muss er nur größer sein als ich? Warum muss ich den Blick heben, um ihn anzuschauen? Seine Locken stehen ab wie elektrisiert. Ich höre das Fett prasseln in der Pfanne. Es riecht nach Ei. Es riecht widerlich nach Ei, nach Vergangenheit und DDR. Ich setze einen Schlag an, aber Vito bekommt meinen Arm zu fassen und wirft mich herum. Ein scharfer Schmerz, der mir den verdrehten Arm heraufschießt. Ich stehe am Tisch und winde mich, und doch tut es gut, so verkeilt ineinander zu sein. Ich winkle das linke Bein an, stoße hart mit der Ferse zurück, im Wissen, Vitos gesundes Bein zu treffen. Er taumelt kurz. Ich werfe den Kopf zurück, streife mit meinem Hinterkopf sein Gesicht. Er will nicht aufschreien, presst den Atem durch die Zähne. Wir starren uns an.

Hast du das gewollt? Dich mit einem Einbeinigen prügeln?

Ich sehe, wie Vito den Oberkörper dreht, den Arm gebeugt, um Schwung zu holen. Ich weiß, jetzt schlägt er zu, aber ich habe nicht die geringste Lust, aus dem Weg zu gehen. Mir ist, als würde mir das Gehirn an die Schädelwand geraten. Die Fliesen der Werkstatt drücken mir kalt an den Kopf. Schwarz. Der Tag, der Abend ist schwarz.

*

Ich finde mich auf den Stufen vor Vitos Werkstatt wieder. Die Tür ist einen Spaltbreit geöffnet, wie um zu sagen, komm ruhig wieder, wenn du es brauchst. Es riecht nach verbranntem Ei. Ich sehne mich nach meinem Karton, der Schachtel mit allem Wichtigen darin, aber jetzt muss ich weg von hier. Ich lecke meine Lippe. Es hört nicht auf zu bluten. Wie Vito mich hinausbugsiert hat, ist mir ein Rätsel. Mein Mund schmeckt nach einer Mischung aus Metall und Elektrizität, wie früher, wenn ich mit der Zunge die Kontakte an den Batterien überbrückte. Bis ich einigermaßen gerade gehen kann, bin ich längst aus der Stadt-die-keine-ist heraus. Der Wald knackt und rauscht. Es ist Wind aufgekommen und seltsam hell. Den Mond sehe ich nicht, trotzdem werfe ich einen dünnen Schatten. Letztens hatte ich es mit Jan von Tschernobyl, wie die Tiere zurückkommen, was fliegt und rennt und schwimmt und kaum irgendwo anders Platz hat, nistet sich wieder ein. Ein ganzes Reservat, von Katastrophe auf Paradies. Aber Jan meinte, dann hätten sie einen Geigerzähler an einen toten Wolf gehalten und es hat wild geknistert, und wenn sie das mit uns machen würden, dann ginge es genauso. Nur müssten sie einen anderen Zähler nehmen. Hier bei uns ist nichts zurückgekehrt, keine Tiere, keine Pflanzen. Hier ist alles verschwunden in der doppelten Geschwindigkeit. Bei uns würde die Vergänglichkeit knacken, sagte Jan. Sie würde fauchen wie ein Strom Hitze.

*

Ich habe die Tür offen gelassen. Soll reinkommen, wer will. Auf der Bettseite neben mir liegen immer noch die Sachen, die Christina nicht mitgenommen hat. Es sind die schönen Kleider, die sommerlich-eleganten, nicht viel Stoff. Ich kann nur flach atmen. Etwas ist mit meinen Rippen. Wenn ich nicht ab und zu aufstehe und mich zwinge, tiefer zu atmen, wird mir schwindlig. Ich beuge mich über Christinas Kleider und bilde mir ein, dass sie immer noch nach ihr riechen, obwohl sie frisch gewaschen sind. Sie sind fast nichts, und so fliegen sie hinaus in die Nacht, als hätten sie Flügel. Sacht gleiten sie in die Wiese. Eines bleibt im Kirschbaum hängen, aber das Bett ist jetzt leer, genauso wie die Schränke und genauso, wie man leer sein muss, bevor man in den Schlaf findet.

*

Ich stehe mit Vito auf dem Sims und zeige ihm das große, scharfe Felsohr, um die Kante herum. Schieb den Arm rechts hinaus, sage ich und sehe Vitos Hand einrasten in den Griff. Vito neigt den Kopf zu mir herüber und lächelt. Seine Lippen bewegen sich stumm, als würde er Danke sagen, obwohl ich, so sehr ich mich auch anstrenge, das Wort nicht hören kann. Dann schwingt sich Vito hinauf, eine elegante Silhouette, ein geschmeidiger Schatten gegen Kieferkronen, Wolken und Blau.

*

Ich will nicht zu Jan hinunter: einer, den die Frau verlassen hat, einer, der sich mit seinem besten Freund geprügelt hat. Was für eine Geschichte soll Jan darauf erzählen? Der Himmel wolkenlos. Es ist derselbe Himmel, unter dem ich gestern noch mit der Kleinen stand. Im Zenit die hohen Streifen Weiß der Flugzeuge, die sanft verfließen. Unter diesem gläsernen Blau wird auch die Kleine stehen.

Ich lasse Christinas Kleider auf der Wiese neben dem Sandkasten liegen. Ich weiß, dass die Batikfrau und die Schiebermütze sie über den Zaun erspähen werden. Sonst schreien sie sich nur an, aber dieses Mal werden sie die Köpfe zusammenstecken, um zu mutmaßen, was sie eigentlich längst wissen: Wie es die Jungen nicht in den Griff bekommen haben und das arme Kind alles ausbaden muss, wie das eben ist heutzutage, mit den Familien, wo alles durcheinandergeht mit Mutter und Vater und überhaupt, was sollte das geben, ein arbeitsloser Vater, der barfuß durchs Dorf streicht, den man immerzu in den Wäldern oder auf den Feldern treffen konnte, in Gedanken versunken oder schlafend im Schatten einer Hecke.

Ich habe kaum Spuren im Gesicht zurückbehalten und kann auch wieder atmen, wie die Kaulquappen hinüberwachsen von einer Welt in die andere, Kiemen zu Lunge, Wasser zu Luft. Ich spähe hinab, ob ich einen Funken Leben erhasche, aber dieser Teich ist schwarzgrün und teilnahmslos. Schluckt die Zeit, schluckt die Gedanken. Ich setze mich auf die Bank vor dem Kindergarten, spähe hinein, sehe die Kinder schaukeln, die Erzieherinnen rauchen, aber die Kleine finde ich nirgendwo. Die Erzieherinnen reden über mich, die Knie vor die Brust gezogen. Nicht schwer, das zu wissen, das Rätsel ist, wo die Kleine abgeblieben ist. Hier hat sie geschaukelt, die Augen weit Richtung Himmel geöffnet, die dunklen Haare fliegend. Am Anfang hatte sie noch Probleme mit dem Rhythmus, streckte die Füße zu spät und zog sie zu früh an, aber dann entdeckte sie, wie es ist, wenn innen und außen zusammenfallen, wenn der Körper leicht dem Impuls folgt und es keine andere Möglichkeit gibt, als im Scheitelpunkt die Beine nach vorn zu werfen, dass die Welt auf einen zurast, immer höher hinaus, dann ein kurzer Moment der Umkehr hoch oben und man fällt in die Welt zurück, aufgehoben darin, versunken.

*

Ich habe mir überlegt, zu der Frau im zitronenfarbenen Haus zu gehen. Sie hat es geschafft, die Kleine zu trösten. Sie wüsste mich schon zu nehmen. Ich müsste sie nur fragen, was das alles soll. Sie würde mir einen Kaffee machen, und wir würden in ihrem ordentlichen Haus unter dem Kalender mit den Bildern der schönen Heimat sitzen. Ich würde sagen: Ja, deshalb bin ich auch hier. Sie würde schweigen, und dann müsste ich nochmals Anlauf nehmen und sagen: Ich weiß, Sie sind nicht so, also, was ist los hier, ich gehe doch nur barfuß und sonst nichts. Sie haben ja recht, wir waren eine ganze Weile weg von hier, ist es deshalb, dass uns niemand ein Stück Kuchen im Zeitungskasten lässt oder sonst eine Notiz, die verrät, dass man aneinander denkt. Nun sagen Sie schon, reicht das?

Und sie würde mir antworten auf ihre Weise. Vielleicht mit einem Stück Kuchen oder ein wenig Brot und Salami dazu. Ich wäre nichts als anwesend. Wir beide ein wenig in Gesellschaft. Und das wäre genug, um zu wissen, dass man sich nicht erschrecken muss voreinander.

*

Ich gehe da, wo ich immer gehe. Bald schwanken die Kronen über mir. Ich trete Steine vor mir her, wirbele Sand auf. Ich frage mich, welcher Wochentag eigentlich ist, und mache mit mir aus, meine Uhr wieder zu suchen, obwohl es ja Kirchtürme gibt, schön verputzt und hell. In den Kirchen sitzt kaum jemand, aber in der Landschaft machen sie sich gut, dass die Touristen ihr Geld abliefern in den Hotels, wo man nur Landschaft sieht und sonst nichts. Die Wände behängt mit Bildern von Caspar David Friedrich, Carl Gustav Carus und Ludwig Richter, wie um zu zeigen, dass es heute immer noch so aussieht: die Felsnadeln, die Tafelberge, Waldsäume. Fast kann ich dem Echo meiner Schritte zwischen den Stämmen nachhören. Eine lange Fahne Staub weht vor mir her. Die Hitze ist mir ins Gesicht gestiegen. Meine Füße summen. Was habe ich getan hier? Nichts. Aber Christina, die biegt die Leute gerade. Drückt ihre Hände in schlaffe Muskeln, biegt Gelenke und hört sich an, was los ist in der Stadt-die-keine-ist: dass der Kaffee in der Eisdiele bitter ist, dass der eine Fleischer die Waage verstellt hat, dass der Fahrschullehrer weiß, wie der Hase läuft. Ich stampfe weiter durch den Wald, merke, dass ich unsere Felsenstadt durchquert habe und in Richtung Nazicamp unterwegs bin. Sollen sie kommen. Was können sie schon wollen von mir, einem unauffälligen Familienvater, aber dann sehe ich meine dreckigen Zehen, fahre mir über den Bart. Selbst wenn ich keine bunten Haare habe, keine Sicherheitsnadeln in den T-Shirts trage, ist zu sehen, wo ich hingehöre. Das war es schon immer. Ich rieche hinaus in den Wald, aber heute weht mir nur Harz, Sonne und der Geruch von Farn entgegen. Vorsichtig halte ich auf den Überhang zu, immer gefasst, dass mir ein Hund entgegenspringt, direkt aus der dichten Stille zwischen den Blöcken heraus. Ich setze mich auf einen der geschälten Stämme, die zu einem Quadrat gelegt die Feuerstelle umfrieden. Das ganze Felsdach ist bis in Augenhöhe mit Ruß beschmiert, der Sandstein mit Klingen geritzt. Ich bin in einer Höhle von ganz früher. Es ziehen keine Herden von Wildtieren vorüber. Es gibt keine Jäger mit Speeren oder Bogenschützen. Das hier ist das andere Gestern: Hakenkreuze, SS-Zeichen, Panzer, Flugzeuge, die Bomben werfen auf winzige Gestalten, denen aus grotesk falsch gezeichneten Körpern das Blut spritzt.

*

Die ersten Meter überwinde ich schnell. Die Platte kommt mir steiler vor, als ob mir die Angst von damals wieder in die Knochen kriecht. Ich taste hinauf in das überwölbte Band, bin erleichtert, dass meine Hände Halt haben, sich nicht länger an Buckel und Mulden schmiegen müssen. Ich richte mich auf und stehe wieder hier: auf dem Sims, dem kleinen Vorsprung, und ich weiß auch, wie es weitergeht, aber das muss ich vergessen. Ich gehe ein wenig in die Knie. In Hüfthöhe gibt es ein Loch, in das ich die linke Faust stecken kann. Den Daumen klemme ich zwischen die Finger und spanne den ganzen Arm an. So fülle ich das Loch fast aus, aber wenn ich nachlasse, beginnen die Knöchel zu rutschen. Den rechten Arm strecke ich weit über den Felsbauch, taste hin und her. Ich finde eine senkrechte Rippe, die ich mit Daumen und Zeigefinger ähnlich einer Zange greifen kann. Ein feines Zittern steigt mir in den Körper. Das linke Knie beginnt zu stottern, die Hand im Loch schmerzt. So muss es sich angefühlt haben. Ich schiebe das Gewicht nach rechts, packe zu mit Daumen und Zeigefinger, dann setze ich den linken Fuß hoch in eine sandige Schale. Wie in Zeitlupe sehe ich meinen Fuß abrutschen. Es ist, als könnte ich ihm nachschauen, ohne dass er noch Teil von mir ist, sinkt er an mir vorbei. Rutscht und rutscht und steht plötzlich wieder. Hat auf den Sims zurückgefunden. Nein, ich bin nicht Vito. Ich lache und zittere zugleich, muss sehen, dass es mich nicht aus der Wand schüttelt. Einige tastende Schritte genügen, das Ohr ist immer noch dasselbe, scharf und einladend. Die nächsten Züge nicht der Rede wert. Der Himmel über mir riesig. Der Himmel, unter dem auch die Kleine geht, Christina und Vito.

*

Ich bin nicht mehr das Kind von damals. Ich trage nicht das Einweckglas wie einen Lampion vor mir her. Aber rennen, das kann ich noch. Ich renne, wie nur einer mit zwei Beinen zu rennen vermag. Das T-Shirt habe ich weggeworfen. Wenn es bergab geht, rudere ich voran, um das Gleichgewicht zu halten. Bergauf mache ich mich klein, versuche zu tänzeln. Manchmal nehme ich zwei Stufen mit einem Schritt, auf diesem Bergpfad zur Aussicht mit Restaurant. Dort, wo es die Brennnesselsuppe gibt, die Lauchküchlein. Und vielleicht auch Ei. Wie hat es gestunken gestern bei Vito. Nach Ei und Kindheit und DDR. Mein Mund ist bitter. Diese Landschaft ist bitter. Ich weiß nicht, warum das Carus nicht gesehen hat oder Friedrich. Die Nebel haben sie wallen lassen, die Tannen dunkel, ein Sichelmond über fernen Nadeln. Aber bei mir taucht nur das Restaurant auf, in einem Stil renoviert, der an die Alpen erinnert oder auch Kanada, blockhüttenhaft, mit einer grün umfassten Durchreiche, durch die man die Köche hantieren sieht. Ich verstehe nicht, wo die Leute alle herkommen. Im Wald spärlich, aber hier stehen sie in Gruppen zusammen. Mit einem Glas Bier in der Hand oder einer Weinschorle halten sie den Horizont im Blick. Reden und lachen. Und ich stehe mitten unter ihnen, würde lachen mit ihnen, aber kann nicht. Hinter mir Kaffeehausgeklapper. In der Küche spielt ein Radio. Und wie ich vorn mit allen am Geländer stehe, bin ich nicht kenntlich als einer von hier, nicht zu unterscheiden von den Zugereisten, den Tagestouristen, den Wandermystikern. Aber von denen, die am Berg gegenüber das Felsdach beschmiert haben, sehe ich keinen. Und wenn ich jetzt einen zu fassen bekäme, würde ich ihm den Himmel vor den Kopf schlagen, den harten Pfahl Blau. Und das auch, wenn es Vito wäre.

*

Irgendwann bin ich im Dorf zurück. Die Hüfte schmerzt. Jeden Kiesel spüre ich, jeden halb vertretenen Schritt. Die Haare kleben mir am Kopf. Schweiß rinnt mir das Rückgrat hinunter. Die Sonne streift träge durch die Vorgärten. Hinter den Hecken sind die Leute zu ahnen. Geschirr klappert, der Dunst der Grills wälzt sich über den Rasen. Wo mein Haus steht, weiß ich nicht mehr. Ich spähe durch Liguster und Buchsbaum hindurch. Jemand ruft mir nach, aber ich bin schon weg. Mit einem Mal falle ich oder lasse mich fallen. Ich weiß es nicht. Das Wasser schlägt träge über mir zusammen. Als ich wieder auftauche, rinnt mir die Entengrütze vom Körper, eine Art Gelee. Ich versuche erst gar nicht, sie aus den Haaren zu schütteln, werfe mich wieder in den Teich, grabe die Hände in den Schlamm und versuche, zu fassen zu bekommen, was an den Rändern wächst, den verlotterten Ufern. Wie ein Rechen lasse ich die Finger durchs Kraut gleiten. Alles schwimmt um mich herum: Dreck, bittere Ranken, Entengrütze. Einige Leute tauchen auf.

Alles verlottert hier. Alles muss raus. Wenn's mal brennt, wie soll die Feuerwehr ans Wasser kommen? Seht ihr das nicht?

Die Leute halten Abstand. Meine Stimme muss laut sein. Ich werfe mich ins Schilf, reiße und ziehe. Ich sehe einen Mann das Telefon aus der Tasche nehmen. Ein kleiner Junge schmiegt sich ihm ans Bein.

Ich geh ja schon.

Ich versuche, meine Stimme sanft klingen zu lassen. Ein Wassermann bin ich, ein gütiger Geist. Und jetzt erhebe ich mich aus den Fluten. Als ob ein Zauber von mir abfallen würde, stehe ich wieder auf dem Trockenen und bin ganz klar. Ein Streifen Wasserpest hängt mir wie eine Schärpe um den Leib.

Geh in dein Haus, sagt der Mann mit dem Jungen am Bein.

Als er die Stimme seines Vaters hört, birgt der Kleine das Gesicht an der Rückseite des Oberschenkels.

Und wenn du nicht willst, dann können wir dir auch auf die Sprünge helfen.

Eine Mauer, eine lächerliche Mauer. Mir ist, als würde sie mir folgen, aber als ich mich umdrehe, stehen alle noch am selben Fleck, manche die Hände in die Hüften gestemmt, andere betreten, den Blick zu Boden gerichtet. Der Wortführer, einen Schritt vor allen anderen, das Telefon in der Faust, spuckt an seinem Sohn vorbei auf den Boden.

Im letzten Moment erkenne ich sie. Sie muss es den anderen doch sagen, dass ich nur ein harmloser Vater bin. Wie sanft ihre Hände waren, als sie der Kleinen das Pflaster anklebte. Sie sind doch nicht so. Ihr alle seid doch nicht so. Das müsste ich rufen, schreien. Aber ich gehe stumm davon. Bin ein ganz anderer. Und jeder hinter mir ist ebenfalls ein ganz anderer.

*

Ich hebe das Gartentor an, dass die Angeln nicht quietschen. Im Bund meiner Jeans stecken Blätter, ein träger Seim von Algen und Dreck rinnt die Hosenbeine entlang. Ich ziehe die Hose aus und die Unterhose auch. Ein feines Zittern kriecht mir in den Körper, aber dieses Mal nur aus Kälte. Das sage ich mir und sehe Christinas Kleider, die immer noch im Gras liegen. Das eine, das im Kirschbaum hängt, lasse ich da, aber die anderen drei sammele ich auf. Ich rieche an ihnen, drücke sie an mich und gehe hinein ins Haus.

*

Eine staubige Bahn Sonne mitten übers Bett hinweg. Ich richte mich auf. Es riecht nach Kaffee. Ich schaue zum Fenster, aber es ist geschlossen. Kein Luftzug von außen im Raum, aber der Geruch ist da. Ich springe auf, eile hinunter, eile meinem Leben entgegen. Ich rufe nach Christina und der Kleinen, kann ihren Körper fast spüren, wie er mir in die Arme fliegt.

Vito sitzt seelenruhig am Tisch und liest Zeitung, vor ihm zwei Teller, zwei Tassen, Brötchen, Butter, Pflaumenmus. Gleich neben meinem Teller hat er den Karton gestellt. Ich mache einen schnellen Schritt auf den Tisch zu, nehme den Karton und stelle ihn hinüber zur Spüle.

Jetzt werd mal nicht sentimental wegen des alten Zeugs, sagt Vito. Und zieh dir was an. Hast du so geschlafen?

In Vitos Stimme ist kein Hohn, nur Erstaunen. Ich schaue an mir hinab und sehe, wie dreckig ich bin, und die Flecken, die kein Dreck sind, sind von unserer Prügelei. Wie Vito hereinkommen konnte, ist nicht schwer zu wissen, aber warum er überhaupt da ist, verstehe ich nicht. Hat sich eingeschlichen ins Haus, als ob er wüsste, dass Christina und die Kleine nicht da sind. Halbnackt stehe ich vor Vito, aber ich kann mich nicht aufraffen hinaufzugehen. Ich kann mir nicht vorstellen, den Kopf unters Wasser zu stecken und mir etwas Frisches anzuziehen. Ich halte mich an der Spüle fest, die Knöchel weiß, mich fröstelt.

Hier, nimm mal einen Schluck, sagt Vito und schiebt mir eine Tasse entgegen, die ich als meine eigene erkenne.

Warum weiß er alles hier? Nein, das tut er nicht. Ich stoße mich von der Spüle ab, wie das Kind, das sich angstvoll ins Becken stürzt und ein paar hastige Züge am Rand entlang macht. Vito schiebt mir mit dem Fuß den Stuhl entgegen. Jetzt sitzen wir uns gegenüber. So viel, das wir zusammen abgesessen haben.

Ich bin hier vorbeigekommen. Wollte dir das Zeugs da wiederbringen. Diese Dinge jedenfalls, fügt Vito hinzu, nimmt einen Schluck und mustert mich. Euer Auto nicht da, das Kleid im Kirschbaum. Da ist es leicht, auf Ideen zu kommen.

Ideen, Ideen. Ich mache Vitos Echo. Hast du geschaut, wie ich schlafe?

Natürlich, sagt Vito. Aber es ist nicht so, dass ich dein Gesicht im Schlaf nicht kennen würde.

Erst jetzt fällt mir auf, dass Vito einen Schmiss unter dem linken Auge hat, ein kleiner blutiger Strich mit einem dunklen Halo ringsherum. Ich kann mich nicht erinnern, ihn dort getroffen zu haben, aber so muss es wohl gewesen sein.

Ich mache mir ein Brötchen, esse es eilig. Dann noch eins und noch eins. Ich habe den Mund voll, kann nicht reden. Nein, das kann ich wirklich nicht. Vito mustert mich, aber es ist mir gleich.

Hast du eigentlich mal was gegessen in den letzten Tagen?

Ich weiß nicht, sage ich und halte inne.

Ich spüre meine Zunge, meinen Mund gänzlich ausgefüllt mit Pflaumengeschmack.

Entschuldige, sage ich zu Vito.

Wofür?, erwidert er und schaut mich an.

Wenn ich jetzt hochgehe und mir etwas anziehe, bist du dann noch da?

Vito legt die Stirn in Falten.

Dumme Frage, sage ich. Dumme Frage.

Das Wasser rinnt mir am Körper hinab, der Dreck der vergangenen Zeit spült davon. Mir ist, als würden auch die blauen Flecken, die Risse und Narben heller werden und schmaler.

*

Ich habe noch eine saubere Jeans gefunden. Vito stellt das Geschirr zusammen.

Du musst was mit den Bäumen machen, sagt er. Sonst gehen sie dir ein.

Ich zeige Vito das Haus mit allen Dingen darin, öffne die Schränke, drücke ihm das Spielzeug der Kleinen in die Hand, die wenigen Tiere ihres Zoos. In das dritte, das rohe Zimmer gehen wir auch und finden es seltsam frisch. Ich weiß nicht, ob Vito das Inventar meines Lebens hier interessiert, aber ich will es ihm zeigen. Wir gehen in den Garten. Es riecht, wie es nur hier riechen kann, als würden sich diese Dinge durchdringen: die Kiefern oben auf dem Riff, das Korn, die Betonpisten über Land, die verkrauteten Feldraine und der staubige, alte Himmel.

Wenn du schon hierher wolltest, warum bist du dann nicht gleich in unser altes Dorf zurück?

Ich weiß nicht, ob Vito es ernst meint, ob er sich tatsächlich vorstellen kann, in unserem alten Dorf zu wohnen, bis ich begreife, dass es sich kaum etwas nimmt, hier in diesem Haus zu sitzen oder zwei Kilometer entfernt. Exakt dasselbe ist es, und ich erschrecke darüber. Erschrecke, dass es mir erst jetzt auffällt. Nach den Wochen und Monaten. Nie bin ich in diese Richtung gegangen, habe mich immer gedrückt davor, die Straße abzuschreiten, auf der wir manchmal als Kinder mit den Fahrrädern unterwegs gewesen sind. Als ob es einen Unterschied machen würde, zwei Kilometer hier oder dort.

*

Wir gehen jetzt los. Der Himmel ist hoch. Vito hat seine Prothese nicht angezogen, genauso wenig wie ich meine Schuhe. Der Einbeinige und der Barfüßige. Wenn es sein müsste, würde ich Vito wieder in eine Schubkarre setzen oder in den Anhänger eines Motorrads. Ich mache das Gartentor auf und bitte Vito hinaus. Es ist still im Dorf. Die jungen Eltern sind dorthin gefahren, wo es Arbeit gibt. Die Alten haben ihre Runde durch den Garten längst gemacht, haben das Verblühte mit sorgsamen Händen entfernt und mit der Gießkanne gegossen, obwohl sie auch den Schlauch hätten nehmen können.

Ich schlage den Weg Richtung Kindergarten ein. Vito gleitet auf seinen Stützen neben mir her. Mühelos wirkt er, und ich frage mich, wann er aufgestanden sein muss, um so zeitig in meiner Küche zu sitzen, und warum er auf diese Art gekommen ist, auf seinem einen Bein. Wir laufen am Feuerlöschteich vorbei. Die Entengrütze hat sich wieder geschlossen. Nichts erinnert mehr an mich und den Tag gestern. Ich spähe aus dem Augenwinkel zu Vito hinüber, versuche ein Zeichen zu erkennen, einen Funken Erinnerung an unsere Kaulquappen, auch wenn das nicht unser Teich ist. Dann stehen der Einbeinige und der Barfüßige vor dem Kindergarten. Was für ein Anblick. Zwei Männer, die sich bemühen, durch die Hecke zu spähen, die schauen, wie die Kinder schaukeln oder lachend um die Wette laufen. Aber die Kleine ist nicht da. Vito hat verstanden. Nicht schwer, das zu wissen. Vielleicht hat Christina die Kleine ins Auto gesetzt und ist über Land davongefahren. Davor habe ich Angst.

Warum bist du hier?, frage ich Vito.

Weil du mich damals besuchen gekommen bist, als ich auf Kur war. Und dann sind wir quitt. Vito lacht, aber gesagt hat er es trotzdem.

Das war das erste Mal, dass ich weggelaufen bin, weil ich nicht ein noch aus wusste, wo Vito geblieben war. Einige lange Tage hatte ich sogar gedacht, er sei tot, bis Jiří mir sagte, dass er zur Kur sei. Aber geglaubt habe ich es nicht. Ich dachte, Jiří wolle mich trösten, und dann bin ich losgegangen, aus dem Dorf hinausspaziert, auf derselben Straße, auf die wir jetzt einschwenken. Ich weiß noch, dass der Regen sich um mich legte wie ein Mantel. Ich hatte das Gefühl, in ihm zu verschwinden, unsichtbar zu werden in der flirrenden Tarnung aus Tropfen und Dämmerung. Ich war nass bis auf die Haut. Die Sachen klebten an mir, aber der Regen war warm und ich dachte, hier bin ich: Gewittersohn, Blitzreiter. Ich ritt auf der Woge des Wetters meinem besten Freund zu. Angst hätte ich haben sollen. Ich horchte in mich hinein, spürte aber nur eine grenzenlose Freude. Ich schlief draußen, fand durch Zufall Vito, sah ihn durch die Scheiben des Speisesaals der Klinik. Wir winkten uns zu, ein kurzes Aufflackern von Anwesenheit, und ich hatte alles, was ich wollte. Dann ging ich auf demselben Weg heim, den ich gekommen war. Meine Eltern außer sich, aber ich immer noch ohne Angst, halb berauscht von dem Gefühl, dass Vito nicht tot war.

Hier ist die Straße wieder und hier ist Vito. Wenn einer oben auf dem Riff säße, dann sähe er zwei Freunde über Land ziehen. Ein seltsames Paar, der eine auf Stützen, der andere gebeugt, besorgt, denn auch das könnte man sehen, in der Art zu gehen, in den Gesten, immer so nah wie möglich. Was man nicht sieht, ist die Anstrengung zu reden, sich nicht nahe zu kommen und sich doch nicht fern zu bleiben, wie bei einem Mädchen, das man gerade kennengelernt hat.

*

Noch eine Kurve, dann wird der Wald sich öffnen und unser Dorf erscheinen. Ich glaube, Vito läuft langsamer, oder ich bin es oder wir beide. Seltsam, wie still die Mittage immer noch sind, wie früher, als der Asphalt löchrig war und die Pausen zwischen den Autos länger, als man für ein Eis brauchte. Wir gehen in diesem Rhythmus: dem Auftippen von Vitos Stützen und dem leichten Schleifen, wenn die Sohle seines einen Schuhs aufsetzt. Vorn an der Spitze ist sie schon dünn geworden, wie die Kinderschuhe vom Rollerfahren. Die Dächer schimmern durch die Stämme. Warum wir hier herübergelaufen sind, weiß ich immer noch nicht. Ich versuche mein Haus zu erkennen. Das von Vito finde ich auf Anhieb. Giebel um Giebel gehe ich ab. Ich kneife die Augen zusammen, zähle durch. Ein grauer Schimmer, verwitterte Ziegel. Aber ich frage nichts. Wie wenn man schlechte Nachrichten erwartet oder sich nicht zum Arzt traut, weil man das Schlimmste vermutet, schweige ich und gehe neben Vito her, der mir groß und unberührt scheint, geradeso wie man eben da spaziert, wo man zu Hause ist. Über der Ebene thront die Festung mit den ganzen heiteren Menschen, den Ausflüglern, den Schulklassen, die begierig alles lernen, was es über das Leben früher zu wissen gibt: Wie eine Festung funktionierte, mit Gemüsegarten, Brunnen, Brauerei und Küche, welche Berufe es gab und wer welche Dinge zu tun hatte. Die Kartoffeln, die Bohnen, die Möhren zu putzen und zu schälen oder auf Posten sitzen zu müssen, tagein, tagaus. Das Wetter trotzig, mal Graupel, mal Hitze, und es gibt nur das zu tun: den Horizont im Blick zu haben, die Plateaus der Tafelberge gegenüber und auch die Elbe. Nicht mehr, nicht weniger. So sitzt man in seiner Nische, vom Wetter getränkt, und vermutet in den Formen des Windes, in Spiegelungen oder Irrungen des Auges Bewegungen von Truppen.

Wir stehen vor Vitos Haus, aber ich brauche einen Moment, bis ich es erkenne. Die Einfahrt ist penibel gepflastert, das schwarze Tor von blendend weißen Säulen eingefasst, die gut und gerne Marmor sein können. Den Garten umringen rundgestutzte Buchsbäume, eine Kette von grünen Kugeln, die sich in der Fensterfront dahinter spiegeln. Ich verstehe nicht, wie das Haus so groß sein kann, wenn es doch früher wie alle anderen war. Vito steht an meiner Seite. Er muss mich die ganze Zeit angeschaut haben.

Hier ist niemand, sagt Vito. Niemand, den du auch kennen würdest.

Ich nicke.

Das, was du hier siehst, hat mir meine Werkstatt eingebracht, oder sagen wir, das, was du nicht mehr siehst. Die da, Vito nickt mit dem Kopf dem Haus zu, sind hierhergekommen und meine Eltern und die Kleine sind rüber, als ich achtzehn geworden bin.

Ich lege Vito die Hand auf die Schulter. Er wirkt ruhig, fast unbeteiligt. Wir gehen weiter. Mag sein, es waren die alten Bilder, die mich davon abgehalten hatten, hierherzukommen: Vito auf zwei Beinen, Vito im Rollstuhl, Vito in der Schubkarre? Aber jetzt sind sie nicht da, haben keinen Ort in dieser Straße, die ich nicht mehr erkenne als das, was sie einmal war: das Zuhause meines besten Freundes, und wenn Vito nicht neben mir gehen würde, im steten Rhythmus aus Tippen und Schleifen, dann würde ich mir selbst nicht trauen, dann müsste ich vergessen, was mich alle Zeit beschäftigt hat.

Wurmfortsatz sagten die im Dorf zu der ungeteerten, leicht erhöhten Sackgasse, die sich meine Eltern damals ausgesucht hatten, das heißt mein Vater. Er wollte Blick auf die Felder, den Wald, die Felsen, aber tatsächlich gingen fast alle Fenster hinunter aufs Dorf. Nur das Stübchen unter dem Dach hatte den Blick, den sich Vater wünschte, und so saß er da oben. Trotzig, denke ich heute, wie zum Beweis, dass alles in Erfüllung gegangen war, was er sich gewünscht hatte. Fünf Häuser hatte es im Wurmfortsatz gegeben, drei links, zwei rechts. Es gibt sie noch. Aber wie. Links vorn, das einzige Mehrfamilienhaus als trotziger Anker, als letzte Behauptung, dass diese Straße voll mit Kindern und Leben war. Auf jedem Stock hängen noch Gardinen in den Fenstern, die Fassade zur Straße hin scheint vor Jahren erneuert, die anderen Seiten wirken wie geschält, entblößt, nur an einigen geschützten Stellen hält sich noch der Putz. Der Putz von damals. Und schon bin ich wieder klein und die Blase drückt mich jeden Morgen auf dem Weg in die Schule.

Ich kann nicht, sage ich zu Vito.

Jetzt komm, schau es dir an, und dann ist es genug.

Vito dreht den Ellbogen nach außen, schiebt mich hinein in den Wurmfortsatz, in diese untergegangene Welt. Alle Dächer vergraut und löchrig, die Ziegel in den Gärten zerschellt.

*

Der Garten ist zum Dschungel geworden. Matratzenreste liegen im Gras. Die Kellerfenster sind einmal vernagelt gewesen, genauso wie die Eingangstür, aber jemand hat das Haus wieder in Besitz genommen, auch wenn es nicht so wirken soll. Durchs Gras läuft ein schmaler Pfad genau auf die Tür zu. Die kaputten Fenster sind mit Klebeband und Folien geflickt. Die Glasscheiben des Windfangs sind offenbar vor nicht allzu langer Zeit zerborsten, überall liegen winzige bunte Scherben. Die Tür schließt nicht mehr. Als ich versuche, sie weiter zu öffnen, schwankt sie bedrohlich. Ich zwänge mich durch den Spalt und warte, um Vito zu helfen, aber er will nicht.

Als ob ich diese Tür nicht kennen würde, sagt er.

Der größere Rest ist uns fremd. Wer auch immer nach uns hier gelebt hat, war nicht lange da. Wenn es einmal Einrichtung gab, ist fast nichts geblieben. Ich spähe Richtung Küche.

Übelkeit steigt in mir hoch. Überall Fäulnis, Mäusedreck, Gas oder Benzin wie eingeschrieben in die Wände. Ich halte auf das Ende des Schlauchs zu, wo einmal Vaters zwei Regenmäntel an der Garderobe hingen. Überall im Flur liegt ein seltsames Gewöll, Reste von Dingen, von denen nicht mehr zu erkennen ist, was sie einmal waren: Holzsplitter, Stoff, Stein, Putz. Aber die Stufen sind erstaunlich sauber, wie gekehrt. Wie ich es gehasst habe, dass mein Zimmer das erste rechts neben der Treppe war, wie ich die mattierte Glasscheibe gehasst habe. Auch wenn ich nicht zu sehen war, war das Gefühl so: ausgestellt, immer sichtbar, immer im Blick. Vito lässt mir überall den Vortritt. Ich schleiche die Treppe hinauf, versuche, das Holz nicht knarren zu lassen, gefasst, diejenigen zu treffen, die hier hausen. Das rede ich mir ein, auch wenn das Gefühl ein anderes ist. Von früher steigt es auf, aber was es ist, kann ich nicht sagen. Ich drücke die Klinke, aber die Tür geht nicht auf. Ich rüttele nochmals. Ich selbst durfte nie einen Schlüssel haben, aber jetzt ist abgeschlossen hier. Ein Anflug von Zorn schießt in mir hoch, dass jemand mein Zimmer in Besitz genommen hat. Und gleichzeitig finde ich es lächerlich, dass die Tür abgeschlossen ist. Ich trete gegen die Türfalle. Beim zweiten Versuch reißt das Schloss aus dem Holz. Die Tür fliegt auf, ein Splittern und Knallen, das nicht abzuebben scheint. Ich spüre Vitos Blick von der Seite. Das Zimmer ist penibel sauber. Nach mir muss ein Mädchen hier gewohnt haben. Zwischen den Kindermöbeln von einst liegen allerlei zusammengefundene Sachen. Zwei auffallend weiße Wasserkanister, zwei Federballschläger und ein Schaumgummiball, Hosen, Jacken und eine Kaffeemaschine von früher mit Glaskanne und Filter. Die Dinge haben eine Ordnung, für die mir nur ein Wort einfällt: Leben. Hier lebt jemand. Ich lehne mich an den Türrahmen, kann mich nicht dazu bringen, die Schwelle zu überschreiten. Ich spüre Vito in meinem Rücken mit derselben Ratlosigkeit, mit demselben Entsetzen.

Ich weiß nicht, sage ich, spreche die Wörter hinein in den Raum. Und wieder scheinen sie zurückzukommen: meine fremde Stimme in diesem fremden Haus. Andere Schritte, andere Wörter gehören hierher. Ich schäme mich für meine Wut, mein Eindringen, auch wenn es nur Penner sind, die hier hausen. Vito hat seine Hand auf meine Schulter gelegt. Ich mache mich los, eile die Treppe hinunter, durchquere den Flur wie ein Taucher, der zurück an die Oberfläche will. Der Geruch strömt um mich herum, wabert fremd. Ich kann mir nichts mehr denken, was einmal mich betraf, kann meine Eltern nicht mehr sehen. Das alles gibt es nicht mehr: Kuchengeruch, das Geklapper von Tellern und Besteck, das Rascheln der Regenmäntel, die kleine Pfütze darunter.

Im Spätsommerlicht tauche ich auf, gehe mit kleinen Schritten rückwärts weg vom Haus. Erst jetzt fällt mir auf, dass ich die ganze Zeit ja barfuß war, aber meine Füße sind unberührt. Ich habe mir rein gar nichts getan. In diesem Gedanken werde ich leicht. Wie der Putz im Gras, die zerschellten Ziegel ist jedwede Erwartung von mir abgefallen, die ich noch hatte an diesen Ort. Ich drehe mich um und renne los.

*

Ich muss nicht lange auf Vito warten. Unser Teich ruht glatt und schwarz. Wir liegen beide auf dem Bauch, starren hinunter. Immer noch unmöglich, den Grund zu sehen.

Gut, dass jemand im Haus schläft, sage ich zu Vito.

Ich weiß nicht, warum, aber mir ist plötzlich wohl bei dem Gedanken, dass jemand diesen Raum ausfüllt, wo ich Angst hatte.

Vito nickt. Die Festung wurde nie eingenommen, aber Vito und ich, wir haben unser Dorf eingenommen. Ein letztes Mal. Bald ist es Zeit abzuziehen. Ich versuche, die Hand so weit ins Wasser zu strecken, dass sie im Schwarz verschwindet. Ich spreize die Finger, ziehe Kreise, aber kann nichts Lebendiges fühlen. Ein paar Mücken halten sich gegen die Mitte des Teichs hin. Unter mir ist Wasser und sonst nichts.

Warum trägst du deine Prothese nicht?, frage ich Vito und weiß, ich bin zu nahe.

Weil ich der Einbeinige bin, sagt Vito, ob mit oder ohne Prothese. Es ändert nichts. Da kann ich auch gleich so rumlaufen, dass man es weiß und sieht zugleich. Ist ja doch alles wie immer geblieben, auch wenn unser Haus jetzt schöner ist und deins am Zerfallen. Ich bin Vito und alle haben sie was übrig für mich, aber reinbeißen kann ich nicht in dieses Gefühl und was tischlern daraus auch nicht.

Vito schlägt mit der flachen Hand aufs Wasser.

So einen Stuhl würde ich mal machen, so einen bequemen, wo du dich draufsetzt und im selben Moment angekommen fühlst. Den Rücken in die Lehne geschmiegt, den Fuß auf dem Boden, dass du merkst, wie der Körper trägt und getragen wird. Wenn du weißt, was ich meine.

Und deshalb liest du den Kram in Frakturschrift?

Vito presst die Luft durch die Zähne.

Hör doch auf damit, sagt er. Ich lass sie kommen wie die Zeugen Jehovas. Und lächle innen drin und lass sie wieder abziehen in ihr Himmelreich. Aber du hast tatsächlich eins oder hattest eins. Bist nur so dumm gewesen, wieder in diese Gegend zu kommen.

Vor ein paar Tagen hätte ich mich für so eine Bemerkung noch mit Vito geprügelt, aber jetzt lache ich. Eines von dieser Art Lachen, die den Platz halten für etwas anderes, Größeres, das man sich nicht eingestehen will oder nicht fühlen kann. Noch nicht.

Wo denkst du, dass meine Kleine ist?, frage ich.

Sie hat keinen anderen, deine Christina, wenn du das fragen willst. Ist zu anständig dafür. Sie ist deine Frau. Auch wenn du es nicht gemerkt hast oder nicht merken wolltest.

Vito ist aufgestanden und thront über mir.

Jetzt habe ich Hunger und wissen tue ich überhaupt nichts. Ich bin der Einbeinige. Zu mehr tauge ich nicht. Er senkt den Kopf und zwinkert mir zu.

Den Konsum gibt es noch, zumindest einen Laden in dem Flachbau, wo er immer war. Das Schaufenster ist mit Tee, Brot und Mineralwasser vollgestapelt, die Tür beklebt mit Werbung für Telefontarife. Ich schaue Vito nach, wie er im Laden verschwindet. Die Tür schließt sich spiegelnd. Alle sind sie so verschwunden: die Kleine, Christina, Jan, das heißt, ich habe sie verschwinden lassen. Ein Zauberer, der seine Welt nicht im Griff hat, ein König Midas, der alles, was er berührt, in Verschwinden verwandelt. Aber da kommt Vito wieder, zwei Plastiksäcke an die Griffe seiner Stützen gehängt. Wir essen Döner und trinken Bier dazu. Ich versuche, genau an dieser Stelle in der Zeit zu sein: Die Kaulquappen wachsen prächtig. Unser Block ist bezwungen. Vito war eine elegante Silhouette, ein geschmeidiger Schatten gegen den Himmel. Auf dem Gipfel haben wir uns die zerschrammten Hände geschüttelt und eines unserer bedruckten Kindertaschentücher an einen Stock geknüpft. Ein Stück eroberter Erde, auf den Karten der Welt ein weißer Fleck, den wir getilgt haben. Stattdessen erzählt Vito davon, wie das Holz lebt und dir nicht verzeiht, wenn du es nicht lesen kannst. Aber ich will nichts über Holz wissen. Ich will etwas über Vito wissen, nehme einen Schluck, schaue ihn an, aber komme doch nicht weiter als zur Stadt-die-keine-ist: Wie in der Kirche die Blumensträuße verschwinden. Dass abends die Ratten im Bach baden. Aber manchmal, sagt Vito und nimmt einen tiefen Zug, sitzt er auf seinem Lieblingsplatz und sieht zu, wie die Dampfer erleuchtet die Elbe heraufkommen und kurz anlegen. Es gibt Musik und Frauen, die ihre Körper gegen die Reling lehnen, die hinauf in den Wald starren oder in die Uferwiesen, aber nie geht eine an Land, nie geht überhaupt jemand an Land.

Die ist für den Weg, sagt Vito und zieht eine letzte Flasche aus der Plastiktüte. Hier, trag du, sagt er. Du bist der Flaschenträger. Ich bin der Kommandant, und jetzt katapultieren wir uns hinaus in den Raum, verlassen diesen öden Planeten.

Am Ortsausgangsschild nehmen wir den ersten Schluck, die Sonne warm im Nacken, unsere Schatten lang vor uns auf dem Asphalt. Wenigstens die gehören noch zu uns, sagt Vito.

Er wirft erst die eine Stütze nach vorn, dann die andere. Macht brav alles nach, der da. Vito grinst. Mann, sind wir bescheuert. Er dreht sich um zu mir. Stell dich mal hinter mich. Vito nickt mir zu.

Ich passe mich hinter Vito ein, dass unsere Schatten zu einem verschmelzen. Ich stelle mich auf die Zehenspitzen, vor mir der große Vito. Dann ist nicht zu sagen, welches Stück Dunkel meins ist und welches von Vito. Wir stehen unglaublich still.

Ich, mit deinem Bein. Darauf trinken wir einen. Vito setzt an und unser gemeinsamer Schatten trinkt. Dann mache ich es Vito nach.

Aber weißt du, was ich nicht verstehen kann, sagt Vito. Warum du mich nie besuchen gekommen bist.

Hier habe ich eine Geschichte für dich, sage ich zu Vito und erzähle, wie nach und nach alle Dinge aus unserem Haus verschwanden und ich das nicht verstehen konnte: Warum sich in den Besteckschubladen nur noch drei Messer, drei Gabeln, drei kleine und drei große Löffel fanden, wie mein eigener Schrank leerer und leerer wurde und ich doch keine Antwort erhielt, wenn ich fragte. Ich erzähle von den langen Stunden in der Schule, in die sie mich nach der gemeinsamen Flucht gesteckt hatten. Ich kannte niemanden, ich sollte niemanden kennen. Der Schnee fiel endlos. Unten in der Stadtschule wussten alle, dass ich der bin, der seinem besten Freund das Bein geklaut hat. Einen ganzen Winter lang war ich auf dem Schulhof umzingelt. Stühle fehlten, Sessel. Manchmal schaute ich in die Schränke meiner Eltern und fand sie genauso leer, voller Dunkel. Und ich dachte, so muss es sein: Das Dunkel frisst sich vorwärts. Langsam, langsam sind wir am Verschwinden. Dann wurden die Tage länger, die Obstbäume blühten, alles voll weißem Schaum. An so einem Tag steckten mich meine Eltern ins Auto und fuhren los. Das sage ich Vito. Dann der Plattenbau in der Arbeitersiedlung der Papierfabrik. Ich, in der nächsten Schule, ohne Wunsch, ohne Willen. Meine Eltern hätten mir gar nicht verbieten müssen, dich zu besuchen. Ich war nichts mehr, und ich wollte nichts mehr.

Vito hängt auf mir. Ich versuche nicht, ihn aufzurichten. Er versucht nicht, sich von mir zu lösen. Windschief verharren wir in der Landschaft. Ein Denkmal für nichts. Ein Denkmal für uns selbst.

*

Jan hat mir angeboten, zu ihm zu kommen, aber seit Christina und die Kleine nicht mehr da sind, ziehe ich meine Runden enger. Das Haus hält mich in seiner Anziehung, das jetzt fast leere Haus. Mich erinnert es an die Höhle, in die ich mit Vito geflohen war: Zuflucht, Unterschlupf in der riesigen Landschaft um mich herum, deren Stille ich nicht mehr genießen kann. Es ist ein Schweigen gewachsen, eine Trägheit, auch wenn Vito schon zweimal abends hier aufgetaucht ist. Er hat jetzt eine Matratze im dritten Zimmer. So haben wir uns wieder gegen die Welt verschworen, obwohl es das Letzte ist, was ich möchte. Die ganze Woche war ich am Kindergarten. Ich habe mich sogar getraut, die Erzieherinnen zu fragen. Nein, sie wüssten nichts. Besorgt wirkten sie, oder vielleicht habe ich es mir gewünscht, sie so zu sehen. Ein paarmal bin ich ums Ärztehaus geschlichen, die Blicke der Alten im Genick, bis ich diese ganze Szene lächerlich fand: ein Vater, der seiner eigenen Tochter nachspioniert. Hoch und wieder hinunter fahre ich mit Jan. Ich glaube, er hält mich schlecht aus in diesem Zustand. Ich halte mich selbst schlecht aus. Die Wolken fliegen auf unseren Fahrten, die Leute strömen an mir vorbei ihren Sitzplätzen zu, in Gedanken schon auf der Festung. Ich höre mir Jans Geschichten an, vertraue dem sanften Kapitän oder trinke abends Bier mit Vito, dass ich beim Einschlafen einen Fuß auf den Boden stellen muss. Sonst hört die Welt nicht auf, sich zu drehen. Aber hier habe ich einen Brief. Auch wenn ich es lächerlich finde, Briefe zu schreiben. Als ob wir im Kino wären, als ob das Leben so naiv zu bestehen wäre oder die Frauen darauf fliegen würden, bloß weil einer ein paar Zeilen schreibt und in einen Umschlag steckt. Schöner Rat, habe ich zu Jan gesagt. Schöner Rat. Dann finde etwas Besseres, hat er erwidert. Aber dazu müsstest du erst einmal wissen, ob du dich traust, zu ihr zu gehen, oder ob du auf Abstand bleiben willst, abgetaucht, unsichtbar. Ja, das müsstest du wissen. Willst du deine Kleine nicht sehen? Und was ist jetzt mit eurem Haus? Machst du eine WG mit Vito, säufst und wanderst? Du bist ein schlimmer Romantiker, mein Lieber. Aber das weißt du wahrscheinlich selbst. Auch Vito habe ich gefragt, aber ihm brauche ich nicht zu kommen damit. Über Frauen redet er nicht mit mir. Also bin ich allein auf dem Riff gewesen, habe auf unser Haus geschaut, das jetzt nur noch meines ist und vielleicht ein wenig auch das von Vito. Mit der Stirnlampe habe ich dagesessen und unter den Sternen geschrieben. So wie es sein muss. Was ich geschrieben habe, weiß ich nicht mehr. Der Brief ist zugeklebt, und wie würde es aussehen, wenn ich ihn wieder öffnete? Vielleicht habe ich etwas geschrieben, was ich nicht wollte. Einen Satz, den man so lesen kann oder so. Aber der Brief ist zugeklebt, das faserige Papier ein wenig angerieben und verschmutzt. Christina wird wissen, wo ich geschrieben habe. Ebendort, wo ich die Abende verbrachte, als sie allein die Kleine ins Bett brachte. Und jetzt sitzt er immer noch da. Hat nichts gelernt. Das muss sie denken. Vielleicht. Ich durchquere schnell die Stadt-die-keine-ist, finde unser Auto auf dem Parkplatz. Zwei-, dreimal gehe ich ringsherum, versuche eine Spur dessen zu entdecken, was die Kleine erlebt. Ein Schokoladenpapier würde reichen, ein zerrissener Haargummi, aber ich kann nichts finden. Den Brief lasse ich unter dem linken Scheibenwischer. Die Wolken spiegeln sich in der Scheibe. Das eine Weiß fließt ins andere, als wäre der Brief gar nicht da.

*

Christina wohnt bei einer Arbeitskollegin ein Stück das Gebirge hinauf. Die Kleine hat jetzt Großeltern. Das hat mir Vito erzählt, der seine Quellen hat. Ich sehe einen großen Garten, zur Straße geschützt, hinter dem Haus fällt er leicht zu einem hellen Bach hin ab. Der Großvater, den die Kleine jetzt hat, baut Wasserräder mit ihr und seinen eigenen zwei Enkeln. Sie schneiden einen Stock ein, klemmen die Schäufelchen ins

Holz, stecken zwei Astgabeln in den kiesigen Grund, und das muntere Rad dreht und dreht. Den ganzen Tag ist die Kleine im Garten, isst Eintopf, trinkt Kakao, schläft nachmittags dann mit den anderen auf der Hollywoodschaukel ein. Ewige Tage, aber im selben Moment vergehen sie ohne Mühe, rasend schnell, während Christina die Leute geradebiegt in der Stadt-die-keine-ist. Zu ihren eigenen Eltern würde sie nie zurück. Zu den eigenen Eltern geht man nicht zurück. Man sitzt nicht da, wo man immer schon saß, mit derselben Aussicht auf die-selbe Straße: Container, Spielplatz und die Straßenbahn alle zehn Minuten. Da ist die Luft weggeatmet, sagt Christina. Wie wenn du zu lange tauchst und alles zu kribbeln anfängt.

Ich habe die Verbindungen angeschaut. Ich wüsste schon, wohin, müsste den Bus voller Schüler nehmen, einmal umstei-gen, und was dann? Christina ihr altes Schloss mit den Him-melschlüsseln wiederbringen oder mich nochmals hinstellen und ein Fahrrad lackieren, wie um zu sagen: Ich erinnere mich noch. Ich erinnere mich an die Freude, als wir uns zum ers-ten Mal außerhalb des Behandlungsraums trafen. Ich erinnere mich an den getrockneten Fleck und wie bald ein kleiner Finger unter der Haut umherging und durch die Bauchdecke drückte.

*

Warum lässt jemand Obst auf der Steinsäule des Gartentors? Ich will weder Kläräpfel noch Aprikosen. Ich habe meine eige-nen Bäume. Schon die dritte Schale, die ich gefunden habe, seit Christina weg ist. Ich weiß, dass es alle wissen. Vito hatte da-mals sein Bein nicht mehr. Und jetzt habe ich Christina und die Kleine nicht mehr. Aber das heißt noch gar nichts. Und überhaupt, wer soll da dahinterstecken? Die Batikfrau? Die Schiebermütze? Fast hoffe ich, dass es die Frau aus dem zitronenfarbenen Haus ist, aber dann erinnere ich mich, wie sie geschwiegen hat, wie wir uns Auge in Auge gegenüberstanden.

*

Vito hat Holz mit ins Haus gebracht. Kleine, helle Stücke liegen überall in seinem Zimmer verstreut. Ich weiß nicht, ob er schläft oder schnitzt, wenn er hier ist, aber wie soll er schnitzen, so betrunken wie ich die Abende selbst bin. Morgens ist er früh weg. Kommt ja doch niemand, sagt er, aber ich muss da sein. So verbringt er die Tage in seiner Werkstatt. Ich gehe ihn dort nicht besuchen. Etwas hält mich ab. Er muss allein dort sein, so wie ich tags im Haus. Ich setze mich auf die Matratze in Vitos Zimmer und studiere seine Schnitzereien. Auf dem Fensterbrett hat er sorgfältig seine Figuren aufgereiht. Drei Hunde, eine Katze mit gesträubtem Schwanz, einen Elefanten, wo der Rüssel zur Hälfte abgebrochen ist, und einen sitzenden Raubvogel, die Brust fedrig stolz. Alle Tiere mit einfachen, aber klaren Konturen und den richtigen Proportionen. Die Späne hat Vito sauber in einer Ecke des Zimmers zusammengekehrt. Wo vorher der Regen die Wände durchtränkt hat, riecht es harzig hell wie nach Sonne und Farn. Das ist mein Inventar von Vito. Holztiere, leere Bierflaschen und die fettige Alufolie unserer Döner, obwohl ich das Haus penibel sauber halte. Ich habe auch einige Sachen im Kühlschrank. Pudding könnte ich kochen, Eierkuchen, Milchreis oder Makkaroni mit Wurst und Tomatensoße. Manchmal tue ich es für mich selbst. Es gibt nicht viel zu tun, seitdem ich nicht mehr hinausgehe. Die Büsche quellen mit Himbeeren über, aber sie sind nicht für mich.

*

Nicht schwer zu wissen, wo unser Haus jetzt steht. Auch wenn das Dorf sich in die Ebene breitet, muss ich schwindlig den Blick heben. Wäre es nach Christina gegangen, hätten wir irgendwohin gehen können. Ans Meer vielleicht. Ein Haus hinter den Dünen. Dann hättest du auch Kiefern gehabt und Sand, sagt Christina. Und uns. Vor allem uns. Aber ich bin immer nur vorausgeeilt, meinen eigenen Dingen nach. Ich habe Christina an der Hand gehalten, mein Arm war nach hinten gestreckt, unsere Finger berührten sich noch, aber es ist nicht einfach, auf diese Weise vorwärtszukommen. Der andere bleibt gänzlich unsichtbar. Der andere ist ein williger Schatten.

*

Der Briefträger kommt jeden Tag anders. Manchmal erledigt er eine Seite der Straße und kehrt dann erst nachmittags für meinen Teil zurück. Das gäbe etwas zu reden mit der Schiebermütze oder der Batikfrau. Wie alles immer schlechter wird, schon jahrelang. Früher hatte man die Post zum Frühstück. Solche Gespräche könnte ich führen, aber ich will nicht. Vito würde mich auslachen, wenn ich ihm mit diesen Dingen käme. Er besteht darauf, dass er das Bier kauft. Ich trage zwei stoffbespannte Gartenstühle neben den Sandkasten. Da sitzen wir abends, wenn ich es durch den Tag geschafft habe. In der Dämmerung flackern die Fledermäuse über uns hinweg. Wir spielen eine Art Tat oder Wahrheit. Entweder man antwortet oder man muss einen Schluck nehmen. Vito lässt nichts aus zwischen mir und Christina, aber wenn ich an der Reihe bin, dann lächelt er nur und nimmt einen Schluck. So sind Christina und die Kleine im Erzählen bei mir, in diesem albernen Spiel mit Vito. Wenn er dann doch ins Reden kommt, hänge ich meinen eigenen Antworten hinterher. Der Wind raschelt in den Bäu-

men, der Dorfwind, der jetzt wieder zu mir und Vito kommt.
Wenn das Käuzchen ruft oder ein Moped fern über die Land-
straße zieht, komme ich im Gefühl zu mir, schon Stunden
nichts mehr gesagt zu haben, obwohl wir beide wohl nur kurz
weggenickt sind. Jetzt hören wir auf mit dem Unsinn, sagt Vito
und beginnt zu erzählen, wie die Leute ihn besuchen, um sich
ein Brett abhobeln zu lassen, und dann soll er es schleifen und
bohren an den Enden. Zum Ersten kommt ein Zweites und so
weiter, bis Vito ein Regal gebaut hat, einen Stuhl, einen Nacht-
tisch.

Vito schaut mich an. Und jetzt sag mir, liebst du Christina
oder ihre Vergangenheit, die auch deine ist?

Hier, sage ich zu Vito. Iss mal ein wenig Obst. Ist gesund.
Ich krieg das nicht runter. Und ich erzähle Vito, wie ich morgens die Schalen mit Obst auf der Steinsäule des Gartentors
finde.

Die wollen dir helfen, sagt Vito und beißt in einen Apfel.

Die wollen an das heran, was mir passiert ist.

Immer willst du es dir schwermachen, sagt Vito, nimmt
noch einen Biss und wirft den Apfel in die Hecke.

Ich muss mich anstrengen, um aus dem Gartenstuhl her-
auszukommen. Der groß geblümte Stoff ist durchgesessen.
Ich lasse mich zur Seite fallen, richte mich auf und sage: Nacht,
Vito. Nacht. Mach mir auch ein Tier. Du kannst aussuchen,
welches.

Dann kommt der nächste Tag. Vito ist längst gegangen.
Diesmal stand kein Obst auf der Säule. Ich sitze am Tisch, berühre mit dem Finger einen Wassertropfen, den ich wohl beim
Abwischen vergessen habe. Da ist noch einer und noch einer,
direkt vor mir, direkt unter mir.

*

Mach keinen Blödsinn, sagt Jan. Und wasch dir mal wieder die Haare. Hier, von Brigitte.

Er streckt mir ein Glas Marmelade entgegen.

Pilze gibt es auch wieder, soll ich dir ausrichten.

Ich kann hier nicht weg, erwidere ich.

Er kann hier nicht weg. Tagein, tagaus hat er den Landstreicher gegeben, und er kann hier nicht weg.

Das sind Jans Besuche. Aber heute Morgen ist er nicht gekommen. Ich bin mit der Sichel im Garten unterwegs, lausche Richtung Straße und erinnere mich daran, dass ich noch nicht nach der Post geschaut habe.

*

Mach ihn auf, du Idiot, sagt Jan, oder brauchst du eine Anleitung?

Er kramt ein kleines Taschenmesser hervor.

Unser Haus war groß und leer, der Brief blendend weiß, Christinas Schrift schnörkellos. Aber jetzt bin ich hier bei Jan, schiebe säuberlich die Klinge unter die Lasche und schneide den Umschlag auf.

Du kannst im Fahren lesen, sagt Jan.

Ich setze mich auf meinen Stuhl, krampfe die Hände um den Brief, dass er im Fahrtwind nicht davonfliegt. Es steht kaum etwas darin, außer dass die Kleine Sehnsucht hat nach mir. Ich soll eine Herde Elefanten durch den Sand ziehen lassen, Heidelbeeren sammeln, wenn es noch welche gibt, oder ein Versteck im Farn finden. Das ist der Vater, den die Kleine haben soll. Auf dem zweiten Bogen Papier ist eine Zeichnung für mich: ein großer, heidelbeerblauer Elefant.

Die Leute gehen in Richtung des Zugs mit den Gummirädern.

In der Vergangenheit gibt es nichts zu tun, sagt Jan. Du kannst da hingehen und bist immer in den Ferien. Kannst die eine Wand der Geschichte neu streichen und morgen den ganzen Raum abreißen. Du kannst sie wie einen Handschuh anziehen, der immer perfekt auf die Gegenwart passt. Fahr hinein und es wird warm, und in dieser Wärme ist die Gegenwart aufgehoben, wie schlimm sie auch immer gewesen sein mag. Die Vergangenheit ist ein ewiges Ferienlager.

Brauchst du noch eine Geschichte von mir, fragt Jan, oder kommst du schon selbst darauf?

*

Es ist Freitag. Ich stehe unten am Parkplatz. Es regnet ein wenig, aber heute habe ich eine Jacke an und ein Hemd. Auch meine Uhr habe ich mir umgebunden, was immer das auch heißen soll. Jan hat mir Blumen aus seinem Garten mitgebracht. Blumen, die sich halten, hat er gesagt. Nicht solche, die schon halb tot von weit her hier ankommen.

Ich lehne am Stamm der Parkplatzlinde, halte die Einfahrt im Blick. Aus dem Augenwinkel sehe ich die Kleine auf mich zufliegen. Ich breite die Arme aus, fasse um ihren Rücken und lasse sie einige Runden im Kreis schweben, bis mir selbst schwindlig wird. Christina ist geschminkt. In einer Woche wieder hier, sagt sie. Wir schauen beide auf unsere Fußspitzen. Ich ein wenig länger. Christina umarmt mich. Die Kleine drückt ihren Kopf an unsere Seite.

Schenk die Blumen der Kleinen, sagt Christina. Und schreib mir wieder einen Brief.

*

Hier, damit ihr euch an mich erinnert, oben im Haus.

Vito stellt der Kleinen eine Schachtel voll mit Holztieren auf den Tisch.

Die Kleine zögert.

Nimm sie, sage ich. Die Kleine schaut erst mich an und dann Vito.

Gehört der auch zu uns?, fragt sie.

Ich streiche der Kleinen über den Kopf, sehe wie Vito lächelt.

Die Kleine kramt in der Schachtel.

Komm jederzeit, sage ich zu Vito.

Er wandert durch die Werkstatt, räumt ein paar Dinge hin und her, kehrt da ein paar Späne zusammen, dreht einen Schraubstock zu und wieder auf. Ich nehme die Kleine an die Hand. Vor der Werkstatt setze ich sie auf meine Schultern. Die Schachtel hält sie fest.

Danke, ruft sie.

Das ist genau mein Wort: danke. Aber Vito ist hineingegangen, die Tür einen Spaltbreit offen.

IV

Es regnet. In den Pfützen schwimmen Blasen obenauf. Ich weiß nicht, wann ich das zum letzten Mal gesehen habe. Ich würde nicht darüber nachdenken, wenn nicht eine seltsame Unruhe unsere Straße erfasst hätte. Fast alle Autos sind fort. Selbst die Alten sind auf ihren Fahrrädern in den Regen davongefahren. Die Kleine malt am Küchentisch. Ich spähe hinaus. Gerade hat sich die Batikfrau gegenüber mit der Schiebermütze unterhalten. Ich versuche zu verstehen, was diese Dinge miteinander zu tun haben: der Regen, unsere leere Straße und die Alten. Die Kleine schaut von ihrem Bild auf und beginnt den Kopf zu schütteln. Für einen Moment weiß ich nicht, ob ihre Haare knistern oder ob es das Geräusch des Regens draußen ist.

Hör auf, sage ich. Die Kleine hält inne, schaut mich mit funkelnden Augen an. Ich gehe hinüber zur Spüle und blicke aus dem Fenster. Das nächste Auto fährt davon. Die Kleine schüttelt sich wie in Trance. Als ich wieder hinausschaue, steht die Batikfrau am Gartentor. Sie hält sich eine Zeitung über den Kopf. Mit der anderen Hand winkt sie.

Die Kleine will sich nichts anziehen. Sie stapft durch den Garten und lacht, wie das Wasser spritzt.

Du bist eine Niedliche, sagt die Batikfrau und streckt übers Tor eine Hand in Richtung der Kleinen, die sofort einen Schritt zurückmacht. Ich versuche, die Kleine auf den Arm zu nehmen, aber sie will nicht. Die Batikfrau mustert mich unter der Zeitung hervor.

Ihre Frau, die arbeitet doch unten im Ärztehaus.

Ja, sage ich und starre die Batikfrau an. An ihrem Haaransatz ist die rote Tönung herausgewachsen. Selbst im Regen riecht sie nach Zigarette.

Das Wasser, sagt die Batikfrau. Das Wasser.

Sie dreht sich um und stapft davon. Von der Zeitung lösen sich kleine Fetzen.

*

Die Kleine legt mir die Arme um den Hals, kuschelt sich an mich. Es ist ein Tosen um uns, ein Gurgeln und Schmatzen. Den Bach gibt es nicht mehr. Wir stehen am Hang, auf der Straße, die vom Dorf hinunterführt in die Stadt-die-keine-ist. Wie in Trance gehe ich an den Leuten vorbei, die am Rand ausharren. Manche haben sich gelbes Regenzeug angezogen, andere stehen in dünnen Kleidern durchweicht und regungslos für sich allein. Ich gehe, bis mir das Wasser die Füße leckt. Die Kleine ist still in ihrem Sitz. Ich bin still. Gierig wälzt sich die Flut voran. Ich verstehe nicht, wie das gehen kann, dass so viel Regen sich gleichzeitig in Bewegung setzt. Ein roter Plastikball tanzt in den Fluten, beschleunigt, fängt sich in einem Strudel. Die Kleine dreht den Kopf, schaut mir einmal über die rechte und dann wieder über die linke Schulter.

Komm, wir rufen die Mama, sage ich zur Kleinen.

Die Kleine strengt sich an, ruft so laut sie kann, aber ihre Stimme trägt nicht. Ist die Mama hier?, fragt sie.

Aus den Fenstern schauen die Alten. Ich sehe ihre knochenweißen Gesichter. Manche bewegen die Lippen, als würden sie etwas sagen. Ich wate ein Stück ins Wasser. Die Kleine klammert sich an mich und fragt noch einmal: Ist die Mama hier?

Ich sehe was, was du nicht siehst, und das sieht rot aus.

Einfach, sagt die Kleine. Der Ball dort.

Ich sehe aus dem Augenwinkel, wie sie ihren Arm an meinem Kopf vorbei in Richtung des Balles streckt, der plötzlich wiederaufgetaucht ist, als sei er von irgendwoher zurückgekommen, als hätte ihn das Labyrinth der Flut an dieser Stelle wieder ausgespuckt. In einem toten Winkel der Strömung kreist er träge vor sich hin.

Ich sehe was, was du nicht siehst, und das sieht blau aus.

Ich höre die Stimme der Kleinen durch das Tosen hindurch. Ich taste mit meinem Blick durch die Häuser. Alles scheint sich zu bewegen. Die Laternenpfähle, die Kronen der Bäume.

Du bist dran, ruft die Kleine.

Das Dach da, von dem Haus, sage ich.

Aber das ist rot und nicht blau, sagt die Kleine. Du spielst nicht mit, und Mama ist auch nicht hier.

Mir fällt die Batikfrau wieder ein und die Schiebermütze. Ich spucke ins Wasser. Alle haben sie uns sitzen lassen in ihrem Schweigen. Ich merke, wie etwas mein Knie trifft. Ein dumpfer Schlag. Ich verliere das Gleichgewicht wie in Zeitlupe, höre die Kleine schreien. Ich versuche, meinen Fall zu steuern, beuge die Knie, fahre den rechten Unterarm aus. Das Wasser spritzt. Ich finde mich auf allen vieren wieder. Ich muss den Kopf heben, dass mir die Flut nicht in Mund und Nase läuft. Ich merke, wie mir jemand unter die Arme greift.

Die Kleine schluchzt und klammert sich an mich.

Ich eile den Berg hinauf.

Die Mama ist zu Hause, sage ich.

*

Die Kleine weint. Ich spüre ihre Tränen warm im Nacken. Ich sehe unser Haus vor mir. Es gibt nur noch die Kleine und mich. Ich weiß nicht, wie ich Geld verdienen soll. Ich weiß nicht, was ich der Kleinen zum Anziehen kaufen soll. Ich weiß nicht, was wir essen sollen, jeden Morgen, Mittag und Abend, alle Tage in der Woche, alle Monate des Jahres hindurch. Die Kronen der Bäume haben begonnen, sich zu drehen, alles stürzt und arbeitet und fliegt. Der Regen ergießt sich über uns. Ich bin so nass, dass ich schon wieder vergessen habe, dass ich nass bin. Die ersten Häuser tauchen auf. Schon kommen unsere Obstbäume in Sicht. Ich versuche durch die Kronen zu spähen, aber unser Haus dahinter ist groß und dunkel. Die Scheiben schimmern undurchdringlich durchs Laub, wie verspiegelt. Alles ist erloschen. Ich blicke die Straße hinauf und sehe etwas Vertrautes, ohne zu begreifen, was es genau ist. Vielleicht ist Christina uns suchen gegangen, hat einen Zettel auf dem Tisch gelassen und ist losgestürzt. Neben mir flimmern die Zaunlatten vorbei. Ich sehe die Schaukel, den Sandkasten. Aus dem Gras leuchtet liegengebliebenes Spielzeug der Kleinen. Ich höre meinen Atem, blinzele die Tropfen von den Wimpern. Jemand sitzt auf den Stufen zum Haus.

*

Ich erzähle Jan von dem roten Ball und von den Alten, die nicht weggekommen sind aus ihren Häusern. Jan nimmt mir die Kleine vom Rücken. Plötzlich werde ich leicht, wie ich damals leicht geworden bin, als Jiří mir Vito vom Rücken hob.

Die Kleine, sage ich zu Jan, gib mir die Kleine.

Er legt sie mir in die Arme. Wir schauen uns an. Ich sehe das freundliche Gestrüpp von Jans Augenbrauen, seine scharfen, an den Rändern hellbraun gesprenkelten Pupillen. Wir gehen ins Haus. Ich ziehe der Kleinen die Sachen an, die sie abends trug, als wir draußen in den Wäldern unterwegs waren. Ich sehe die Herde Sandelefanten wieder, unsere heidelbeerblauen Münder und erinnere mich daran, wie ich hinausgelauscht habe ins Rauschen der Kiefern, und doch nie jemand kam. Christinas Schritte will ich hören, das Geräusch ihrer bloßen Füße auf dem Linoleum. Ich nehme die Regenjacke vom Stuhl, bin fast im Gehen, aber die Kleine fängt an zu weinen. Sie klammert sich an meine Beine. Ich wünsche mir eine von Jans Geschichten. So viel haben wir geredet, dass ich denke, die Dinge, die ich Jan erzählt habe, sind am Verschwinden. Endlich kann ich sie loslassen. Einmal ausgesprochen, werden sie ein Schwarm Sperlinge und heben sich über die Felder davon. Die Geschichten über meine Eltern. Der Husten meines Vaters, die blutigen Spuren im Waschbecken, die mehr und mehr wurden, als wir in die Stadt zogen. Sein Fahrrad mit der Kette, die immer frisch geölt war, damit er wenigstens auf dem Weg zum Dienst die Welt noch spüren konnte, bis er eintauchte in sein System aus Laugen, Chemikalien und Uran. Das alles also am Verschwinden und Blasswerden mit jeder Geschichte, die ich Jan erzählte. Aber mit Christina ist es anders. Ich habe sie die ganze Zeit herbeierzählt. Ihre Figur, ihre Hände, denen man ansieht, dass sie jeden Tag in Bewegung sind, den Ansatz ihrer Brüste, die Stelle, wo ihre Rippen auf das Weiche ihrer Brüste treffen. Genau diese Stelle ist sie selbst.

Ich nehme die Kleine auf den Arm. Das ist der Daumen, sage ich. Der schüttelt die Pflaumen, der sammelt sie auf, der trägt sie nach Haus und der Kleine isst sie alle, alle auf. Die Kleine folgt meinen Fingern, aber sie lächelt nicht und sie sagt nichts. Ich beginne den Reim von vorn, bis Jan auftaucht. Überall im Haus hat er Spielzeug eingesammelt. Die Kleine wendet den Kopf. Jan setzt sich auf den Bastteppich, der zwischen Küchentisch und Herd liegt. Er schüttet den Eimer voll Spielzeug aus und beginnt Steine auf eine der großen grünen Platten zu setzen. Schnell hat er den Grundriss eines Hauses gesteckt. Aus grünen und braunen Steinen baut er ein paar Stämme. Die Kleine macht sich los. Aber hier müssen die Hühner hin, sagt sie. Ich sehe einen Hof entstehen mit Ställen, Weiden und Gebüsch. Aus durchsichtigen Steinen wächst ein Bach. Jan füllt eine Platte mit Bäumen, ein paar Felsen macht er auch. So einen Hof möchte ich, wo man Wasserräder bauen kann oder Heidelbeeren sammeln, wo man die Leute so nah an sich heranlassen kann, wie man will, und ansonsten eilt man davon, springt über eine Trockenmauer und drückt sich durch ein Gebüsch und ist im eigenen Land, dort, wo das Wünschen noch hilft. Jan streicht der Kleinen über die Haare. Sagst du mir, wo die Teller sind? Er nimmt die Kleine auf den Arm. Sie dirigiert ihn durch die Küche. Zusammen decken sie den Tisch. Jan sieht, wie ich auf die Teller starre, die Messer, die Gabeln. Von allen Dingen genau drei Stück.

Ich muss jetzt los, sagt er.

*

Christina schläft, hat den Arm auf meiner Hüfte abgelegt, die Füße zu meinen gestreckt, unsere Körper wie ein Oval. Zwischen uns liegt die Kleine auf dem Rücken, die Beine hochgezogen und breit. Christina duftet. Sie hat sich den Dreck aus den Haaren gewaschen, den Schlamm und das Öl. Als ich sie vom Küchenfenster in den Garten treten sah, schien sie mir bleich mit den Behandlungssachen, die sie immer noch trug, der gestärkten, etwas länger geschnittenen Bluse und der Hose, die rechts zerrissen war, dass ihr Oberschenkel hervorlugte. Ich wollte aus dem Haus laufen, aber ich blieb reglos am

Fenster und starrte sie an. Ich sah mich selbst, wie ich barfuß und abgerissen den Sommer über unterwegs gewesen war. Mehr Geist als Person, eine seltsame Erscheinung. Ich dachte an die Leute um uns, die vielleicht Angst vor mir hatten, mich seltsam fanden, den wirren Vater, der seine Kleine in den Kindergarten brachte und dann ganze Tage in den Wäldern verschwand. Ich schaute hinaus, sah die Kleine auf Christina zustürmen, während das Geräusch des Regens langsam löchrig wurde.

*

Ich hätte Jan glauben sollen. Wie könnte es anders sein? Der Bach war ins Ärztehaus gerauscht, schwappte hinein in den Keller und kam beim Parkplatz wieder heraus. Eine halbe Stunde und das Erdgeschoss war vollgelaufen, unser Auto auf dem Parkplatz untergegangen. Die Arbeitskollegin, bei der Christina die letzte Woche gewohnt hatte, war am Morgen auf dem Friedhof gewesen und hatte ihr Auto auf einer der oberen Straßen abgestellt. Vom Friedhof aus führt ein Forstweg durch den Wald. Fast eine Stunde sind sie im Schritttempo zwischen den Bäumen hindurchgeholpert, bis sie zurück auf der Höhe waren. Die Straßen leer und die Dörfer auch. Niemand draußen, niemand unterwegs. Die Häuser erleuchtet, aber nicht hell, wie mit schweren Vorhängen verhängt. Dann wieder Wald, triefnass und riesig. Scherben in den Straßengräben und ab und an die Silhouette eines Vogels, der eilig im Zwielicht verschwand, bis das nächste Dorf auftauchte und das nächste. Alle daheim, die es heimgeschafft hatten. Manchmal haben sie ihr Glück versucht und sind Richtung Tal abgebogen, nur um die nächste Brücke blockiert zu finden. Dann sind sie über die Höhen im Niemandsland zwischen Tschechien und Deutschland gefahren. Vielleicht sind sich Jan und Christina dort entgegengekommen, beide auf dem Weg nach Hause, zwei einsame Wagen auf dem dämmrigen Kamm, wo sich der Bach aus einer Vielzahl von Quellen und Läufen speist. Dann sind sie auf unserer Seite des Tals wieder hinuntergefahren. Die Dörfer dunkel glimmend. Ein riesiger, einsamer Abend, mit dem Rauschen der Reifen auf dem Asphalt und dem Quietschen der Wischerblätter.

*

Als ich erwache, ist der Himmel wolkenlos blau. Die Bäume vor dem Fenster stehen klar gegen das Licht. Die Blätter haben einen leichten Stich ins Gelbe bekommen, fast nicht sichtbar, nur als Veränderung gegen das Grün der vergangenen Wochen. Im Laub gibt es größere Lücken, die der Mehltau gerissen hat. Ich setze mich aufs Fensterbrett, sehe Christina und die Kleine im Garten. Stolz reckt sie die Arme empor, wenn sie eine Schale mit Himbeeren gefüllt hat. Von den anderen Häusern dringt kein Geräusch herüber. Christina hat das Radio mit hinausgenommen. Die Nachrichten laufen. Ich höre den Sprecher und warte darauf, dass irgendwann Musik beginnt. Aber es gibt nur den sonoren Singsang der Nachrichten, ab und zu übertönt von den Juchzern der Kleinen, wenn sie eine besonders große Himbeere entdeckt. Ich strecke mich, spüre, wie schwer meine Beine sind. Meine Hüften schmerzen. Ich erinnere mich, wie ich die Kleine im Regen auf dem Rücken getragen habe, wie groß und leer das Haus war.

*

Im Radio sagen sie, dass alle Ortschaften von der Grenze an elbabwärts evakuiert sind. Vor mir filtert nur das Augustlicht träge durch die Zaunlatten. Ich versuche, Christina und der Kleinen zu helfen, aber meine Schale wird nicht voll. Die Kleine springt um mich herum, schaut auf die wenigen Himbeeren, die ich gesammelt habe, und lacht mich aus.

Im Radio haben sie bisher keine Todesopfer gemeldet, aber die Überschwemmung ist überall im Gebirge, hat ganze Dörfer fortgespült. Von manchen weiß man etwas, von anderen nichts. Zum ersten Mal bedauere ich, dass wir keinen Fernseher haben.

Christina hat kurze Hosen und ein gestreiftes Top an. Ich betrachte ihren Rücken, ihre Schultern, die Rückseite ihrer Arme und Beine. Christina biegt die Ranken zur Seite, dass die Kleine an die Beeren heranreicht, ohne sich zu stechen. Ich sehe das Wechselspiel von Christinas Bewegungen, ihre Wirbelsäule, die Rippen. Und ich beginne mich zu schämen, dass mir das alles nicht genug war.

Christina reicht mir eine Dose mit Himbeeren.

Denk nach, sagt sie.

Ich weiß, ich soll mich nicht in Gefahr bringen, aber es klingt wie der Nachhall dessen, was uns passiert ist, was ich habe passieren lassen, ohne dass Christina und die Kleine eine Wahl gehabt hätten.

Die Kleine kommt und gibt mir einen Kuss.

Dann trete ich hinaus auf die Dorfstraße wie in eine andere Welt. Zum ersten Mal habe ich das Gefühl, dass sich niemand für mich interessiert, dass ich unbeobachtet bin. Durch die Scheibe des Dorfladens blicke ich zurück in die Läden meiner Kindheit, als es kaum etwas gab und die wenigen Dinge in den Regalen auf Lücke gestellt waren, dass die Lücken einen größeren Raum füllten als die Dinge selbst. Im Laden ist niemand, als wüssten die Leute, dass es nichts mehr zu holen gibt. Im Feuerlöschteich spiegelt sich an den blanken Stellen zwischen der Entengrütze der Augusthimmel. Das Wasser unbewegt, bis auf ein leichtes Gekräusel von Wellen, wenn eine Brise sich an der Oberfläche fängt. Aus den Fenstern wehen die Gardinen. Die Leute sind zu Hause, aber sie zeigen sich nicht. Ich wandere auf dem Seitenstreifen hinunter zum Fußballfeld. Einmal drehe ich mich um. Dann wechsle ich in die Mitte der Straße und hüpfe auf den Schatten von Krone zu Krone. Unten im Tal steht eine riesige Fläche gleißenden Lichts. Der Friedhof ist noch da, dazu einige Straßen an den Hängen und die Gartensparte, aber das Tal ist ein Meer, aus dem die lecken Rümpfe der Häuser ragen. Ich denke daran, wie die Russen früher Staudämme anlegten, wie für den Fortschritt riesige Landstriche weichen mussten. Niemand hier hat einen Staudamm gebaut, aber im Radio haben sie gemutmaßt, dass in Tschechien die Staustufen der Elbe geöffnet werden müssen, bevor sie brechen. Ich esse ein paar Himbeeren, zerdrücke sie langsam gegen den Gaumen. In ihrer Süße scheinen sie fast scharf.

*

Die Dose mit den Himbeeren stelle ich an den Rand der Flut, auch den Rucksack lasse ich da, wie man am Strand seine Sachen abstellt. Im Gegensatz zu gestern ist niemand hier. Einen Moment glaube ich, Stimmen aus der Gartensparte zu hören. Ich ziehe mein T-Shirt aus. Die Jeans lasse ich an. Vorsichtig schiebe ich die Zehen ins Wasser. Braun wolkt die Flut um meine Knöchel. Bei jedem Schritt versuche ich, mich an den Lauf der Straße zu erinnern, aber ich kann nur meinen Fußsohlen trauen. Unerreichbar scheinen sie mir, als wären sie zwei eigene Wesen unter dem gleißenden Spiegel. Manchmal treffe ich einen Stein oder Gegenstände, von denen ich keine Vorstellung habe. Ich ärgere mich, dass ich keine Sandalen angezogen habe. Vorsichtig taste ich mich weiter, immer in der Hoffnung, unter Wasser keinen Nagel zu treffen, kein zersplittertes Brett oder scharfes Metall. Das Wasser strömt kaum noch. Manchmal spüre ich einen milden Zug, einen Druck auf die Hüfte. An die reißende Strömung von gestern erinnert nur noch die Tatsache, dass hier alles voller Wasser ist, die ganze Stadt vollgelaufen innerhalb von Stunden, und immer noch steigt der Pegel. Vitos Werkstatt kommt mir in den Sinn. Die Küchenzeile, sein Bett, die Regale und Maschinen. Das alles muss von Wasser umgeben sein, demselben Wasser, durch das ich mir meinen Weg bahne, und mir kommt es so vor, als wäre ich auf diese Art verbunden mit all diesen Dingen, als würde ich selbst in die Vergangenheit zurückreichen, in jedes Leben hinein, das verbunden war mit den Schränken, den Töpfen, den Matratzen, die hier und da noch über das Wasser ragen. Ich bleibe stehen, will meinen Fuß tasten, aber begreife im selben Moment, dass es mir nichts nützen wird. Vielleicht habe ich mich geschnitten, vielleicht nicht. Ich versuche, nicht daran zu denken, wie offen ich jetzt für alles bin, das hier umherschwimmt, das Öl, die Lösungsmittel, den Dünger. Vor mir ziehen träge Schlieren auf der Oberfläche, wirbeln langsam, kreiseln, wie schillernde Galaxien zwischen den Häusern. Ein ganzes Universum die Überschwemmung, ein Universum aus Zerstörung. Ich frage mich, warum ich nicht schon längst auf die Idee gekommen bin, die Füße vom Grund zu heben und loszuschwimmen. Ich schaudere, dann nehme ich Schwung und gleite in die träge Fläche hinein. Den Kopf hebe ich hoch, immer bedacht, nicht aus Versehen einen Schluck zu nehmen. Gegen das Viadukt hin höre ich den Motor eines Schlauchbootes. Der Schall bricht sich zwischen den Häusern, vervielfacht sich. Ich bin für einen Moment nicht sicher, ob nicht eine kleine Flotte von Booten unterwegs ist, aber dann sehe ich das Boot wie auf Patrouille durch die Häuser fahren. Die Gegend ist evakuiert. Ich erschrecke kurz beim Gedanken daran, dass man mich aufgreifen könnte. Aber ich will nichts plündern hier, nirgendwo eindringen. Ich will nur unser Auto finden, Christinas Ausweise und die Spielsachen der Kleinen. Ich schwimme langsam, immer darauf bedacht, dass ein Gegenstand unter Wasser meinen Bauch trifft, dass ich hängen bleibe. Ich fühle mich verletzlich, einsam mit meinem nackten Bauch über der Verwüstung, meinem Geschlecht, meinem Unterleib so fern unter mir. Mit jeder Faser versuche ich zu spüren, dass ich nirgendwo auflaufe, mir den Bauch nicht an einem Gartenzaun aufreiße. Das Wasser spült groß und träge um mich herum. Ich glaube zu wissen, über welcher Straße ich hier schwimme, aber sicher bin ich nicht. Mit dem Kopf knapp über Wasser ist es schwierig, die Orientierung zu behalten. An einer Ecke gerät plötzlich ein Apothekenschild in mein Blickfeld, und ich weiß für dieses Mal, dass ich richtig bin. Ich mache ein paar kräftigere Züge. Das Wasser um mich schäumt. Ich werde wieder zaghafter, bremse ab beim Gedanken an das, was unter mir lauern könnte. Als würde ich über einem riesigen Friedhof schwimmen, unter mir all die Toten, die Steine, vergangenes Leben. Ich weiß, dass der Friedhof am Hang liegt, dass unter mir nur die Stadt lauert. Ich bin der Schwimmer durch die Geisterstadt. Die letzte Seele über einem Leben, das mir unglaublich entfernt vorkommt, unerreichbar in die Vergangenheit gerückt. Ich merke, wie die Strömung munterer wird, und weiß, dass hier der ursprüngliche Lauf des Baches sein muss, und ich weiß auch, dass der Parkplatz des Ärztehauses nicht fern sein kann. Ich lasse mich leicht von der Strömung tragen und wundere mich, wie sich alles beruhigt hat, im Vergleich zu gestern, als der Bach noch tobte und grollte. Aber von vorn ist die Elbe gekommen als träge Barriere, als schlammiger Abschluss, der den Bach zum Verschwinden gebracht hat. Nur als leichter Zug ist er noch spürbar, dass ich durch die Häuser manövrieren kann. Langsam ist mir kalt. Ich habe ein seltsam schweres Gefühl im Bauch, obwohl ich versuche, kein Wasser zu schlucken. Trotzdem kleben mir die Haare am Kopf, als wären sie dick mit Gel eingeschmiert. Je weniger Aufmerksamkeit ich fürs Schwimmen aufwenden muss, desto mehr kann ich lauschen und vor allem riechen. Ich weiß nicht, warum ich den Gestank nicht vorher schon bemerkt habe, aber mit einem Schlag wird mir schlecht, als hätte sich alles, was unter den Fluten liegt, in einem einzigen unbeschreiblichen Geruch vereinigt. Was gestern noch Leben war, ist heute schon Müll, unbrauchbar am Versickern, am Verrotten. Plötzlich denke ich an die Kleine, denke an die Kinderbetten, die unter den Fluten liegen müssen, an die Plüschtiere, die stillen Reste von Butterbroten, die noch auf den Küchentischen gelegen haben. Ein kleiner Wirbel fasst mich. Ich werde um die Ecke der Apotheke getragen, sehe den Brückenbogen vor mir, der zum Parkplatz führt, und muss mich übergeben. Ich mache ein paar kräftigere Züge, halte eilig auf die Brücke zu, deren Scheitel mit dem Geländer einen halben Meter übers Wasser ragt. Ich bekomme die Sprossen zu fassen und ziehe mich hinauf. Rechts neben mir sehe ich ein Stück Kofferraum, eine Stoßstange und ein Nummernschild übers Wasser schauen. Die Sturzflut des Baches muss unser Auto ein Stück mitgespült haben, bis es sich hier an der Brückenmauer zum Parkplatz aufrichtete. Ich huste und weiß nicht, ob mir immer noch schlecht ist oder ob es Wut ist, die in mir hochsteigt.

Ich weiß nicht, warum ich losgeschwommen bin. Vielleicht

aus Trotz, vielleicht habe ich mir auch gar nichts gedacht, wollte nur die Leere fühlen, die Ereignislosigkeit. Ich lasse mich vom Geländer heruntergleiten, mache einige Züge hinüber zu unserem Auto. Ich atme tief ein, versuche Sauerstoff in mich hineinzupumpen. Dann tauche ich hinunter. Ich traue mich auch, die Augen zu öffnen, sehe aber rein gar nichts. Ich strecke die Arme nach vorn, mache ein paar Beinstöße und fühle plötzlich den Kofferraum. Ich taste nach der Heckscheibe, bekomme aber nichts zu fassen, bis ich die Gummidichtung spüre. Ich merke, wie mir die Beine zu kribbeln beginnen und die Arme, wie die Luft weniger wird. Kurz bevor ich auftauche, bin ich mir sicher, dass ich mit der linken Hand das Polster des Kindersitzes berührt habe. Ich tauche auf, schnappe so schnell nach Luft, dass ich fast noch einen Schluck Wasser nehme. Ich ziehe mich hoch aufs Geländer, atme durch. Tränen laufen mir über die Wangen. Als ich wieder ganz da bin, tauche ich zurück. Ich versuche, mir ungefähr die Lage des Kofferraums und des Rücksitzes vorzustellen. Zwei-, dreimal schöpfe ich Atem, dann tauche ich wieder ein. Dieses Mal bin ich schneller. Ich bekomme den Kindersitz zu fassen, schaffe es, die Verankerungen zu öffnen. Eine letzte Anstrengung und der Kindersitz löst sich. Ich ziehe ihn herauf, während ich mich am hinteren Holm festhalte. Der Sitz ist schwer, die Polster vollgesogen mit Wasser. Ich brauche Kraft, um mich selbst und den Sitz über Wasser zu halten. Die Arme werden mir schwer, und so wie ich Kraft verliere, werde ich mit einem Mal wütend: auf das Wasser, auf die Gegend und vor allem auf mich, dass ich hierher zurückgekehrt bin. Jetzt haben wir ein Haus am Ende der Welt, ein ganzes Haus zwar, aber das Tal hier unten ist zerstört. Christinas Ärztehaus und Jans Bus. So weit das Auge reicht eine riesige halb schlammige, halb ölige Kloake und darüber wir: in einem winzigen Dorf mit Leuten, die wir nicht kennen oder die uns nicht kennen wollen. Christina, die Kleine und ich festgebacken an einer Vergangenheit, die allein meine war, die ich hätte vergessen sollen, genauso wie die Apfelbäume und den Himmel. Ich merke, wie ich heftiger atme, wie mir plötzlich wieder Kraft in Arme und Beine schießt. Meinetwegen soll diese Stadt untergehen und wenn ich schon unser Auto nicht retten kann, dann wenigstens diesen Sitz hier, die Hülle, die unsere Kleine behütet hat, als wir mit ihr über Land gedriftet sind. Wo sie geschlafen hat, mit ihren im Traum zuckenden Armen und Beinen. Ich ziehe den Sitz hinüber zum Geländer, reiße die Polster heraus. Ich weiß, dass sie viel zu schwer sind, um zu schwimmen. Ein paar Versuche, und der Schaumstoff wird lose und treibt davon. Ich halte die leere Plastikschale in der Hand, die fast ohne mein Zutun schwimmt, wenn ich es richtig anstelle. Einen Moment harre ich noch auf dem Geländer aus, rieche an meiner Haut, die nach Industrie stinkt, nach Chemie. Dann manövriere ich den Sitz wie ein Boot vor mir her, schiebe abwechselnd mit der einen Hand, dann mit der anderen. Ich merke, dass ich gegen die Strömung des alten Bachbetts nur langsam vorankomme, und nehme einen anderen Weg, auch auf das Risiko hin, dass ich nicht weiß, was unter der Wasseroberfläche lauert. Verkehrsschilder und Laternenmasten sind gute Orientierungen. Ein Zug rechts, ein Zug links, schieben und ziehen. Ich weiß nicht, wie lange ich schon unterwegs bin. Mir kommt es so vor, als wären Tage vergangen. Die Stadt gleitet still an mir vorbei. Ich halte auf den rechten Talhang zu. Dreihundert Meter noch, schätze ich. Sechs Bahnen, in dem Bad, wo ich schwimmen lernte. Eine lächerlich kurze Strecke. Ich drehe den Kopf, versuche, die Kirchturmuhr auszumachen, aber ich brauche alle Aufmerksamkeit für den Sitz, der nur in einer bestimmten Position schwimmt, sonst wiegen die Metallstreben zu schwer. Immer wieder lasse ich die Füße vorsichtig absinken, in der Hoffnung, vielleicht auf Grund zu treffen. Aber meine Bahn scheint bodenlos, bis ich endlich den Lauf der Straße wiedererkenne, die hoch Richtung Dorf führt. Ich fange an zu zählen, um ein Gefühl für die Zeit und für die Strecke zu bekommen, aber ich kann nicht zählen und mich gleichzeitig auf den Sitz konzentrieren. Mein Blickfeld ist auf ein Minimum geschrumpft, zwei schrumpelige Hände, der Sitz und Wasser, dass ich fast erschrecke, als meine Beine auf etwas treffen. Ich habe nicht mehr die Kraft, um darüber nachzudenken, was es ist, ob ich mir wehtun werde. Ich ziehe die Beine kurz zum Körper, dann strecke ich sie langsam senkrecht nach unten aus. Es dauert einen Moment, bis ich merke, dass ich stehen kann. Ich schiebe den Sitz vor mir her wie Kinder ihre Schiffchen im Meer dirigieren. Dann hebe ich ihn heraus, reiße ihn empor wie einen Pokal. Ich schüttele das Wasser von mir ab, so gut es geht. Mache die Dose mit den Himbeeren auf und zerdrücke langsam eine nach der anderen zwischen Gaumen und Zunge.

*

Ich versuche, mich daran zu erinnern, was ich Christina in meinem Brief geschrieben habe. Neben mir der Kindersitz – obwohl er kaum etwas wiegt, ist er mir schwer geworden die letzten Meter zum Fußballfeld hinauf. Ich sitze im Anstoßkreis, die Arme nach hinten gestreckt, den Kopf in den Nacken gelegt. Ich stinke nach Heizöl aus den Tanks, die sich gelöst haben, nach Elbschlamm, nach dem alten Dreck der tschechischen Fabriken. So roch Christina gestern, als sie heimkam. Das ganze Tal ist ausgelöscht. Alles fortgetragen, aufgelöst, zerfallen. Mir hat die Flut Christina zurückgespült. Aber was ich mit dem Sitz soll, weiß ich nicht. Reste von Futter hängen an den Seiten. Die bunten Aufkleber der Kleinen sind kaum noch zu erkennen. Ich stelle mir vor, wie mich jemand aus dem Hubschrauber hat sehen müssen. Ein seltsames Wesen, das sich hinab ins Wasser stürzt. Ein wütender Winzling auf der Suche nach etwas, das außer Sicht ist, verschwunden, ohne Wert. Ich hebe den Sitz auf, trage ihn mit beiden Händen vor mir her über den Rasen, hinter mir die ganze Karawane von Gestalten, die zu mir gehören. Im Gebüsch hinter dem Klubheim lasse ich ihn wieder untergehen, lasse ein Stück von dem untergehen, der ich war.

*

Christina pflückt die letzten Himbeeren. Sie schwitzt leicht, ihre Arme und Beine glänzen. Die Kleine spielt mit Vitos Tieren im Sand. Ich gehe mit Christina hoch ins dritte Zimmer, zeige ihr Tisch und Stuhl und Matratze. Ich weiß nicht, ob diese wenigen nackten Dinge als Erklärung taugen, warum wir drei hier sind. Aber der Himmel ist es nicht und die Apfelbäume sind es auch nicht. Ich ziehe Christina hinüber in unser Zimmer, öffne meine Seite des Schranks und zeige ihr den Karton mit allen Dingen darin. Ich mustere Christina von der Seite, sehe den Schweiß glänzen in ihrer Halsbeuge, in den Grübchen entlang der Schlüsselbeine. Das ist es, was übrig ist von der Zeit hier: der zu Staub zerfallene Tabak, die Murmeln, die Kiefernzapfen. Nicht schwer zu wissen, was diese Dinge bedeuten.

Nimm du sie, sage ich zu Christina.

Sie schüttelt den Kopf.

Bitte, sage ich.

Wir gehen zurück in den Garten. Die Kleine liegt auf dem Bauch im Sand, schaut über die Landschaft, die sie gebaut hat.

Christina und ich gehen in den hintersten Winkel des Gartens, dort, wo man aufs Riff blickt. Ich greife den Spaten, den ich an den Aprikosenbaum gelehnt habe, steche das Gras aus, fange an zu graben. Ich stoße das Blatt fest in die Erde, lehne mich mit dem ganzen Gewicht auf den Rand. Wie dunkel die Erde an dieser Stelle ist. Christina schaut in den Karton und manchmal zu mir. Ich suche fieberhaft nach einem Satz, aber wie kann das gehen, dass man diese Dinge aufhebt: Wie mir die Geburt der Kleinen nicht gereicht hat, wie wir immer noch nicht geheiratet haben, wie wir jetzt in diesem Kaff sitzen, in einem Wurmfortsatz wie früher, obwohl die Straße durchgehend ist, wie ich Christina und die Kleine schonen wollte und das Schweigen sich gebläht hat, bis ich niemanden mehr erkennen konnte.

Dann ist das Loch groß genug. Die Kleine kommt gerannt, um zu schauen, was wir tun. Christina beugt sich hinunter zu ihr, lässt sie in den Karton schauen.

Ich sage: Das sind alte Sachen. Ich brauche sie nicht mehr.

Die Kleine zieht die Stirn in Falten und folgt Christinas Bewegungen: wie sie den Karton ins Loch senkt, ein wenig Erde beiseiteschiebt, damit die Schachtel tiefer rutschen kann.

Zum Schluss senke ich den Deckel darauf.

Aber die Kiefernzapfen waren schön, sagt die Kleine.

Vielleicht wächst ein Baum daraus, sage ich. Aber ich weiß nicht, ob das gehen kann, so alt wie der Zapfen ist. Ich schaufele so viel Erde wie möglich zurück, ziehe sie glatt und setze das Stück Gras wieder ein. Erstaunlich, wie alles passt, wie alles sich fügt. Christina tritt das Stück mit den Füßen fest. Den letzten Rest Erde verteile ich in der Hecke.

Fertig?, fragt die Kleine, wie um zu wissen, dass es nichts mehr zu verpassen gibt.

Fertig, sage ich.

Die Kleine rennt zum Sandkasten zurück. Christinas Brust-korb hebt und senkt sich.

Es tut mir leid, sage ich.

Ein Kribbeln steigt mir in die Hände beim Gedanken, dass ich immer noch nicht weiß, wo Vito ist.

*

Nein, sage ich. Es geht uns gut.

Ich höre Mutter atmen am anderen Ende.

Du weißt doch, wir sind auf dem Berg.

Ach ja, sagt Mutter, als würde sie sich gerade in diesem Moment daran erinnern, wie diese Gegend aussieht.

Dass ich mir Sorgen um sie machen könnte, kommt ihr nicht in den Sinn.

Papperlapapp, sagt sie. Das Wasser geht mich nichts an.

*

Jan, rufe ich. Jan. Wenn ich nicht der wäre, der ich bin, würde ich in die Luft springen. Jans Auto ist vollgeladen mit Essen. Einen Fernseher hat er mitgebracht und Spielzeug für die Kleine. Auch Brigitte ist gekommen. Ich räume das Auto aus, schaue in die Nachbarschaft, ob uns jemand sieht. Schnell bringe ich die Körbe mit den Äpfeln weg, die Konserven, die Marmelade, die Pilze. Als wir den Küchentisch unter die Bäume tragen, taucht die Batikfrau auf. Sie stemmt die Hände in die Hüften und schaut über das Gartentor, aber wir sagen nichts. Wir lassen sie stehen, auch wenn sie versucht, sich groß zu machen. Als wir den Tisch gedeckt haben, wendet sie sich ab. Sie stapft davon, hält den Kopf ein wenig zur Seite, als würde sie hoffen, dass wir ihr etwas nachrufen.

In einem Winkel der Speisekammer finde ich unser Zelt, stelle es neben den Sandkasten. Die Kleine holt ihre Isomatte, den Schlafsack, Kissen und Plüschtiere. Auch Christina bringt ihre Sachen. Irgendwann geben es Brigitte und Jan auf, sich dagegen zu wehren, dass ich ihnen das Schlafzimmer überlassen will.

Mein Lieber, mein Lieber, sagt Jan.

Es sind Wolken aufgekommen, aber wenn es anfangen sollte zu regnen, haben wir das Haus im Rücken. Ein paar Schritte und schon wären wir drinnen. Hundegebell klingt herüber. Ich sitze neben Christina, uns gegenüber Brigitte und Jan, die Kleine als Königin an der Stirnseite, auf einem Sessel, den wir mit Kissen erhöht haben. Christina lehnt unter dem Tisch ihr Knie gegen meines.

Ich spähe über den Gartenzaun. Denke, dass jemand hinter den Büschen vorbeigeht, kann aber niemanden entdecken. Als ich mich das nächste Mal mit einem Apfelschnitz zur Kleinen hinüberbeuge, ist sie eingeschlafen, ihr Kopf auf den Tisch gesunken. Brigitte bringt einen Waschlappen. Wir breiten eine Decke ins Gras, legen sie hin und ziehen sie um. Ihre Beine und Arme schlenkern, ein kleines, weiches Kind. Ich mache das Zelt auf und krieche hinein. Christina legt mir die Kleine in die Arme. Ich baue ihr ein Nest zwischen unseren Schlafsäcken. Die Wolken sind dichter geworden. Es ist schwül und still, als wäre die Luft zäher und die Geräusche hätten Mühe, ihren Weg zu finden. Die Farbe der Wolken mischt sich mit der Farbe der Blätter über uns, mit der Farbe des Dachfirsts, als würde sich die Welt jeden Moment auflösen, übergehen in den Himmel und nichts weiter. In der Ferne rollt schläfrig der Donner. Als wir gegessen haben, tröpfelt es ein wenig. Zwischen den Wolken erscheint ein milchiger Mond, und würde er nicht dort stehen, hätten wir noch nicht einmal begriffen, dass es ein Wolkenloch ist, auf das wir schauen, so Ton in Ton ist jetzt alles blau. Wir wünschen uns eine gute Nacht. Brigitte und Jan winken uns von der Schwelle zu. Zwei scharfe Silhouetten gegen das Flurlicht. Dann ziehen sie die Tür unseres Hauses ins Schloss. Die helle Bahn über dem Rasen verlischt. Ich sehe Christinas Beine weiß im Dämmerlicht, als sie hinein zur Kleinen kriecht. Einen Moment stehe ich noch unter den Bäumen. Da kommt er wieder, der Dorfwind. Hat uns alle hier gefunden. Ich ziehe die Jeans aus. Die Luft fließt mir kühl um die Beine. Ich schließe den Reißverschluss des Zeltes. Nur oben lasse ich einen Spalt offen, damit unser Atem hinein- und hinauskann. Christina ist in ihren Schlafsack gekrochen, hat ihn aber offen gelassen. Sie tastet mit einem Fuß nach mir. Jetzt könnte ich fragen. Jetzt könnten wir die Himmelschlüssel zurücklassen, und Christina würde mir etwas über das Haus erzählen, wo sie aufgewachsen ist. Aber ich tue es nicht. Ich klemme nur Christinas Fuß sanft zwischen meine Beine, spüre ihre Knöchel, spüre das Blut pochen in den Adern auf dem Fußrücken und denke mir eine Geschichte dazu. Eine, die Jan etwas taugen würde. Eine, die uns allen hier etwas taugen würde. Ich weiß noch nicht, wie sie gehen soll, aber sie würde vom Weglaufen handeln. Alle kämen wir vor: Christina, Vito, ich, unsere Eltern, die Leute im Dorf, die Glatzen. Uns geht es allen gleich. Nur jedem auf seine Weise.

*

Es beginnt wieder zu regnen. Die Tropfen sind ganz nah auf der Zeltplane. Christinas Atem geht regelmäßig. Auch die Kleine schläft tief. Ich bin im Innern des Regens. Ich bin tief in einem Tropfen. Die Welt außen schillernd verzerrt. So ist es, im Traum umherzugehen. Alles ist jetzt und zugleich. Vater fährt auf seinem Fahrrad durch fliegende Schauer. Mutter lackiert sich die Fingernägel mit Wasser. Vito gießt sich selbst. Er hat ausgetrieben, sein Bein ist ihm wieder gewachsen. Die Kleine ist Zirkusdirektorin in einem schillernden Kleid. Ihre Holztiere springen von Podest zu Podest. Christina und ich sitzen im Publikum und klatschen.

*

Vier Tage sind vergangen, seit das Wasser gekommen ist. Immer noch ist die Elbe am Steigen. Weiter unten sind aus der Oper die Kleider weggeschwommen. Schaut euch das an, hat Jan gerufen. So haben sich die Kostüme auf den Weg gemacht, die Reifröcke, Tutus, Negligés. Alles hat der Fluss genommen und mit sich getragen. Wie die Elbe sich um die Kleider kümmern kann, wird sie Vitos Werkstatt ausgeräumt haben. Nur die Werkbänke geblieben, die Drehmaschinen, Schraubstöcke, aber was heißt das schon: geblieben. Wie Säure ist das Wasser, selbst wenn es nur träge strudelt, löst es die Dinge auf, frisst sie auf, zerbricht sie. Wie muss das sein, mit nur einem Bein in diesem Wasser zu schwimmen?

Ich lache mit der Kleinen, spiele stundenlang, aber jede Minute ist lang wie ein Tag. Ich schäme mich für meine Sorge, jetzt, wo Christina wieder da ist und die Kleine, aber je mehr Sandkuchen ich aussteche, je mehr Eimer ich mit Wasser fülle, desto öfter muss ich an Vito denken. Ich sehe ihn in der Dämmerung im Gras liegen, aus unserem Anhänger in die Wiese geschleudert, die Augen halb offen. Sein Gesicht blass unter mir, ich über ihm. H i l f e. Ich hole Hilfe, sage ich, und mir ist, als müsste ich ihn immer noch tragen, obwohl die Kleine vor mir sitzt und erwartet, dass ich die größte aller Sandburgen baue, mit Prinzessinnen, Drachen und vielen, vielen

Tieren. Ich gehe ums Haus, wandere zwischen den Bäumen umher.

Christina ruft nach mir, und ich werde klein und still, weil am Ende sie es ist, die mich auf den Weg schickt. Ich setze mich zu Jan ins Auto. Wir fahren über die Dörfer. An der brüchigen Einfassung für die Rüben biegen wir ein zwischen die Felder.

Endlich mal was los, sagt Jan.

Wir haben die Fenster offen. Ich schnuppere an der Luft und weiß nicht, ob es wirklich nach Wasser riecht, nach Feuchte und Flut aus dem Tal herauf, oder ob ich mir alles einbilde.

Hier habe ich eine Geschichte für dich, sagt Jan.

Das Mädchen, das oben in der Festungsküche die Bohnen geschnippelt hat und die Möhren, die musste einmal bei einem Fest als Bedienung aushelfen. Ein Prinz verliebte sich unsterblich in sie. Aber sie hatte Angst, rannte weg und verlor ihren Schuh.

Nicht diesen Blödsinn, sage ich zu Jan.

Für den Blödsinn bist du zuständig.

Ja, erwidere ich. Das ist ganz was Neues. Vielen Dank dafür.

Sag Christina, dass ihr ganz neu anfangt. Dazu ist das Wasser gut. Ist eh alles weg.

Nicht diesen Blödsinn, sage ich zu Jan. Nicht dieses große Gerede.

*

Unsere Höhle ist leer. Fußspuren überall, auch der Abdruck von Isomatten und Schlafsäcken. Wir hören hinaus in den Abend, sehen die Festung gegenüber thronen. Kein Mensch zeigt sich auf den Balustraden. So habe ich mir als Kind die Welt nach dem Krieg vorgestellt, alle Dinge noch da, aber die Menschen verschwunden.

Gehen wir, sagt Jan.

Aber ich kann nicht, krieche nochmals ans Ende unseres alten Unterschlupfs, habe das Gefühl, dass es nach ungarischer Salami riecht und Bier, aber finde nur den Unterschlupf eines Siebenschläfers, einige Federn und Gewerk. Ich lösche die Taschenlampe und verharre zusammengekauert im Dunkel.

Was ist los bei dir?

Jans Stimme dringt von fern zu mir herein, findet mich unter Tonnen von Sandstein, Lehm, Farn, Bäumen und allen Dingen, die sonst noch über mir lasten. Ich robbe aus der Höhle, steige die Rinne daneben hinauf, bis ich auf dem Plateau stehe. Ein Meer aus Farn, eine andere Flut.

Vito, rufe ich so laut ich kann und noch einmal: Vito.

Jan kommt hinter mir die Rinne hinaufgekeucht. Du nimmst diese Seite, sage ich und zeige auf den Pfad, der sich am nördlichen Rand des Plateaus entlangschlängelt. Ich rufe aus Leibeskräften. Auch Jan höre ich immer wieder, wie ein Echo meines eigenen Rufens zwischen den Stämmen. Wenn ich Atem schöpfe, höre ich den Wind in den Kiefern wühlen, aber der Farn liegt unbewegt. Das Licht filtert träge herein. Gleißende Flecken Helligkeit und fliegender Staub narren mich. Hier und da glaube ich einen Kopf zu sehen, oder ich halte einen Stamm für Vitos Gestalt. Eine Viertelrunde habe ich schon gemacht. Jan scheint zu schweigen. Ich lehne mich an einen Stamm, schreie mit aller Kraft. Kommandant, Kommandant, scheinen die Kiefern zu rauschen. An der Westspitze des Plateaus steht Vito und winkt. Selbst wenn ich die Augen zusammenkneife und mir mit der Hand übers Gesicht fahre, verschwindet seine Silhouette nicht. Ich springe über Wurzeln und Steine. Auch Vito kommt auf mich zu. Er hat sich zwei Taschen um den Hals gehängt.

Warum bist du nicht gekommen?, schreie ich.

Ich kann den Ruß auf seinen Wangen erkennen, die feinen Striemen Schweiß und Dreck die Schläfe entlang.

Warum bist du nicht gekommen?

*

Wir sind jetzt alle zu Hause. Vito ist sofort in sein Zimmer zurückgekrochen. Er ist mit dem Auto gerade noch davongekommen. Wir haben es unterhalb der Höhle stehen gelassen, sind mit Jans Auto zurückgefahren. Ich schaue auf meine Hände, die alles, was sie berührten, in Verschwinden verwandelt haben. Aber jetzt ist das Haus voll, und ich weiß nicht weiter. Die anderen sind längst schlafen gegangen. Die Kleine liegt im Zelt. Ich sitze draußen mit Christina am Tisch.

Wir müssen funktionieren, sagt sie. Solange das Wasser da ist, müssen wir funktionieren.

Aber ich will wissen, was passiert, wenn das Wasser weg ist. Ich schaue Christina an. Wie wenn man ein Wort tausendmal vor sich hin spricht, bis es einem fremd erscheint, sehe ich eine andere Christina. Schmerzhaft nah ist sie mir, als hätte ich ihr die ganze Zeit wehgetan, ohne auch nur die geringste Notiz davon zu nehmen, weil ich sie für die Christina hielt, die sie nur in meinen Augen war. Die Flut hat sie mir zurückgebracht. Jetzt kann das Wasser steigen und steigen, dann bleiben auch wir zusammen. Christina kommt zu mir herüber, setzt sich auf meinen Schoß, legt den Kopf auf meine Schulter. Ich lasse den Blick leer werden, aber dann sehe ich jemanden auf der Straße vorbeigehen, eher langsam, als suchte er etwas. Auch Christina löst sich von mir, kriecht hinein zur Kleinen, weil sie es ist, auf die wir aufpassen müssen. Aber oben im Haus schläft Vito. Er ist da, wie er immer da war.

Die Sterne flackern unruhig. Sie scheinen die Farbe zu

wechseln, flimmern rot oder grün, wie sie es damals taten, als Vito in unserer Höhle schlief und ich allein in der Nacht ausharrte. Ich schaue auf unser Haus, das wir für Vito, Jan und Brigitte aufgegeben haben. Unser Auto fehlt mir. Ich kann über die rau gewordenen Polster tasten, kann das vom Parken heiße Lenkrad anfassen oder sehe mich hinten neben der Kleinen, während Christina unbeirrt fährt.

*

Es wird langsam hell. Ich weiß nicht, ob ich die ganze Nacht wach war, aber es fühlt sich so an. Ich lege der Kleinen eines von Vitos Tieren in die Hand. Ihre Finger schließen sich im Schlaf. Christina ist an den Rand gerutscht. Ihr Rücken lehnt an der Plane, dass Innen- und Außenzelt sich berühren. Ich sehe unseren Atem, der über Nacht kondensiert ist. Ich schaue auf den feuchten Film wie auf die Karte eines nie gesehenen Landes. Kurz drifte ich weg, bis unsere Haustür klappt. Jemand läuft durch den Garten. Ich höre die winzige Synkope im Gang.

Ich spähe zwischen den Büschen hindurch, bis ich sicher bin, dass Vito mich nicht mehr sehen kann. Dann trete ich hinaus auf die Straße. Ich schaue nach links und nach rechts. Vito kann nur in Richtung Felder gegangen sein. Die Häuser werfen die ersten langen Schatten. Ich wundere mich, dass auf der Frontscheibe von Jans Auto ein Schmetterling sitzt. Langsam gehe ich näher heran, um ihn nicht zu verscheuchen. Unter dem rechten Scheibenwischer steckt ein Zettel. Unmöglich, dass Jan hier jemand kennt. Das Papier ist großkariert, wie die Bögen früher in der Schule, als wir Zahlen schreiben lernten. In Druckschrift stehen säuberlich in jedes Rechteck eingefüllt zwei Zeilen untereinander:

Was macht der Tscheche hier?
Er ist schuld.

*

Die ganze Zeit, die ich Vito jetzt schon folge, halte ich den Zettel in den Fingern. Erst habe ich ihn zusammengeknüllt, dann wieder glatt gestrichen. Als Erste ist mir die Batikfrau eingefallen, aber sie hat sich mit der Schiebermütze unterhalten, und mit wem sich die Schiebermütze alles unterhält, das weiß ich nicht. Ich balle eine Faust und spucke in den Sand. Nichts weiß ich. Alles schwebt. Und stinken tut es auch. Gerade so, dass man es riecht und dann wieder nicht. So machen sie das hier: Nichts und niemanden bekommt man zu fassen. Und würde ich fragen, dann käme bestenfalls Schweigen zurück, aber viel eher ein Lachen. Ich denke an das Obst, das ich manchmal auf der Steinsäule gefunden habe. Ein Scherz ist es gewesen und nicht mehr.

Vito geht erstaunlich schnell. Mittlerweile ist die Sonne über den Wald gestiegen. Der Weg ist ein flirrender Teppich von Lichtflecken und Schatten. Wenn ich aus einem Baumschatten heraus wieder ins Helle trete, dann bin ich einen Moment geblendet. Vitos Gestalt vor mir verschwindet und flammt wieder auf, dass ich an den unruhigen Flug der Glühwürmchen denke, die in den Böschungen aufscheinen und verlöschen. Ich denke an die Dinge, die ich weiß über Vito. Meistenteils ist es dunkel, nur manchmal ein kurzes Glimmen.

Durch die Stämme hindurch glänzt schon die Elbe. Ich bleibe zurück. Vito läuft nicht mehr so schnell wie zuvor, als ob er Angst hätte, sich zu nähern. Zwei Hubschrauber donnern über den Wald. Erst als es wieder ruhig ist, geht Vito weiter. Es sind

185

noch hundert Meter bis zum höchsten Punkt der Gartensparte, wo der Wald aufhört und zwei Bänke stehen.

Vito geht die letzten Meter wie in Zeitlupe. Als er aus dem
Wald hinaustritt, leuchtet er auf im tiefen Licht. Er steht reglos. Die Schultern hinaufgezogen, den Kopf starr nach vorn.
Ich weiß nicht, ob mir die Sonne einen Streich spielt. Vito
scheint zu schwanken. Ein, zwei Minuten hält er aus, bis er die
Hände nach der Lehne der einen Bank ausstreckt und sich
setzt. Ich bleibe hinter einer riesigen Linde verborgen. Die
ganze Zeit habe ich so hinter Vito gestanden. Er kann mich
nicht sehen. Wir können uns weder unterhalten noch zuwin-
ken, aber ich bin da gewesen.

*

Wenn ich hinter dem Stamm hervorschaue, sehe ich die Dächer der Stadt-die-keine-ist. Und ich sehe die Flut. Das Wasser ist höher gestiegen als gestern. Gegen das Wasser und die
Dächer hebt sich scharf Vitos Silhouette ab. Reglos thront er
über dem Geschehen. Wenn uns Christina so sähe, dann würde sie in Lachen ausbrechen. Ich, hinter einem Baum wie ein
Dieb, und Vito ahnungslos über der Katastrophe.

Ich trete fest auf. Der Splitt des Forstwegs knirscht. Ein paar
Schritte genügen und Vito dreht sich um.

Kann ja nicht anders sein, sagt er.

Ich habe mir Sorgen gemacht, erwidere ich.

Das habe ich auch, sagt Vito. Ist aber nichts mehr da, um
das man sich Sorgen machen kann.

Fast scheint Vito zu lächeln, aber seine Augen sind müde.

Und ich wollte durch die Wälder mit dir, sage ich und weiß
nicht, ob Vito seufzt oder kurz auflacht.

Ich habe fast keine Schulden mehr gehabt, sagt er.

Du bist schlauer gewesen, mit dem Haus der Kosel auf dem Berg, sagt Vito.

Zufall, erwidere ich.

Jetzt setz dich endlich hin, sagt er und zeigt neben sich. Er zieht eine Schachtel Zigaretten aus der Hosentasche. Endlich schaffen wir es mal, eine zusammen zu rauchen. Hat eine Weile gedauert.

Aber ich rauche nicht.

Dann machst du es jetzt. Ist ein guter Zeitpunkt, findest du nicht? Hier nach all den Jahren eine zu rauchen. Jetzt, wo alles untergegangen ist, ist Platz für was Neues. Vito steckt sich eine Zigarette in den Mund, reißt ein Streichholz an und nimmt ein paar Züge. Der Rauch steigt langsam. Es ist absolut windstill. Hier, sagt er und hält mir die Schachtel hin.

Ich fingere nervös eine Zigarette heraus. Vito zündet ein Streichholz an und beugt sich zu mir herüber, als die Verschwörer von damals.

Ich nehme einen vorsichtigen Zug, halte die Luft im Mund. Erst beim zweiten Versuch lasse ich sie in die Lunge hinabgleiten. Mir schnürt sich die Kehle zu, als hätte ich einen heißen Strick um den Hals.

Atmen, sagt Vito und grinst.

Ich atme aus und hastig wieder ein, dass ich mich am eigenen Atem verschlucke. Ich kann nicht mehr aufhören zu husten. Vito schaut mich an und lacht, erst zögerlich, dann so laut, dass mein Husten und sein Lachen sich als Echo in der Hochwasserstille zu brechen scheinen. Gerade wenn ich aufhöre zu husten, muss ich selbst lachen, und der Husten kommt wieder. Auch Vito kann nicht aufhören. Wir lachen, bis uns die Tränen kommen. Unten, die Flut, das Öl, das Treibgut, das sich am Rand riesig aufgeschoben hat, dass wir es selbst von hier oben sehen können.

Wir lachen, bis jemand vor uns steht. Vito nimmt einen Zug und bläst den Rauch zur Seite davon. Der Mann steht still und mustert uns über dunkle Tränensäcke hinweg. Sein Kopf ist kahl und mit kleinen, vergrindeten Wunden übersät. Er scheint eine Antwort zu erwarten.

Ich guck nur, was weggeschwommen ist, sagt Vito.

Ach, sagt der Mann. Das blau-beige Muster seines Unterhemds dreht sich mir vor Augen.

Ist meine eigene Wohnung, die weggeschwommen ist, mit allem was meins war, wenn Sie wissen, was ich meine.

Vito zieht wie zufällig das Hosenbein ein Stück hoch, dass seine Prothese zu sehen ist.

Der Mann fährt sich müde mit der Hand über das Gesicht. Einen Moment denke ich, dass sein Ärger verflogen ist, aber dann zeigt er auf mich.

Und der da?

Wir sind Freunde, sage ich und schaue Vito von der Seite an.

Du bist aber nicht von hier, sagt der Mann.

Wieso?

Du redest so fein.

Ich rede, wie ich rede, sage ich.

Also doch auf Tour, sagt der Mann.

Wie auf Tour?, frage ich.

Hier ist evakuiert.

Ich schaue dem Mann ins Gesicht. Ich starre ihn von unten heraus an. Schweiß steht ihm auf der Stirn. Seine Tränensäcke glänzen. Erst jetzt sehe ich, wie alt er sein muss. Seine Schultern hängen und sein kahler Schädel ist an manchen Stellen fast weiß, ohne Pigment. Er tut mir leid. Ich will nicht, dass er mir leidtut.

Weil wir was klauen wollen, lachen wir so laut. Damit alle

wissen, dass wir da sind, sage ich. Wir lachen alle besoffen und dann gehen wir auf Tour. Der Einbeinige und ich.

Der Mann hebt beschwichtigend die Hände und geht einige Schritte rückwärts, bis er die Stufen zu den Bänken hinunterstolpert. Mir ist schlecht von der Zigarette und mir ist schlecht von meiner Wut. Als würde ich immer dasselbe Gespräch führen. Die ganze Zeit, die ich hier bin, nur ein Gespräch, egal, wovon es handelt, immer kommt der Punkt, wo ich falle und falle, aber heute bekomme ich etwas zu fassen, ein Griff wie ein scharfes Ohr, dass ich mich fangen kann und hochziehen.

Hier, sage ich zu dem Mann und halte ihm das Päckchen Zigaretten hin.

Ich wohne da hinten im Dorf. Mein Vater hat bei der Wismut gearbeitet, bis ihn die ganze Russenscheiße geholt hat. Ich konnte diese Gegend nicht vergessen. Und ich konnte ihn nicht vergessen. Deshalb sind wir hier.

Ich lege Vito die Hand auf den Rücken.

Also, nehmen Sie schon, sage ich und hebe das Päckchen ein wenig höher.

Ihr seid zwei Vögel, sagt der Mann, aber dann kraucht er doch wieder die Stufen zu uns herauf. Ich rücke näher an Vito heran. Der Mann lässt sich mit einem Seufzer auf die Bank fallen. Er riecht sauer, aber es ist mir egal. Jetzt sitzen wir hier und schauen. Wir sind die, die Caspar David Friedrich nicht gemalt hat: drei Männer in Betrachtung der Flut. Ich weiß nicht, was der Mann sieht, und ich weiß auch nicht, was Vito sieht, ob sie zurückschauen oder vorwärts oder sich gänzlich in dem fangen, was noch vorhanden ist. Ein paar Giebel, die Kronen der Bäume und die krummgetretene Treppe, die durch die Gartensparte hinab ins Wasser führt, dorthin, wo alles Vergangene beginnt, weil alle Dinge, die untergegangen sind, weder Gegenwart noch Zukunft haben. Auch wenn sie noch vorhanden sind, von nun an existieren sie in einer anderen Welt, unnütz geworden, unbrauchbar und mit ihnen alle Zeit, die vergangen ist. Plötzlich alles nicht mehr zu verwenden. Niemand hätte das malen können. Die größere Flut in uns, die Jahre unter dem Wasser in einem System und im nächsten.

Ich merke, dass meine Hand noch auf Vitos Schulter ruht. Und dann hebe ich auch den anderen Arm.

*

Manchmal schauen wir uns um, aber der Weg hinter uns liegt leer und gleißend im Morgenlicht. Die Stämme zu beiden Seiten wie eine Wand, auch wenn es keine ist.

Hier, sage ich zu Vito und drücke ihm im Gehen den Zettel in die Hand.

Das ist, weil sie denken, dass die Tschechen alles verbockt haben, weil sie die Staustufen geöffnet haben.

Ich weiß, sage ich. Aber es stimmt nicht.

Ja, aber es ist einfacher so, sagt Vito. Wenn du jemanden hast, ist es einfacher.

*

Wir pflücken Blumen, was die Feldränder hergeben. Für Mohn ist es schon zu spät, auch Kornblumen gibt es nur noch wenige, dafür Margeriten und die ersten violetten Disteln. Ich denke an unser Haus, das auf uns wartet, an Christina, die Kleine, an Jan und Brigitte. Ich denke daran, dass der Tisch im Garten steht, und jeder redet so, wie er redet, ohne dass hinter den Gartenzäunen mitgehört wird. Ich werde Jan den Zettel nicht zeigen und ich bitte Vito, dass er ihn vergessen soll. Wir haben jeder einen struppigen Strauß im Arm. Ich bin stumm, weil jeder Satz in Gedanken falsch klingt oder unmöglich, weil ich nicht weiß, wo ich anfangen soll, und wenn ich denn anfangen würde, wo ich überhaupt hinwill. So sammeln wir, reißen Strunk um Strunk aus, knicken die haarigen Stiele ab, um alles auf dieselbe Länge zu bringen. Wir haben noch nicht einmal eine Vase, die so groß wäre. So vieles, das uns fehlt. Aber jetzt, wo wir alle da sind, schreckt mich der Gedanke nicht mehr. Vitos und meine Flucht kommt mir wieder in den Sinn, wie der Wind durch die Steppe von Baikonur strich und wie wir uns hinauskatapultierten in unseren eigenen Orbit, wie wir das Dorf zurückließen, unsere Eltern, die Gaffer und die Schwätzer. Und in diesem Moment, wo ich mit Vito knietief im Böschungsgewucher stehe und die anderen sicher im Haus weiß, in diesem Moment höre ich das Zischen der Versorgungsstufen. Unter mir ein riesiger Auftrieb. Etwas zündet und die Batikfrau wird klein genauso wie die Schiebermütze und alle anderen im Dorf. Ich kann vergessen, dass sie mich aus dem Teich davongejagt haben. Aber wie lange, das weiß ich nicht, und auch nicht, ob es reicht für die Schwerelosigkeit.

*

Die Kleine läuft uns entgegen. Ich lege ihr meinen Strauß in die Arme. Sie kann ihn kaum tragen. Christina holt mit der Kleinen zwei Eimer. Einen Strauß stellen wir auf die Stufen zum Haus, den anderen auf den Briefkasten vorn am Zaun. Wir erzählen, wo wir gewesen sind, wie schnell die Elbe ist. Aber den Mann erwähne ich nicht, genauso wenig wie den Zettel.

Ein paar Leute stehen draußen in Grüppchen zusammen und rauchen. Ab und zu schaut jemand herüber. Aber die Batikfrau sehe ich nicht und die Schiebermütze auch nicht. Es sind andere Leute. Manchmal kommt einer und manchmal geht einer.

Siehst du die?, frage ich Jan.

Die feiern was, sagt er, aber er dreht sich immer wieder zur Straße hin.

Ich will Christina nicht beunruhigen. Sie hat sich in den hintersten Winkel des Gartens zurückgezogen, liest oder schläft. Auch Vito bleibt in seinem Zimmer. Ich sitze mit Jan bei der Kleinen. Wir haben den Gartenschlauch bis zum Sandkasten gezogen und bauen an einer Murmelbahn, die sich die Kleine gewünscht hat.

Papa, du passt nicht auf, sagt sie.

Ein Hund bellt. Ich denke an den Zettel, der immer noch in meiner Hosentasche steckt.

*

Sie stehen am Gartenzaun und schauen, ein schweigendes Spalier Leute. Wo die Büsche lichter sind, leuchten blasse Gesichter durchs Laub. Wir essen. Das Besteck klappert. Ich kann hören, wie ich schlucke. Die Kleine kaut tief über ihren Teller gebeugt, aber ihr Brot wird nicht kleiner.

Hier, nimm noch, sage ich laut zu Jan, strecke ihm den Brotkorb hin und drehe mich zur Straße. Ich sehe, wie die Köpfe sich auf mich ausrichten. Auch die hinter den Büschen wenden sich mir zu.

Danke, mein Lieber, sagt Jan. Danke.

Jan redet mit Brigitte.

Ein Flüstern geht durchs Spalier. Sie stehen auf der anderen

Seite des Zauns. Wir essen auf unserer Seite, nicht mehr und nicht weniger. Das rede ich mir ein.

Christina nimmt die Kleine auf den Arm und trägt sie ins Haus.

Fürchtet sich das Kind? Ja, fürchtet sich.

Ich versuche, mich an die Stimme vom Teich zu erinnern, aber ich weiß nicht, ob es dieselbe ist.

Das sollte sie, sagt die Stimme. Gelächter kommt auf.

Ich nehme drei Bier aus dem Wassereimer. Wir stoßen an. Aus den Flaschen rinnt der Schaum. Ich versuche, einen tiefen Zug zu nehmen.

Auch Brigitte geht ins Haus.

Da verpisst sich die nächste, ruft eine hohe Frauenstimme, die sich vor Aufregung überschlägt. Vereinzelt wird geklatscht.

Vito rückt den Stuhl weg vom Tisch, streckt lang sein Bein aus und dreht sich zum Zaun.

Ich mach jetzt mal Kino, ruft er.

Jan setzt sich neben Vito, auch ich reihe meinen Stuhl ein. Ich kneife die Augen zusammen, versuche, jemanden zu erkennen. Alles Fremde. Blasse Geister, wer weiß woher gekommen. Müde sehen sie aus, halten sich mit aller Kraft.

Vito geht auf seinen Stützen schwankend ins Haus. Als er wiederkommt, trägt er seine Prothese.

Ich bring jetzt mal das Geschirr rein, sagt er, oder will noch jemand was. Er streckt die Hände Richtung Zaun. Du oder du oder du.

Nicht frech werden, ruft einer hinter den Büschen hervor.

Sonst was?, ruft Vito. Sonst mischt ihr den Einbeinigen auf, den Tschechen, ein vierjähriges Mädchen und alle anderen hier.

Wir tragen die Teller zurück ins Haus, die Schalen, die Gläser, den Rest Käse, Brot und Wurst. So wie der Tisch leerer wird, wird das Spalier löchrig. Ein paar Zigaretten glimmen auf. Mittlerweile wird auch gesprochen. Wir haben das Licht im Haus nicht angemacht, waschen im Dunkeln ab.

Die Kleine liegt wach in unserem Bett. Christina hat sich an sie geschmiegt, hält ihre Hand und redet leise.

Jan hat sich unten auf die Couch gelegt, zu seinen Füßen eine Flasche Bier und mein alter Spaten. Ich zeige Jan den Zettel.

Meine Fresse, sagt er. Morgen bin ich weg hier.

Das wird nichts ändern, erwidere ich.

Vito steht immer noch vor dem Haus.

Geh schlafen, sage ich.

Schlafen, dass ich nicht lache.

Ich rolle uns die Isomatten neben die Eingangstür, breite die Schlafsäcke aus.

Hast du Jiří mal wiedergesehen?

Ist gestorben, hat sich zu Tode gesoffen, hat das Nichtstun nicht ausgehalten.

Vito streckt die Hand zu mir herüber.

Dass wir mal wieder draußen schlafen. Wir gegen die Welt. Muss wohl so sein, sagt er und deutet auf die letzten zwei verbliebenen Gestalten.

Ich weiß nicht, was ich machen soll, sage ich zu Vito.

Da fragst du mich. Du hast Nerven.

*

Es ist der zehnte Tag des Hochwassers. Der Pegel ist gesunken. Die Stadt-die-keine-ist taucht wieder auf. Wir haben ein Stück vom Zaun ausgehängt. Jan ist mit dem Auto in den Garten gefahren.

Ein Rad habe ich noch, sagt er.

Ich habe vom Zelt aus gehört, wie die Luft aus dem Reifen

zischte, aber gesehen habe ich niemanden, obwohl ich so schnell aus dem Zelt stürmte, dass die Kleine munter wurde. Es muss jemand aus den Nachbarhäusern gewesen sein, sonst verschwindet man nicht so einfach.

Wir machen weiter. Das Haus strahlt. Jan hat sich durch den Garten gewühlt, die verblühten Rosen verschnitten, die Büsche gestutzt. Der Zoo der Kleinen ist am Wachsen. Der Sandkasten quillt über mit Tieren, aber das Auto gefällt der Kleinen nicht.

Es riecht komisch, sagt sie. Es soll weg.

Draußen auf der Straße hat ein Rad ein Loch bekommen, wegen der Steine, sage ich.

Aber es ist doch gar nicht gefahren, erwidert die Kleine. Sie lächelt ihr Kinderlächeln, wie sie es immer tut, wenn sie merkt, dass wir etwas verborgen halten vor ihr.

Aus ganz Deutschland karren sie die Leute an. Sie breiten die Arme aus. Alle sind sie willkommen. Ein Jubel wie beim Mauerfall, wenn die nächste Feuerwehr einfährt. Sollen kommen und pumpen, im Dreck wühlen, Öl abscheiden. Und auch die Kisten mit Essen sind willkommen, die Ladungen von Sachen, gebrauchten Möbeln. Aber was mit uns ist, weiß ich nicht.

Ich kann denen da unten nicht helfen, sage ich zu Christina, die mit Brigitte die Sachen der Kleinen flickt.

Das ist nicht das Wort, sagt Christina, die Nadel schimmernd zwischen ihren Fingern. Um können geht es nicht.

Ich ziehe schnaubend davon, lasse Christina und Brigitte allein.

Die Kleine sitzt mit Jan im Auto. Er hat den Motor angemacht. Die Kleine gibt im Leerlauf Gas und lacht.

*

Ich platze vor Langeweile, aber hinunter ins Tal gehe ich nicht. Und wenn überhaupt, dann nur für Vitos Werkstatt, aber so nah an der Elbe ist das Wasser immer noch da und wird bleiben. Das sagen sie in den Liveschaltungen, in die Jan versinkt. Ich weiß nicht, warum er das alles sehen will.

Mach das Ding aus, sage ich.

Dann trollt sich Jan, geht mit der Kleinen spielen oder lässt sich von Vito zeigen, wie man schnitzt.

Ich habe Sehnsucht nach Christina, versuche ihr bei den wenigen Dingen zu helfen, die wir zu tun haben.

Jetzt lass mich mal machen, sagt sie, und ich muss mir einen anderen Ort suchen.

Ich will mich in den Schatten strecken und schlafen, aber ich kann nicht. Genauso wenig traue ich mich, den Umkreis unseres Hauses zu verlassen. Wie ein Bannkreis ist der Zaun. Ein seltsames Gefängnis, alle Türen weit offen, aber niemand von uns kann entkommen.

*

Geh helfen, sagt Christina. Sonst gehe ich.

Sie streckt mir ihre Hände entgegen, wie um zu sagen: Jetzt bist du dran, dir die Finger schmutzig zu machen.

Christina will eine Antwort von mir. Nicht schwer, das zu wissen. Ob ich mich aufraffen kann, ob ich mich ändern kann, zu einem, der sich mit Haut und Haaren in die Dinge stürzt, ohne dass es einen Unterschied macht, was war oder ist.

Ich fasse Christina an den Schultern und drehe sie sacht in Richtung Straße.

Alle stehen sie da, zumindest alle, die glauben, dass das Hochwasser eine Verschwörung der Tschechen ist. Und deshalb tut keiner von uns hier ein Auge zu. Und deshalb lassen wir die Kleine keinen Moment allein. Wie viele von denen hat Christina geradegebogen, aber ob sich einer erinnert, ist nicht zu sehen. Für mich nicht und für Christina nicht, die sich auf die Lippe beißt. Ich drücke Christina an mich, weil es das ist, was zu tun ist. Nicht auseinanderfallen, dem Druck nicht nachgeben, mit der Kleinen spielen und lachen, Jan und Brigitte danken, dass sie unser Boot hier am Kentern hindern, Vito daran erinnern, dass er sich nicht verstecken muss, und in unbeobachteten Momenten, wenn das Haus still liegt, miteinander schlafen.

*

Wir sind wie Diebe, aber es ist unser Zaun, in den wir ein Loch schneiden, damit wir direkt hinaus auf die Felder kommen. Wir zwängen uns durch die Büsche. Die Kleine reißt sich ein wenig den Arm auf, ist aber zu tapfer, um zu weinen. Wir gehen hintereinander wie die Indianer. Ich vornweg, mit der Kleinen auf den Schultern. Hinter uns Christina, dann folgen Brigitte und Vito. Am Ende geht Jan. Unsere Schatten laufen lang und dünn neben uns. Wenn ich den Kopf drehe, sehe ich den seltsamen Zug Gestalten, der wir sind, mit den großen Rucksäcken wie Schneckenhäuser. Jan fängt an zu winken. Die Kleine winkt mit ihrem Schatten zurück. Alle machen wir etwas, werfen die Beine nach vorn, bücken uns im Gehen oder strecken die Arme über den Kopf. Die Kleine soll kichern. Nein, sie soll lachen wie vor Wochen noch. Im Wald laufen wir Slalom durch die Stämme. Ich gehe voraus, die anderen schlängeln sich hinter mir her. Die Kleine dreht meinen Kopf. In diese Richtung muss ich gehen. So erreichen wir den Touristenpfad und den Fuß des Riffs. Ich nehme die Kleine von den Schultern, stelle sie am Einstieg der Eisenklammern ab.

Wir fangen an aufzusteigen. Ich umfasse die Hände der Kleinen mit meinen Händen, berge ihren Körper in meinem, indem ich Arme und Beine um die Kleine herumstrecke. Ich höre ihren Atem, spüre, wie sie sich festhält, während wir höher und höher steigen. Christina hilft Brigitte, während Jan und Vito schweigsam und bedacht von Klammer zu Klammer gleiten.

Du musst die Zunge reinnehmen, sage ich der Kleinen. Sie schwitzt. Es ist immer dieser Moment, wenn die Landschaft sich öffnet.

Nicht hinunterschauen.

Ich schließe die Kleine so dicht wie möglich in meinen Körper. Zehn Meter noch und dann sind wir oben.

Alle schütteln wir der Kleinen die Hand und umarmen sie. Sie strahlt.

Wir breiten uns unter den Kiefern aus, haben alles dabei: Essen, Decken, Isomatten. Wenn uns jemand hier sitzen sähe, dann würde er denken, wir feierten ein Fest. Ja, das tun wir. Alle haben wir hierhergefunden, von wo auch immer. Wir schauen auf unser Haus. Davor immer noch das Spalier Leute. Ich muss lächeln bei dem Gedanken, dass wir geflohen sind. Das Haus offen, jeder könnte es betreten und umhergehen, um zu sehen, was überall zu sehen ist: ein wenig Geschirr in der Spüle, ein Buch auf dem Tisch, Gläser, offene Flaschen. So leben wir.

Wir richten uns ein, breiten die Tischtücher auf den Sandstein. Wir blicken Richtung Erzgebirge, das Dorf zur Linken. Wir können es anschauen, müssen aber nicht. Brigitte schält Äpfel für die Kleine. Sie fängt oben an, lässt die Schale an einem langen Stück, eine wippende Spirale. Die Kleine ist begeistert. Als die Sonne untergeht, kommt ein wenig Wind auf, gerade so, dass man ihn spürt.

Wir essen ohne Eile. Ich muss an die Leute vor unserem Haus denken. Gänzlich nutzlos, was sie da tun, ob wir da sind oder nicht, gänzlich nutzlos, aber jetzt, da wir essen hier oben, erfüllt mich eine große Heiterkeit. Stehen da vor einem Luftschloss, dem Kokon, aus dem wir entstiegen sind. Wir könnten irgendwo sein, wir alle zusammen. Wir breiten die Isomatten auf den immer noch warmen Sandstein, kriechen in die Schlafsäcke und Decken. Die ersten Sterne glimmen auf. Die Kleine liegt neben mir, hat den Schlafsack bis zur Nasenspitze gezogen. Christina erklärt der Kleinen die Sternbilder. Erst erscheint ein Stern nach dem anderen, dann sind es mit einem Blinzeln eine Handvoll, bis wie ein Nebel die Milchstraße aufzieht. Die Kleine zittert vor Aufregung. Sie will wissen, was das ist.

Viele, viele Sterne nah beieinander, sage ich. Wir gehören da auch dazu.

Die Kleine versteht nicht.

Es gelingt mir nicht zu erklären, wie wir da hineingehören, aber wir tun es, auf welche Art auch immer.

*

Wir gehen zum erstbesten Haus. Zwei Schaufeln haben wir dabei und einen Werkzeugkasten. Jan hat seinen Blaumann angezogen. Das Haus hat zwei Hälften. Unten ist es dunkel, vom Dreck verhüllt, das obere Geschoss leuchtet blendend weiß. Eine Hausecke scheint eingesunken, als hätte das Haus Schlagseite. Im Innern hört man eine Pumpe laufen, die Straße hinab ergießt sich ein Schwall zähes, braunes Wasser. Eine Frau ist im Vorgarten damit beschäftigt, Sachen aus oder in Kisten zu sortieren. Die ganze Wiese steht voll mit geborgenen Dingen: eine Couch, zwei Sessel, ein Tisch, drei Stühle,

eine Kleidertruhe. An einem Kirschbaum hängen zwei Pelz-
mäntel, ein Anzug, Hemden und Blusen. Als wir uns nähern,
schiebt ein Mann eine Schubkarre voll Steinen und Erde über
ein Brett aus dem Haus.

Ahoj, sagt Jan und winkt.

Der Mann schaut auf. Die Schubkarre schwankt, aber er
schafft es das Brett herunter. Er setzt ab, mustert uns und verschwindet nach drinnen.

Vor uns bauen sich drei Männer auf. Der, den wir schon
kennen. Die anderen beiden genauso schlaksig mit denselben
feinen blonden Haaren. Alle dreckverschmiert, mit dunklen
Augenringen, die Augen halb stechend, halb müde.

So Leute wie euch brauchen wir hier nicht, sagt der Vater.

Du Scheißtscheche. Ihr habt die Staudämme aufgemacht,
und du traust dich hierher.

Aus den Nachbarhäusern schauen sie herüber.

Eine feine Gesellschaft hast du dir da ausgesucht, du Krüp-
pel von einem Tischler. Macht euch weg, sonst gibt's aufs
Maul.

Aus den anderen Häusern kommen Leute herauf. Jan lässt
die Schaufeln fallen. Ich setze den Werkzeugkasten ab. Alle
drei beginnen wir rückwärts den Hang hinaufzugehen. Steine
beginnen zu fliegen, Äpfel, Stücke von Brettern, Nägel. Ein
Regen von Dingen. Ich ducke mich, sehe aus dem Augenwinkel Vito zu Boden sinken. Jan stellt sich hinter mich, breitet die
Arme aus. Ich lade mir Vito auf den Rücken. Ich weiß nicht,
was passieren wird, wenn ihn noch ein Stein trifft, weiß nicht,
wie ich mich selbst auf den Beinen halten soll. Jan keucht hinter mir. Ein Apfel prallt von ihm ab, einige Nägel und Kiesel.
Es dauert nicht lange, bis Vito wieder erwacht. Wir haken ihn
unter und wanken hinauf, den Feldern und dem Waldrand zu.
Drei Jungs laufen uns in einiger Entfernung nach. Wenn wir

uns kurz ausruhen, bleiben sie stehen und starren uns an. Als die Stadt-die-keine-ist außer Sicht ist, verschwinden sie. Jans Blaumann ist befleckt mit Öl und dem Saft der geplatzten Äpfel. Holzsplitter stecken im Stoff. Ein Nagel ist hängen geblieben. Jan ist fieberhaft dabei, sich abzuklopfen, die Splitter herauszuziehen. Er schüttelt sich und schnaubt. Wir gehen noch einige Meter Richtung Fussballfeld, dann lässt Vito sich ins Gras fallen. Er betastet Stirn und Schläfe, birgt das Gesicht in den Händen. Alle haben sie gewusst, wer wir sind. Ein Tscheche, ein Zugezogener, ein Einbeiniger.

Wir halten die Straße im Blick, aber niemand kommt. Der große Jan ist eingefallen, in sich zusammengesunken. Er sitzt neben Vito und massiert sich die Hände.

Ich muss nachdenken, sage ich.

Mach, was du willst, sagt Vito.

Jan starrt geradeaus.

Ich steige die Böschung hinauf und gehe hinüber zum Klubheim. Der Sitz der Kleinen liegt immer noch im Gebüsch. Ich biege die Blätter zur Seite, hole den Sitz herauf und gehe in den Anstoßkreis. Von hier aus sind Jan und Vito nicht zu sehen. Ich habe nichts zurückbehalten. Ohne Spuren sind die Dinge abgeprallt. Anfang und Ende sind nicht zu unterscheiden. So habe ich vor unserem Haus gestanden, Christina an der einen Hand, die Kleine an der anderen. Ich denke daran, wie Brigitte gestern die Äpfel geschält hat für die Kleine, in einer langen wippenden Spirale. Dort ist es, wo ich stehe. Immer noch am selben Ort, nur dass ich hinaufgewandert bin. Das war es, was Vater mir eingebläut hat. Am Ende kommen wir nicht fort, wissen dieselben Dinge, nur besser.

Ich richte Jan und Vito auf. Hier habe ich eine Geschichte für euch, sage ich und beginne Jan und Vito zu erzählen, wie ich nach dem Kindersitz getaucht bin und ihn dann hier ins Gebüsch geworfen habe, weil ich nichts mehr mit ihm anzufangen wusste. Aber jetzt weiß ich, was mit dem Sitz zu tun ist.

*

Ich lege alles in die Schubkarre: Spaten, Hacke, Rechen, Eimer, Handschuhe, einige Messer, Spachtel, Wasser und Bier. So ziehen wir hinaus über die Felder Richtung Wald. Vito und Jan rauchen, was das Zeug hält. Ich bin mit der Schubkarre beschäftigt, aber mir werden die Arme nicht lang wie damals. Ich muss nur aufpassen, dass nichts herausfällt, wenn ich in eine Rinne drifte oder Schwung hole für ein steileres Stück. Bald sind wir im Wald. Das Riff türmt sich steil auf. Die Hagebutten stechen rot aus den Gebüschen hervor. Es riecht morgendlich feucht. Langsam gehen wir auf den Überhang zu, als könnte jeden Moment jemand aus dem Zwielicht hervorspringen oder ein Hund um die Ecke kommen, aber es passiert nichts dergleichen. Der Wald ist genauso gespenstig leer wie überall. Der Geruch ist verschwunden. Überall liegt Müll zwischen den Stämmen und Felsblöcken. Jan lässt sich Zeit.

Nach dem ganzen Rumgesitze wieder mal laufen, sagt er und haut mir auf die Schulter.

Es dauert eine Weile, bis sich unsere Augen an das Dämmerlicht in der Nordseite gewöhnen.

Meine Fresse, sagt Jan, nimmt eine Spachtel und beginnt die Seitenwände des Überhangs abzureiben.

Schicht um Schicht Bilder trägt er ab, manche sind so tief geritzt, dass Jan sich mit dem ganzen Gewicht gegen die Wand stemmt. Einige Minuten und der Schweiß beginnt sein Hemd dunkel zu färben. Vito und ich bücken uns mit Schaufel und

Rechen unter den Überhang, sieben den Sand durch, sieben Stück um Stück Müll aus und seien die Reste noch so klein: Ecken von Plastiktüten, Verpackungen, verkohltes Papier, das jemand zum Anheizen der Feuerstelle benutzt hat. Jan reibt wie besessen den Sandstein, aber die Fläche, die er gereinigt hat, ist verschwindend im Gegensatz zu den verbleibenden Bildern, die mir einen Kloß im Hals machen und eine schwere Übelkeit in der Magengrube. Als Vito und ich die erste Schubkarre gefüllt haben, kippen wir alles auf die Feuerstelle und wenden uns dem Wald zu. Block um Block umrunden wir, harken mit den Rechen den Sand durch, greifen mit den Handschuhen ins Heidelbeergestrüpp. Zwei Bundeswehrhubschrauber donnern über uns weg. Einmal denke ich, Rehe im Unterholz zu erkennen. Sonst liegt der Wald um uns ohne Bewegung. Wir trinken nicht und wir essen nicht. Der Müllhaufen in der Feuerstelle wächst. Jan sieht aus, als wäre er gerade aus dem Wasser gestiegen. Seine sonst so widerspenstigen Haare kleben ihm am Kopf. Auch Vito und ich haben trotz der Handschuhe Blasen an den Händen. Sand ist mir in den Mund geraten. Es knirscht zwischen den Zähnen. Manchmal finde ich Dinge, von denen ich nicht sagen kann, was sie sind: verklebte, verschmierte Reste. Dann spucke ich aus und fluche wie Vito, zusammen fluchen wir uns den Ekel fort und die Scham. Wir sind mit dem Wald eher fertig, als Jan mit den Wänden. Vito bückt sich nach einem Stein und beginnt die Felswand abzureiben. Wie besessen schmirgelt er neben Jan die Wand ab. Ich nehme einen größeren Block in beide Hände und lege ebenfalls los. Immer wieder klemme ich mir die Finger ein. Ein Nagel wird mir blutig. Zwei weitere Brocken verbrauche ich. Die Spachtel von Jan ist rund geworden und ein Stück kürzer, aber die Höhle wird zusehends lichter, hellt sich auf.

Hier, trinkt mal was, sage ich.

Es dämmert, als wir das letzte Hakenkreuz auslöschen. Wir sind vollkommen verdreckt. Unsere Gesichter matt geworden, mit Ruß beschmiert, dass wir schwarze Ringe unter den Augen tragen, die an eine Bemalung erinnern. Aber am Ende lächeln wir. Wir nehmen drei frische Steine und wischen gemeinsam den letzten Rest Malerei davon. Der Sandstein ist wieder gelb und körnig, wie abgeschmirgelt von der Erosion.

*

Als wir heimkommen, stehen nur noch zwei Alte in unserer Straße. Es ist nicht zu sagen, ob sie zufällig da sind oder die Nachhut all dessen sind, was uns in den letzten Tagen passiert ist. Sie rümpfen die Nase, aber sagen nichts. Wir gehen gebeugt, wie aus einer seltsamen Schlacht entronnen. Unter den Obstbäumen strecken wir uns ins Gras. Es gibt immer noch genug zu essen, aber weniger Dinge als sonst, die Vorräte von Brigitte und Jan neigen sich langsam dem Ende zu. Als wir uns schlafen legen, bettet Christina die Kleine an den Rand des Zelts und kommt direkt neben mich.

Wir müssen ihn mitnehmen, sage ich.

*

Ich habe der Kleinen gesagt, dass wir ein Lagerfeuer im Wald machen. Christina und Brigitte sind mit den Kisten beschäftigt. Wir haben alles so vorbereitet, dass die Kleine den Haufen anzünden kann. Außen herum haben wir Äste geschichtet, in die Zwischenräume Papier gesteckt, dass das Innere kaum zu sehen ist. Wir bauen der Kleinen mit einem Lappen, Papier und einem Stock eine Art Fackel, damit sie sich nicht verbrennen kann. Sie geht um den Haufen herum, hält da und dort die Fackel hinein. Es knackt und zischt. Dünne Rinnsale Rauch steigen empor, bis die Hitze größer wird. Es prasselt. Die Flammen züngeln eifrig. Zum Schluss werfen wir auch die Fackel hinein, stehen alle beisammen und schauen wie hypnotisiert ins Wechselspiel von Orange und Gelb. Die Kleine ruht breitbeinig neben mir und lächelt. Sie ist stolz, dass sie Feuer gemacht hat.

Äpfel und Schokolade haben wir mitgebracht. Nach einer Stunde ist alles heruntergebrannt und die Kleine von der Aufregung schläfrig. Jan lädt sie sich auf die Schultern. Sie muss packen gehen. Als wir ihr gesagt haben, dass sie nicht ihr ganzes Spielzeug mitnehmen kann, ist sie in Tränen ausgebrochen.

Jetzt ist es an Vito und mir, sein Auto vom Forstweg unter der Höhle zu holen. Wir sind schnell unterwegs. In den letzten Tagen habe ich immer Schuhe getragen. Als wir in die Forststraße einschwenken, die wir damals auch mit dem Moped genommen haben, hält Vito an.

Hier, sagt er, dein Tier.

Er reicht mir einen Habicht, der auf einem Ast sitzt.

Du bist immer da oben gekreist, aber jetzt bist du näher gekommen.

Vitos Auto ist unversehrt. Vito hat kein Radio und auch sonst gab es nichts zu holen. So fahren wir die mit Betonplatten ausgelegten Wege ab. Kommandant Vito jetzt tatsächlich am Steuer. Die Luft faucht zum Seitenfenster herein. Wenn wir schnell fahren, entsteht ein Rhythmus, ein hohes Trommeln wie der Anfang eines Liedes. Das Schlagzeug eilt voraus. Jeden Moment muss die Melodie einsetzen. Aber die Melodie ist nur in mir. Ich schaue Vito von der Seite an. Die Landschaft rauscht vorbei. Ich atme leichter. Ich atme so leicht, dass mir Tränen in die Augen steigen.

*

Christina und ich liegen im Wohnzimmer wach nebeneinander. Die Kleine hat die Kiste mit Vitos Tieren neben sich gestellt. Ihr Atem geht regelmäßig. Das Haus ist still. Man könnte denken, es gibt nur uns drei hier. Niemand sonst drinnen, niemand sonst draußen. Aber so ist es nicht. Auch Vito ist mit seinem Auto unter die Bäume gefahren. Er schläft darin. Jan und Brigitte sind oben. Wir hier unten. Ich bin froh darum. Ich mag nicht mehr in diesen Räumen sein. Sie haben nichts mehr mit mir zu tun.

*

Wir lassen das Haus offen: Soll kommen, wer will. Die Hutablage liegt voll mit Taschen und Dingen. Vorn tippt Jan kurz die Warnblinkanlage an, als wollte er sagen: *Jetzt ist es an uns* oder *Was noch*. Christina fährt. Ich an ihrer Seite. Die Kleine hinten auf ihrem Sitz, den wir mit Decken und Kissen wiederhergestellt haben. Vito neben ihr, mit seinen zwei Beinen, dem alten und dem neuen.

*

Wenn einer auf meinem Fels säße, dann sähe er zwei Autos hoch ins Gebirge Richtung Grenze fahren. Um die kleine Gesellschaft von Leuten herum alles vollgeladen. Aus dem Kofferraum ragen einige Dinge, auf dem einen Dach ist ein Tisch umgedreht festgezurrt, auf dem anderen drei Matratzen: alles, was zu retten, alles, was fortzubringen war. Aber mit dem Hochwasser hat das nichts zu tun. Unten im Tal sind die Häuser brüchig geworden, unter den Straßen ist das alte Land zum Vorschein gekommen. Die Pumpen brummen Tag und Nacht. Auch hier oben alles zerstört, selbst dort, wo das Wasser nicht war.